人民共和國文化與文學叢書

初　編

李　怡　主編

第 6 冊

大躍進民歌研究

金慈恩著

花木蘭文化出版社

國家圖書館出版品預行編目資料

大躍進民歌研究／金慈恩 著 -- 初版 -- 新北市：花木蘭文化出
版社，2014〔民 103〕
目 2+214 面；19×26 公分
（人民共和國文化與文學叢書 初編：第 6 冊）
ISBN 978-986-322-760-1（精裝）
1. 民間文學　2. 民謠　3. 文學評論
820.8　　　　　　　　　　　　　　　　　103012658

特邀編委（以姓氏筆畫為序）：

吳義勤　孟繁華　張　檸
張志忠　張清華　陳思和
陳曉明　程光煒　劉福春
（臺灣）宋如珊
（日本）岩佐昌暲
（新西蘭）王一燕
（澳大利亞）鄭　怡

ISBN-978-986-322-760-1

9 789863 227601

人民共和國文化與文學叢書
初　編　第六冊　　　　　　　ISBN：978-986-322-760-1

大躍進民歌研究

作　　者　金慈恩
主　　編　李　怡
企　　劃　北京師範大學民國歷史文化與文學研究中心
　　　　　四川大學現代中國文化與文學研究中心
總 編 輯　杜潔祥
副總編輯　楊嘉樂
編　　輯　許郁翎
印　　刷　普羅文化出版廣告事業
出　　版　花木蘭文化出版社
社　　長　高小娟
聯絡地址　235 新北市中和區中安街七二號十三樓
　　　　　電話：02-2923-1455／傳真：02-2923-1452
網　　址　http://www.huamulan.tw 信箱 hml810518@gmail.com
初　　版　2014 年 9 月
定　　價　初編 17 冊（精裝）新台幣 30,000 元

大躍進民歌研究

金慈恩　著

作者簡介

金慈恩，1977 年 2 月生於韓國釜山，文學博士。先後畢業於東亞大學（韓國）、慶北大學（韓國）、首都師範大學，現爲東亞大學中文系助教受。目前主要從事中國現當代詩歌、中國當代文化現象、漢語教學等領域的研究。學術論文有《新詩現代化歷程的和諧與融合》、《大躍進時期的詩歌》、《「兩結合」創作方法的民族形式化過程》、《新民歌運動的思想意識機制》、《釜山市初級漢語教學特點及方法》、《釜山市漢語語法教學的現況及課題》等。2013 年同東亞大學中文系金素賢教授共譯出《中國現代代表詩選》（韓國創作與批評社）。

提　　要

　　1958 年的新民歌運動是在新中國特殊的政治意識形態下出現的大規模的群眾文藝運動。本文旨在立足於 1958 年前後的主要刊物展開論題，客觀再現新民歌的文化、政治背景，探討它的主要內容與特徵。

　　第一章和第二章分析了大躍進民歌的發生語境、興起和展開。新中國建立後出臺的雙百方針、反右鬥爭以及三面紅旗政策，是爲了克服當時社會所面臨的政治經濟危機，而新民歌運動是政策作用于文化領域的結果。

　　第三章和第四章考察工農兵作家的出現與知識分子文學的危機等問題，以及新民歌與新詩的關係，從而揭示出作爲主流的新民歌在新詩發展史上具有的標誌性意義。並探討民歌這種形式爲什麼會被權力話語選擇而一躍成爲時代的主流話語。

　　第五章主要對「革命現實主義和革命浪漫主義兩結合」的創作方法的理論特徵與實踐過程等問題進行研究，證明「兩結合」創作方法是蘇聯「社會主義現實主義」理論的應對方針，並指出革命浪漫主義在「兩結合」中處於優勢地位，新民歌的浪漫性越是接近誇張和幻想，就越是符合大躍進運動的現實要求。

　　第六章主要關注文本。根據主要刊物上發表的新民歌作品來分析新民歌的內容與表現方法。它體現出工農兵與政治一元化相結合、工農兵的自我膨脹傾向，以及過渡浪漫所致的誇張、幻想等。

　　新民歌運動以政治話語的身份參與一場傳播意識形態的泛政治化運動，表徵著中國現代性建構實踐的激進化。它在一體化認同建構過程中形成了對共產主義未來的渴望與追求，從而走向新詩主流化道路。但致使文學本身的價值陷入了尷尬的境地，眞正的詩歌失去了獨特的、永恒的魅力。這場運動在中國詩壇到底意味著什麼？其意義就在於，建國後 17 年，中國一直在貫徹執行主流話語，而以文學的名義將其與大眾相結合的第一次嘗試，就是新民歌運動，同時也如實反映出權力抹煞文學眞實價值的中國當代詩歌的命運。

《人民共和國文化與文學叢書》總序

李　怡

　　中國當代文學是與「中國現代文學」相對的一個概念，指的是中華人民共和國建立之後的文學。追溯這一概念的起源，大約可以直達 1959 年新中國十週年之際，當時的華中師院中文系著手編著《中國當代文學史稿》，這是大陸中國最早編寫的「中國當代文學史」教材。從此以後，「當代文學」就與「現代文學」區分開來。與中國現代文學研究比較，中國的當代文學研究是一個相對年輕的學科，所以直到 1985 年，在一些「現代文學」的作家和學者的眼中，年輕的「當代文學」甚至都沒有「寫史」的必要。〔註 1〕

　　但歷史究竟是在不斷發展的，從新中國建立的「十七年」到「文化大革命」十年再到改革開放的「新時期」，而後又有「後新時期」的 1990 年代以及今天的「新世紀」，所謂「中國當代文學」的歷史已達六十餘年，是「中國現代文學三十年」的整整一倍！儘管純粹的時間計量也不足說明一切，但「六十甲子」的光陰，畢竟與「史」有關。時至今日，我們大約很難聽到關於「當代文學不宜寫史」的勸誡了，因為，這當下的文學早已如此的豐富、活躍，而且當代史家已經開始了更為自覺的學科建設與史學探討，這包括洪子誠的《中國當代文學史》，孟繁華、程光煒的《中國當代文學發展史》，張健及其北京師範大學團隊的《中國當代文學編年史》等等。

　　中國當代文學研究的活躍性有目共睹，除了對當下文學現象（新世紀文學現象）的緊密追蹤外，其關於歷史敘述的諸多話題也常常引起整個文學史

〔註 1〕　見唐弢：《當代文學不宜寫史》，《文藝百家》1985 年 10 月 29 日「爭鳴欄」（見《唐弢文集》第九卷，社科文獻出版社 1995 年），及施蟄存：《關於「當代文學史」》（見《施蟄存七十年文選》，上海文藝出版社 1996 年）。

學界的關注和討論，形成對「當代文學」之外的學術領域（例如現代文學）的衝擊甚至挑戰。例如最近一些年出現的「十七年文學研究熱」。我覺得，透過這一研究熱，我們大約可以看到中國當代文學研究的某些癥結以及我們未來的努力方向。

我曾經提出，「十七年文學研究熱」的出現有多種多樣的原因，包括新的文學文獻的發掘和使用，歷史「否定之否定」演進中的心理補償；「現代性」反思的推動；「新左派」思維的影響等等。〔註 2〕尤其是最後兩個方面的因素值得我們細細推敲。在進入 1990 年代以後，隨著西方後現代主義對「現代性」理想的批判和質疑，中國當代的學術理念也發生了重要的改變。按照西方後現代主義的批判邏輯，現代性是西方在自己工業化過程中形成的一套社會文化理想和價值標準，後來又通過資本主義的全球擴張向東方「輸入」，而「後發達」的東方國家雖然沒有完全被西方所殖民，但卻無一例外地將這一套價值觀念當作了自己的追求，可謂是「被現代」了，從根本上說，也就是被置於一個「文化殖民」的過程中。顯然，這樣的判斷是相當嚴厲的，它迫使我們不得不重新思考我們以「現代化」為標誌的精神大旗，不得不重新定位我們的文化理想。就是在質疑資本主義文化的「現代性反思」中，我們開始重新尋覓自己的精神傳統，而在百年社會文化的發展歷史中，能夠清理出來的區別於西方資本主義理念的傳統也就是「十七年」了，於是，在「反思西方現代性」的目標下，十七年文學的精神魅力又似乎多了一層。

1990 年代出現在中國的「新左派」思潮在相當大的程度上強化著我們對「十七年」精神文化傳統的這種「發現」和挖掘。與一般的「現代性反思」理論不同，新左派更突出了自「十七年」開始的中國社會主義理想的獨特性──一種反西方資本主義現代性的現代性，換句話說，十七年中國文學的包含了許多屬於中國現代精神探索的獨特的元素，值得我們認真加以總結和梳理。在他們看來，再像 1980 年代那樣，將這個時代的文學以「封建」、「保守」、「落後」、「僵化」等等唾棄之顯然就太過簡單了。

「反思現代性」與新左派理論家的這些見解不僅開闢了中國當代文學史寫作的新路，而且對中國現代文學的基本價值方向也形成了很大的衝擊。如果百年來的中國文學與文化都存在一個清算「西方殖民」的問題，如果這樣

〔註 2〕 參見李怡：《十七年文學研究「熱」的幾個問題》，《重慶大學學報》2011 年 1 期。

的清算又是以延安—十七年的道路爲成功榜樣的話，那麼，又該如何評價開啓現代文化發展機制的五四？如何認識包括延安，包括十七年文化的整個「左翼陣營」的複雜構成？對此，提出這樣的批評是輕而易舉的：「那種忽略了具體歷史語境中強大的以封建專制主義文化意識爲主體的特殊性，忽略了那時文學作品巨大的政治社會屬性與人文精神被顛覆、現代化追求被阻斷的歷史內涵，而只把文本當作一個脫離了社會時空的、僅僅只有自然意義的單細胞來進行所謂審美解剖，這顯然不是歷史主義的客觀審美態度。」〔註3〕

利用文學介入當代社會政治這本身沒有錯，只不過，在我看來，越是在離開「文學」的領域，越需要保持我們立場的警覺性，因爲那很可能是我們都相當陌生的所在。每當這個時候，我們恰恰應該對我們自己的「立場」有一個批判性的反思，在匆忙進入「左」與「右」之前，更需要對歷史事實的最充分的尊重和把握，否則，我們的論爭都可能建立在一系列主觀的概念分歧上，而這樣的概念本身卻是如此的「名不副實」，這樣的令人生疑。在這裡，在無數令人眼花繚亂的當代文學批評的背後，顯然存在值得警惕的「僞感受」與「僞問題」的現實。

只要不刻意的文過飾非，我們都可以發現，近「三十年」特別是1990年代以來中國當代文學及其批評雖然取得了很大的發展。但是也存在許多的問題，值得我們警惕。特別需要注意的是1990年代以後中國文學現象的某種空虛化、空洞化，一些問題成爲了「僞問題」。

眞與假與僞、或者充實與空虛的對立由來已久。1980年代的現代主義文學也曾經被稱爲「僞現代派」，有過一場論爭。的確，我們甚至可以輕而易舉地指出如北島的啓蒙意識與社會關懷，舒婷的古代情致，顧城的唯美之夢，這都與詩歌的「現代主義」無關，要證明他們在藝術史的角度如何背離「現代派」並不困難，然而這是不是藝術的「作僞」呢？討論其中的「現代主義詩藝」算不算詩歌批評的「僞問題」呢？我覺得分明不能這樣定義，因爲我們誰也不能否認這些詩歌創作的眞誠動人的一面，而且所謂「現代派」的定義，本身就來自西方藝術史。我們永遠沒有理由證明文學藝術的發展是以西方藝術爲最高標準的，也沒有根據證明中國的詩歌藝術不能產生屬於自己的現代主義。也就是說，討論一部分中國新詩是否屬於眞正西方「現代派」，以

―――――――――

〔註3〕 董健、丁帆、王彬彬：《我們應該怎樣重寫當代文學史》，《江蘇行政學院學報》2003年第1期。

「更像」西方作為「非偽」，以區別於西方為「偽」，這本身就是荒謬的思維！如果說1980年代的中國詩壇還有什麼「偽問題」的話，那麼當時對所謂「偽現代派」的反思和批評本身恰恰就是最大的「偽問題」！

不過，即便是這樣的「偽」，其實也沒有多麼的可怕，因為思維邏輯上的某種偏向並不能掩飾這些理論探求求真求實的根本追求，我們曾經有過推崇西方文學動向的時代，在推崇的背後還有我們主動尋求生命價值與藝術價值的更強大的願望，這樣的願望和努力已經足以抵消我們當時思維的某種模糊。

文學問題的空虛化、空洞化或者說「偽問題」的出現，之所以在今天如此的觸目驚心在我看來已經不是什麼思維的失誤了，在根本的意義上說，是我們已經陷入了某種難以解決的混沌不明的生存狀態：在重大社會歷史問題上的躲閃、迴避甚至失語──這種狀態足以令我們看不清我們生存的真相，足以讓我們的思想與我們的表述發生奇異的錯位，甚至，我們還會以某種方式掩飾或扭曲我們的真實感受，這個意義上的「偽」徹底得無可救藥了！1990年代以降是中國文學「偽問題」獲得豐厚土壤的年代，「偽問題」之所以能夠充分地「偽」起來，乃是我們自己的生存出現了大量不真實的成分，這樣的生存可以稱之為「偽生存」。

近20年來，中國文學批評之「偽」在數量上創歷史新高。我們完全可以一一檢查其中的「問題」，在所有問題當中，最大的「偽」恐怕在於文學之外的生存需要被轉化成為文學之內的「藝術」問題而堂皇登堂入室了！這不是哪一個具體的藝術問題，而是滲透了許多1990年代的文學論爭問題，從中，我們可以見出生存的現實策略是如何借助「文學藝術」的方式不斷地表達自己，打扮自己，裝飾自己。《詩江湖》是1990年代有影響的網站和印刷文本，就是這個名字非常具有時代特徵：中國詩歌的問題終於成為了「江湖世界」的問題！原來的社會分層是明確的，文學、詩歌都屬於知識分子圈的事情，而「江湖世界」則是由武夫、俠客、黑社會所盤踞的，與藝術沒有什麼關係。但是按照今天的生存「潛規則」，江湖已經無處不在了，即便是藝術的發展，也得按照江湖的規矩進行！何況對於今天的許多文學家、批評家而言，新時期結束所造成的「歷史虛無主義」儼然已經成了揮之不去的陰影，在歷史的虛無景象當中，藝術本身其實已經成了一個相當可疑的活動，當然，這又是不能言明的事實，不僅不能言明，而且還需要巧妙地迴避它。在這個時候，生存已經在「市場經濟」的熱烈氛圍中扮演了我們追求的主體角色，兩廂比

照，不是生存滋養了文學藝術的發展，而是文學藝術的「言說方式」滋養了我們生存的諸多現實目標。

於是，在 1990 年代，中國文學繼續產生不少的需要爭論的「問題」，但是這些問題的背後常常都不是（至少也「不單是」）藝術的邏輯所能夠解釋的，其主要的根據還在人情世故，還在現實人倫，還在人們最基本的生存謀生之道，對於文學藝術本身而言，其中提出的諸多「問題」以及這些問題的討論、展開方式都充滿了不真實性，例如「個人寫作」在 20 世紀中國新詩「主體」建設中的實際意義，「知識分子寫作」與「民間寫作」的分歧究竟有多大，這樣的討論意義在哪裏？層出不窮的自我「代際」劃分是中國新詩不斷「進化」的現實還是佔領詩壇版圖的需要？「詩體建設」的現實依據和歷史創新如何定位？「草根」與「底層」的真實性究竟有多少？誰有權力成為「草根」與「底層」的的代言人？詩學理論的背後還充滿了各種會議、評獎、各種組織、頭銜的推杯換盞、觥酬交錯的影像，近 20 年的中國交際場與名利場中，文學與詩歌交際充當著相當活躍的角色，在這樣一個無中心無準則的中國式「後現代」，有多少人在苦心孤詣地經營著文學藝術的種種的觀念呢？可能是鳳毛麟角的。

在這個意義上，中國當代文學的研究與批評應該如何走出困境，盡可能地發現「真問題」呢？我覺得，一個值得期待的選擇就是：讓我們的研究更多地置身於國家歷史情態之中，形成當代文學史與當代中國史的密切對話。

國家歷史情態，這是我在反思百年來中國文學敘述範式之時提出來的概念，它是百年來中國文學生長的背景，也是文學中國作家與中國讀者需要文學的「理由」，只有深深地嵌入歷史的場景，文學的意味才可能有效呈現。對於中國現代文學研究而言，這樣的歷史場景就是「民國」，對於中國當代文學而言，這樣的歷史場景就是「人民共和國」。

感謝花木蘭文化出版社，使得我們對百年來中國文學的研究有了兩大厚重的背景——民國與人民共和國，這兩套大型叢書將可能慢慢架構起百年中國文學闡述的新的框架，由此出發，或許我們就能夠發現更多的真問題，一步一步推進我們的學術走上堅實的道路。

2014 年馬年春節於江安花園

目
次

引　言

一、研究目的與內容

　　1949 年到 1976 年的中國實際上是毛澤東關於民族主義革命的實踐階段。這時期的新詩更加強調了詩歌適應新時代的要求。從某種意義上說，1949 年以後中國大陸的新詩和「五四」時期的新詩建構具有不同的性質。當代新詩徹底呼應了現實鬥爭，它要求更接近人民群眾。毛澤東的《講話》指出的文學「為工農兵服務」的方針成為這段時期文學的不容置疑的最高準則，這個方針之下，中國大陸文壇生產了大量的頌歌和戰歌。

　　1958 年開始的「大躍進」運動，在某種意義上，是全體人民在獲得了新的主體之後，流露出的一種對共產主義遠景的熱切展望。大躍進運動是毛澤東個人意志與此一時期的人民大眾對新生活的熱情相結合的社會運動，它既體現了毛澤東個人的意志，也體現了一種群體意識，在相當程度上具有實驗性。

　　新民歌運動是中共建國以後，首次出現的規模很大的群眾文藝運動，與當時政治的發展形勢密切相關。新民歌運動實際上是大躍進時期中國政府的政治經濟政策在文藝上的反映。新民歌創作上的數量不能反映當時的中國是一個藝術繁榮的時代，新民歌在創作上的個性的喪失和形式的相對固定，與詩歌藝術所要求的個性是相違背的。這種強烈的潮流性的作品，很容易形成相同的風格及內容。這種風格和內容相同的詩歌提醒了一種文化壓制機制的存在，它擋住了詩歌藝術在風格和傾向上的其他出路。此一時期「民歌」形式的強調，還具有強烈的排他性，它無法繼承「五四」以後的新詩傳統，也

更談不上是對新詩形式的創造，它只是急劇地回歸到已經被定型的已有的民歌形式。

新民歌的最顯著的表現是創作主體的轉換。新民歌運動是爲工農兵的，寫工農兵的。知識分子被迫離開自己的生活積累，寫他們所不熟悉的東西。1957 年「反右」的陰影讓知識分子不敢追求他們早已認定的藝術價值。他們主要寫現實勞動生活，歌頌大躍進。工農兵寫作在集體意識與神秘主義的氛圍裏，走向了迷信，製造了「樂園」，有某種超人意志，還帶有神聖性和偶像化。詩歌只得跟隨革命浪漫主義的潮流。

新民歌運動所體現的「革命現實主義和革命浪漫主義兩結合」的創作方法，與當時的中蘇關係的變化是相關的。在「兩結合」創作方法產生之前，中國文藝界的主流是「社會主義現實主義」理論，這種理論來源於前蘇聯。中蘇交惡之後，文藝界積極提出的「兩結合」論可能是新中國文藝的一種應對機制，它體現了新中國文藝的在民族形式上獨立的要求。建立一種有別於「社會主義現實主義」的文藝理論無疑是一條「脫殖」的捷徑，雖然這種理論和先前的理論並沒有本質上的差別。弔詭的是「兩結合」中，浪漫主義佔了壓倒的優勢，所謂的現實主義元素在實際的創作中是缺位的。那個時候的詩歌，完全脫離了當時中國社會的實際情況，把空想當作現實，實在是沒有多少的現實性，雖然很多作家和理論家在強調「兩結合」的必要性和重要性。其實我們也注意到了在作家們的討論中，不談或少談革命現實主義，而是大講特講革命浪漫主義。革命現實主義既不反映也不批判客觀現實，而是站在黨階級的立場上，反映的是黨性的要求，這不是眞正的現實主義。「革命浪漫主義」所強調的是一種理想主義，它的寫作方式注重誇張，是一種想像的藝術。考察當時的實際寫作情形，我們不難發現，「兩結合」理論，實際上是把一種狂熱性的、空想性的帶有浮誇作風的風格解釋爲革命浪漫主義。在脫離現實的「理想化」的理論指導下，這種所謂浪漫主義的創作，掩蓋了當時的社會矛盾，因而被人們指責爲「廉價的樂觀主義、虛假的浪漫主義」。

總之，大躍進時期的詩歌，領袖的提倡、黨的知識分子秉承領袖意圖的理論建設和工農兵的積極參與，三位一體，共同製造了一種浪漫主義的、非現實的格局。在這個意義上，「新民歌」起到了一種強大的意識形態作用。這種新型的工農兵寫作所形成的文學新局面，替代了以往的知識分子爲主體的寫作格局，它的表象就是創造了一種新的民族形式。大躍進是一種政治運動，

在這個政治運動中所製造的「新民歌」，在其最初的階段，是出於政治意識形態所倡導的共產主義前景的信心，追求與執政黨的意識的一致性，在內容上卻成了一種徹底的浪漫主義的誇張形式，將一個時代的文學特徵決定為誇張和空想。「兩結合」成了衡量所有文學藝術的唯一價值標準，從大躍進一直到文化大革命，它對於中國文壇創作一元化起了極大影響。「新民歌」和「兩結合」成為「十七年」文學的根底，也直接造就了文革時期的「紅衛兵詩歌」和「小靳莊詩歌」等很多詩歌現象的基礎。

　　基於上述思考，筆者一直注意中國當代文學的這一特殊現象。選擇「大躍進」時期詩歌作為我的研究對象，是希望通過研究，透視這一「個人的信念和群眾的狂熱的合奏」之時代，把握革命中國的民族文化心理。當然，在那樣一個文學的效用與價值都要受到政治權力過濾的年代裏，詩歌創作的實際情形，也是我所關注的。如果可能的話，我也將試圖探究「兩結合」理論中所蘊含的中國民族的文化心理，新民歌運動所造成的「全人民的詩人化」在今天中國的現實意義。

　　本研究的最終目標是想對「社會主義文化的勝利」的大躍進詩歌現象作一個的整體的、客觀的考察，研究中國大躍進時期詩歌創作中所蘊含的革命浪漫主義特性，進一步尋找這種革命浪漫主義特性在東亞世界的意義。

二、研究現況與展望

　　劉再復認為「從三四十年代到七十年代大約 50 年間的文學理論，是在政治霸權與文化霸權相結合之後產生的，因此，它實際上一種強制性的權力的產物。」他主張這一時期的文學理論「離開文學的本體，全部論述都指向一個目標，這就是文學如何去適應外在的政治權威和政治意識形態。無論是從文學與現實生活的關係，或是從文學與世界觀的關係，還是內容與形式的關係，都在指向這一目標。」「把政治視為文學的最後實在，而其他的文學本源和基本因素，如生命衝動、靈感、想像、心裏變態都不重要，即使重要，也要服務政治本體。」[註1] 可稱為是貫通大躍進時期的普遍性的這種政治和文化的關係只能帶給文學藝術致命的打擊。因為詩人不講究如何在詩裏體現人性和人道、具有獨創性的語言方式等，只有更加製造相互誹謗和攻擊提倡階

[註1] 李澤厚、劉再復：《告別革命——二十世紀中國對談錄》，臺北：麥田出版股份有限公司，1999 年 2 月版，第 269～270 頁。

級鬥爭才能感到安全。

因此這方面的研究成果可劃分為：文學史性脈絡的褒貶，知識分子對於政治權力的主體性，權力對知識分子的壓迫，對實際創作情況關注的觀點等。

針對「新民歌運動」的最早的研究專著是天鷹的《一九五八年中國民歌運動》（上海：上海文藝出版社，1959 年）。他將「新民歌運動」分為三個部分——1958 年的新民歌創作運動、民間文學工作的重大發展、新民歌的思想內容與藝術特徵，從比較完整的角度對新民歌進行了分析論述。因為此書出版於新民歌運動即將結束之際，所以比之對新民歌運動本身進行價值評價，更注重分析作為空前的大眾文化運動的成果和內容。在豐富全面地提及民歌的實例及多樣的創作技巧等這一方面可以說取得了大致反應當時新民歌的實際具體內容的成果，但是其對新民歌的全面肯定無疑具有顯豁的時代局限性。

謝冕的《浪漫星雲——中國當代詩歌札記》對大躍進時期的詩歌史進行了深入的研究。在此書中他主要談論了在當代中國的「特殊時空」下以反常形式強調的浪漫主義。他認為「在大躍進的形勢下，借『二革結合』的提出，實際上掀起了一個『浪漫主義』的運動」，「浪漫主義的提倡，實際是對此前很長時期中宣傳並加以大力地貫徹的『現實主義』精神的否定。」〔註2〕浪漫主義「實際上指的是詩歌對於共產主義的到來的歌頌，詩人的任務在於把完美的共產主義精神食糧送到讀者手裏」〔註3〕。因此「詩歌的抒情主人公由真實的人向著『巨人』——即半人半神的『超人』的過渡；詩歌的環境由現實的世界向著天上的世界即天堂、樂園的過渡。」〔註4〕，「在這樣的『理想』和『激情』的偽飾之下，當時潛藏著的，或者已經暴露的困難一起受到了輕視，生活的弱點和弊病已經顯露，但是，人們還在一味地蠻幹，一味地喊著豪言壯語，現實主義的精神喪失殆盡。」〔註5〕謝冕主張「到了 60 年代，對於浪漫主義的嚮往和實踐熱衷的是讓詩歌能通過具體的場景裝進去更多的革命激情和更多的時代精神。」「它的基本方式不再是亦步亦趨地摹寫，而是借

〔註2〕 謝冕：《浪漫星雲——中國當代詩歌札記》，廣州：廣東人民出版社，1999 年，第 197 頁。
〔註3〕 《浪漫星雲》第 198 頁。
〔註4〕 《浪漫星雲》第 203 頁。
〔註5〕 《浪漫星雲》第 216 頁。

助那具體現象的袋子，張開口，讓它裝填著和鑲嵌進去更多的理念，而後，借助一點物象的『啓示』放開來，對這些能夠引起聯想的物象進行不加限制的擴展。先前的那些忠於生活的原則，已經變得無足輕重了，人們格外珍惜的是先行的或現成的觀念，爲此而去尋找適當的對象。一旦找到，就奮力在上面『發掘』精神。」〔註6〕總之，謝冕強調大躍進民歌的基本精神和表現只不過是用虛幻的浪漫主義點綴的過程和虛僞。

　　駱寒超的《20世紀新詩綜論》採用和謝冕相似的觀點談論當代文學史。駱寒超認爲，「浪漫主義抒情說到底是一場主體的自我表現，但在這階段流行著一個無需討論的觀念：每一個詩歌創造主體同我們社會主義大家庭中每一個成員一樣，只是革命機器上的齒輪和螺絲釘，眞正意義上的『自我』是不被允許存在的，只有一個抽象的『自我』可以有自己的認識、意志、判斷和想像，可以憑他提倡革命的理想主義的權威話語，去製造一個時代神話，從中完成一場宏大的自我表現。而所有其他個體的『自我』，只能約定俗成地依附。詩歌創作中眾多浪漫派詩人的自我表現其實也就並不存在，只是爲製造時代神話的權威話語那場抽象的、氣勢雄偉的自我表現作這樣那樣的體現而已。」〔註7〕他認爲革命浪漫主義是共產主義精神的發揚，爲英雄的共產主義的服務，不論是什麼都有可能。「脫離生活實際且惡性發展成爲肆意狂想，把浪漫主義引向無稽之談境地。……這段思潮得到權威話語的首肯和鼓勵，化爲了指導社會主義建設的決策；而與此相配合的是：爲政治服務的文藝也就大力提倡新民歌，以這爲手段去形象化地宣傳具有決策意義的這股思潮。當時採用革命的現實主義與革命的浪漫主義二結合的說法，其實是把『革命的現實主義』作爲『就是這樣』的『閒事規範』，來框『革命的浪漫主義』。就實質而言，提倡『二結合』爲的是提倡革命的浪漫主義，只不過它必須在一個特定的框子裏開展生活想像，即詩歌應當爲共產主義精神的大發場，『爲超英趕美』的『一天等於二十年』的時代，以及爲當年在『生產大躍進』中出現的『英雄的共產主義氣概』服務；只要能達到這樣的政治目的，對這個『就是這樣』的『現實規範』不越軌，什麼樣的想像都可以發揮。」〔註8〕還有，當時文學的本質是表現政治權威而且脫離眞實生活。「忠於時代假象，繼續演

〔註6〕　《浪漫星雲》第244頁。

〔註7〕　駱寒超：《20世紀新詩綜論》，上海：學林出版社，2001年，第139～140頁。

〔註8〕　《20世紀新詩綜論》第141～142頁。

變而成為心造幻影,把浪漫主義引向虛假的境地。在創作中,主體面對違背歷史發展基本原則的社會現象卻缺乏清醒認識,一味盲目信任,還據此而調動暢想力展開藝術構思,由此完成的詩篇不論主體吹入多少熱氣,也只能是製造時代神話的權威話語一場自我表現的眞誠體現,背離生活眞實的一場隨心所欲。」〔註9〕浪漫主義的功能不過是掩蓋現實的眞實。「漠視社會眞實,美化高蹈,掩蓋眞相,把浪漫主義引向粉飾現實的境地。」〔註10〕大躍進新民歌以後知識分子的創作只能向牧歌情調發展的原因如下:「他們轉向牧歌情調的審美追求,就本質而言不外乎如下兩類原因:一、也許他們看到了現實眞相,在精神失落中無可奈何地採取一種折中辦法。……二、或者出於對權威話語眞誠的信賴和對詩歌要為政治服務虔誠的擁護,所以他們縱使看到時代神話在實踐中已成泡影,也仍然本著高舉三面紅旗作詩歌唱的精神,採取另一種辦法,即以牧歌情調來美化公社化農村──這就成了粉飾現實。

　　洪子誠,劉登翰的《中國當代新詩史》(1993年版)站在知識分子主體確立的立場上,「從這一運動的總的性質以及『新民歌』的總的思想藝術傾向上看,既無法從美學、從詩歌藝術的層面上給予估價,在最重要的基本點上,也失去了作為『民歌』、『民間文學』的性質。這一運動的出現及大量作品的產生,至多給後人提供若干瞭解當時政治、經濟形勢和社會思潮的材料。」〔註11〕「民歌創作運動中產生的許多作品,肯定、歌頌的,是當時現實生活中大量存在的虛假、浮誇的現象。與當時社會生活中誇大主觀意志的潮流相一致,這些作品宣揚精神萬能的唯意志論,並把這當作『革命浪漫主義'的體現。」「這些作品,構成一個思想體系,表現了一個特定的年代集體意志的無限膨脹,一種集體的『自我擴張』,一種『超人』式的浪漫主義哲學。」〔註12〕因為「詩歌下放」的口號必須把詩帶到工人農民大眾之中去,那麼這一時期的知識分子文學免不了在內容形式上發生巨大的變化。洪子誠在《1956:百花時代》中,針對50年代「個人主義」批判傾向指出:「將『五四』時期的『個人主義』和『民族主義』的陳述,轉變為對立的關係的確認,即被敘述為對現代國家的建立是一種障礙、一種對抗性的力量。」「將作為

〔註9〕 《20世紀新詩綜論》第144頁。
〔註10〕 《20世紀新詩綜論》第150頁。
〔註11〕 洪子誠、劉登翰:《中國當代新詩史》第166頁。
〔註12〕 《中國當代新詩史》第167頁。

人本主義思潮的『個人主義』，與行爲道德上的利己性等不加區別，放在同一桶裏攪拌，使這一概念被賦予了明顯的負面的價值含義，而置之以被憎惡、被質疑、被審判的位置至上。」〔註13〕因此「五十年代後期，對待民歌、尤其是『新民歌』的態度，已經不是屬於個人可以自由選擇的愛好、趣味的範疇」〔註14〕2005 年出版的《中國當代新詩史》（修訂版）對新民歌運動的現存研究進行了細分，通過更加具體地記敘民間歌手、工農詩人和新詩形式深層地分析了當時詩歌現象的文化史性現象。

　　程光煒的《中國當代詩歌史》認爲大躍進民歌是帶著浪漫主義保護色的極端封建主義文學。他將 1958 年春天毛澤東把中國新詩的出路規定爲「民歌和古典」的意圖規整如下：「其一，對社會穩定不利的、受到西方 19 世紀人道主義影響的五四個性解放思想（包括五四新詩），在強調向民歌、古典詩詞學習的民族文化本位的聲勢中，置於被壓抑、被否定的地位。其二，作爲知識分子思想改造的一部分，詩歌隊伍『政治純潔化』的任務開始被落實。一個是通過割斷詩人與 20 年代至 40 年代詩歌的知識分子文化精神之間的聯繫來進行的，另一是大力培養工農兵的詩人作者，使後者在詩歌界所佔的比重向著有利發展社會主義文學、鞏固社會主義成果的方向而發展。在這種情況下，由於詩歌朝著迎合工農兵低層次的文化欣賞水平的方向轉化和發展，詩人的主體性極大地被削弱；古典詩歌中的浪漫主義精神與詩人的精神自由嚴重脫鈎，而被演變爲『無主體性』的全民族（主要是工農兵的）集體勞動熱情的大狂歡：浪漫主義的文學精神與政治運動中的『浪漫主義』行爲，成爲一個令人觸目的悖論現象。」於是「這種『眾口一詞』的文風，是當時文藝界『左』傾思想的突出表現，它的不容商榷的武斷和霸道，甚至超過了新中國成立初期。由此，讓人們更清楚地看到了文藝界知識分子在政治強勢下是怎樣妥協、自棄和淪落的精神現象。」〔註15〕

　　關注民族形式和詩歌形式問題的王光明的《現代漢詩的百年演變》對新民歌運動的評價是「必然要驅使意識形態與民族文藝形式的結合，創造新的人民的文藝，以便抵抗以城市爲搖籃的『資產階級文藝』的影響。當代『時

〔註13〕洪子誠：《1956：百花時代》，濟南：山東教育出版社，1998 年 5 月版，第 197～198 頁。

〔註14〕《中國當代新詩史》第 182 頁。

〔註15〕程光煒：《中國當代詩歌史》，北京：中國人民大學出版社，2003 年，第 124～126 頁。

間』在政治上的加速與文化上後顧恰成正比。」﹝註16﹞「1950 年至 1970 年的詩歌最重視的是思想內容，這是與非民族形式的自由詩有血緣關係的政治抒情詩大放光芒的重要原因。新民歌喧囂一時的原因要複雜得多，既涉及晚清以來詩歌語言形式上的試驗與辯論，也涉及現代性尋求中的民族文化心理和當代意識形態。但要注意的是，新民歌不是一般意義上的民間歌謠，當代新民歌運動（主要是『大躍進』和小靳莊民歌運動）的形成也不源於詩歌創作的內部要求。作為一種農業社會的歌唱形式，它在城市化、工業化的社會本難以為繼，只能作為一種歷史遺產回憶它，保存它，研究它，不大可能作為現代的詩歌形式。它在當代中國的兩次迴光返照，完全是由於意識形態的推動。」﹝註17﹞王光明把《紅旗歌謠》看做是當代的意識形態改造民間文學的歷史性檔案，是追求現代性的過程中的文化性悲劇也是特定時代的盲目性和當代意識形態的矛盾性。「新民歌最大的問題是失去了民歌質樸自然的本性，讓最本真的東西成了最虛假的東西。它不是人民大眾自我滿足的一種表意形式，而是當代造神的頌歌形式，一種被利用來壓抑五四新文學形式的工具（由於民歌不追求個性化的東西，形式技巧也較單純，似乎也較容易被利用）。就基本情況而言，在 50 年代至 70 年代，主流詩歌在語言與形式探索上並未取得什麼有意義的進展。最具這個時代特點的政治抒情詩和新民歌，並不是什麼新的創造，它們是意識形態對現代自由詩形式和傳統民歌形式的利用，而且是破壞性的利用。」﹝註18﹞王光明同意何其芳的新民歌行數固定總體押韻是反格律詩，行內的節拍沒有規律是反自由詩的觀點。對此王光明認為新民歌表面上是自由詩與格律詩在形式上的折中，本質上卻是如上（內容和形式，政治和詩，工農兵氛圍和知識分子取向的）衝突的反映，既是反應以詩歌經驗和知識背景表現的巨大差異，又是格律詩藝術上的降格。

陳國恩的《浪漫主義與 20 世紀中國文學》客觀地反應了當代意識形態的觀點。他對 50 年代提出的革命浪漫主義進行了如下說明。「生活中千年神話正在變成『現實』，要描寫它，社會主義現實主義雖然也展現理想，但它比起眼下人民群眾正在創造的奇迹，簡直不可同日而語；單純的革命浪漫主義也

﹝註16﹞ 王光明：《現代漢詩的百年演變》，石家莊：河北人民出版社，2003 年，第 341 頁。

﹝註17﹞ 《現代漢詩的百年演變》第 352～353 頁。

﹝註18﹞ 《現代漢詩的百年演變》第 354～355 頁。

不宜於表現這樣的生活，因為革命浪漫主義側重於表現理想，而現在這『理想』已不再是理想，而是成了活生生的『現實』。」〔註19〕同時與謝冕一樣，陳國恩認為「兩結合」的重點是「革命的浪漫主義」。由於認為革命現實主義已經不能適應新的形勢，所以才加上一個「革命的浪漫主義」，以便作家去表現生活中湧現的神話般的奇迹。隨著政治上「左」的錯誤越來越嚴重，「革命的浪漫主義」對文藝創造作構成了越來越嚴重的危害，因為「革命」兩字在左傾路線指導下，是可以任由人根據政治需要隨意加以新的解釋的，並且擁有不可冒犯的神聖化，它往往成了窒息作家創作活力的框框和極左分子手裏置文藝於絕境的棍子。

　　陳順馨的《社會主義現實主義理論在中國的接受與轉化》以歷史的觀點敘述了社會主義現實主義的中國式性質，並強調「相結合」是為了克服蘇聯的社會主義現實主義作為一種政治對策出現。「利用 1956～1957 年間有關修訂社會主義現實主義定義或口號的論爭及在創作上提出『寫真實』的事件所引發出來的所謂『修正主義』思潮，故意把社會主義現實主義創作方法與修正主義相提並論，並把革命現實主義與革命浪漫主義的結合，說成為反攻修正主義的有利武器。」〔註20〕並且「兩結合」的現實主義違背了應真實地刻畫現實的任務，以致只能強調浪漫主義。「寫真實」這個概念已經越來越失去反對「無衝突論」、反對「粉飾現實」的含義，而變成一種要超越現實和改造現實的革命浪漫主義理想。與此同時，大躍進時期不合常規的或充滿虛幻想像的生活，的確也模糊了現實與理想／幻想、生活與神話、現時與未來之間的界限，而大躍進所製造的「神話」化、「神奇」化或「理想」化的現實生活是「兩結合」創作方法的最佳注腳；反過來，文藝界對「兩結合」的闡釋也強化了對現實生活的不真實理解，這為浪漫主義與現實主義的「幸福結合」提供了最有力的現實基礎。最後陳順馨將「兩結合」的最終目標整理如下：「兩結合」針對社會主義建設的需要，而社會主義建設還在「一天等於二十年」等浮誇口號的傳播下，讓人誤中國超前進入共產主義階段，必須以文藝作為武器調動人民的樂觀主義和理想幾根力量積極投入生產。……

〔註19〕陳國恩：《浪漫主義與 20 世紀中國文學》，合肥：安徽教育出版社，2000 年，第 360～361 頁。

〔註20〕陳順馨：《社會主義現實主義理論在中國的接受與轉化》，合肥：安徽教育出版社，2000 年，第 335 頁。

「兩結合」所釋放的只是社會主義現實主義一直沒有全面發揮的想像力或理想化潛力，這也是一種政治力量。強調革命浪漫主義與革命現實主義「平起平坐、互相結合」而不是被「包括」在裏面，與上一次社會主義現實主義口號論爭中的壓倒性意見——世界觀（政治性）是與社會主義現實主義創作方法（藝術性）「結合」起來而不是如秦兆陽所說「包含」在內的，正有異曲同工之妙。這可以說是文藝思潮發展有內在延續性的又一個證明。

劉靜的《文化研究視野下的新民歌——以《紅旗歌謠》爲例》〔註21〕主要致力於闡明在政治機制下創作情況的實質。這篇論文對大躍進運動當時的氛圍的證實，尤其是以訪談的形式闡述了具體過程——行政路線的要求和人民公社的對應——對再次構建當時的實際情況有著巨大的意義。

此外以「政治權力和新民歌的關係」、「大躍進時期的群眾心理」、「新民歌運動的神話的性格」、「革命現實主義和革命浪漫主義相結合」等等爲主題的論文也多了起來。如：有赫牧寰的《1958 年「新民歌運動」的文化反思》（東北師範大學碩士論文，2006 年）、韓金玲的《大躍進民歌中的歷史文化意蘊》（山東師範大學碩士論文，2006 年）、饒翔的《一次民粹主義的全民文學實踐——重評「大躍進」新民歌運動》（華中師範大學碩士論文，2005 年）、張鳳渝的《大躍進民歌運動中的權力話語和民間文化》（南京師範大學碩士論文，2005 年）、朱新雯的《大躍進運動中群眾心理的探析與啓示》（華東師範大學碩士論文，2003 年）等學位論文。此外，還有謝保傑的《1958 年新民歌運動的歷史描述》（《中國現代文學研究叢刊》2005 年 01 期）、史競男的《喧囂躁動下的寂寥：關於「新民歌運動」》（《山東社會科學》2004 年 08 期）、侯肖林的《透視 1958 民歌運動》（《文藝理論與批評》2002 年 01 期）、張桃洲的《論新民歌運動的現代來源——關於新詩發展的一個癥結性難題》（《社會科學研究》2001 年 04 期）、李新宇的《1958：「文藝大躍進」的戰略》（《文藝理論研究》2000 年 05 期）、王章維、郭學旺的《大躍進時期國人社會心態探析》（《新視野》2000 年 02 期）、李慶本的《20 世紀中國浪漫主義的歷史嬗變》（《天津社會科學》1999 年 03 期）、陳國恩的《自由精神之象徵——20 世紀中國浪漫主義文學思潮回顧與反思》（《社會科學輯刊》1999 年 04 期）、宋劍華的《論二十世紀中國浪漫主義文學運動》（《文藝研究》1999 年 02 期）、駱寒超的《論中國新詩的現實主義》（《文學評論》1997 年 01 期）、王福湘的《二十世紀中

〔註21〕中山大學碩士學位論文，2006 年 6 月。

國文學運動中的革命現實主義》（《中國文學研究》1991 年 04 期）、賈文昭的
《時代召喚革命浪漫主義》（《學術界》1992 年 05 期）等。

　　進入新世紀以來反思整理 20 世紀中國的歷史和文學的工作逐漸增多。特
別是日益要求對只能從屬於意識形態權力的建國以後到改革開放以前的中國
當代文學，以今天的觀點重新分析。就筆者看來，建國後 17 年文學創作傾向，
文學的真正意義只能被政治權力毀損。尤其是其中大躍進民歌運動，由於露
骨的政治性或貧乏的文學價值被認為是一個時代的突發事件，因而它所具有
的意義被輕視。而且被作為當時有著規定文學藝術主流的標準的作用的「革
命現實主義和革命浪漫主義兩結合」創作方法或是思潮的一部分來操作的情
況也很多。最重要的是把新民歌的興起看做是歷史必然性的觀點及其少見。

　　考慮以上問題時，1958 年的新民歌運動不應是被看作當代詩歌史中的一
個現象，而更加要求將它看作是決定一個社會的過去、現在和未來的時代要
求的新觀點來觀察。

　　以上面的研究成果為起點的本書主要通過實證的方法選擇、分析、整理
當時的資料，客觀地再現大躍進新民歌的文化政治情況，洞察歷史性意義並
對它的現在意義進行價值評價。第一階段以《文藝報》、《人民日報》、《紅旗》
為基礎察看當時大體現實情況後，盡可能地參照《詩刊》、《星星》、《人民文
學》、《文學評論》、《紅岩》等；再把《作品》、《北方》、《長江文藝》、《青海
湖》、《文藝月報》、《延河》、《江淮文學》等地方刊物作為二次資料進行參考。

　　本書按照要提出大躍進民歌的內涵和外延的目標，首先針對大躍進民歌
的發生語境分別敘述了「雙百」方針與「反右」鬥爭及「三面紅旗」與新民
歌發生的關係。然後考察新民歌的興起和展開過程、運動方式和戲劇性的結
果。對大躍進民歌的創作主體問題，進行了以工農兵主體的出現意義與知識
分子文學的困惑為主的比較研究。在大躍進民歌的創作方法方面，敘述了「兩
結合」的創作方法產生的根據和條件、與社會主義現實主義的關係，以及其
理論的實踐。在新民歌與新詩的關係方面，主要闡述了新民歌作為主流文學
和民族形式在當代詩壇的地位。最後，考察新民歌的精神內涵與藝術特徵，
以作品實例分析與政治一元化、勞動和自我膨脹、虛幻和浪漫的特質、具體
表現方法等。

　　可以展望未來的中國文學將會通過世界性與民族性的統一，把浪漫主義和現實主義、現代主義、先鋒派、頹廢、媚俗藝術、後現代主義等塑造成嶄新的世界文學。多種多樣的流派指向將會向著民族形式的世界性發展。大躍進新民歌的機制本身也會在這個過程中實踐自己獨特的位置。近似權力主導的鬧劇的「誇張和幻想的民族形式」將具有新的歷史意義。在此種意義上，筆者僅僅希望這篇論文超越資料整理的層次能對我們的文化自省起到一點幫助。特別是鑒於北韓的社會性質和文化政策與大陸中國有相近之處，希望本次研究能對以後南北韓文學的理解、交融起到一定作用。

第一章　大躍進民歌的發生語境

　　自 1949 年建國以來，中國在經濟建設過程中出現了許多新的矛盾和問題。對於中國共產黨來說，可以借鑒的也只有蘇聯的經驗與成果。當人民從抗日戰爭時期的激情以及對變化的期望逐漸平靜下來之後，蘇聯在社會主義建設方面的經驗成果堪稱當時的典範，這便為中國的社會主義建設事業的初級階段提供了重要的歷史借鑒和堅實的理論基礎。

　　即便如此，如果沒有資本與技術條件，國家重心的轉移也不過是一紙空談，而社會主義國家建設要求與之相匹配的生產力能力。所以在提高科學技術水平，實現生產力的飛躍發展之後，對社會關係進行改編，便成為一條最佳路線。但是，無論是社會主義還是資本主義，在以科學技術革命為基礎重新構建社會關係的過程中，都繞不過資本的原始積累這道關口。在中國的社會主義發展過程中，蘇聯也給予了一定的無條件的技術轉讓。

　　而這種形勢，也滋生出兩個問題：第一，就是日益緊張的中蘇關係危機；第二，隨著黨內官僚主義的湧現，全社會都籠罩在實用化和官僚化的陰影之下。尤其是後者，它大大削弱了中國革命的群眾基礎，從而導致建國後群眾對黨的領導支持度普遍下降，這使中國在建設社會主義中國現代化和以革命工農兵為主體進行階級鬥爭之間俳徊。

第一節　「雙百」及「反右」的教訓

　　為了應對在中國社會發展過程中日益凸顯的問題，毛澤東於 1955 年開始大力倡導農村合作社運動，將之作為拉近黨群關係的經濟對策。而 1956 年提

出的「百花齊放、百家爭鳴」的「雙百方針」與 1957 年面向大眾開展「開門整風」、「大鳴大放」以及「反右鬥爭」，則是在政治上實行的對策。

一、百花齊放、百家爭鳴

1956 年 2 月，赫魯曉夫在蘇共二十大上發表了揭發斯大林罪行的秘密報告。同年 4 月 5 日《人民日報》，中國共產黨發表《關於無產階級專政的歷史經驗》，此時中国共產黨開始與蘇聯共產黨產生意見上的分歧，他們不贊成完全否定斯大林。1956 年 4 月 25 日，毛澤東在中共中央政治局擴大會議上發表了《關於十大關係》的講話；4 月 28 日，在這次會議上他又提出，「藝術問題上百花齊放、學術問題上百家爭鳴，應該成為我們的方針」；5 月 2 日，在最高國務會議上，毛澤東正式宣佈了「百花齊放、百家爭鳴」的方針。毛澤東有意放棄斯大林時代的經濟模式，轉而為中國探尋一條屬於自己的獨特的社會主義道路。他又想通過給予大眾以有限的自由來克服官僚主義的弊病，進而使中國經濟文化的發展超過蘇聯，表明他的政策比斯大林更為有效。

1956 年 9 月共產黨召開第八次全國代表大會。中共八大對赫魯曉夫的報告持贊成態度，認為在中共黨內亦應當取消個人崇拜，同時在黨章上也刪掉了提及毛澤東與毛澤東思想為黨的指針的語句。這使得毛澤東在黨內的地位有所削弱，而他提出的走群眾路線發展社會經濟的政策也遭到了黨內官僚集團的反對。意識到這種危機，毛澤東便開始對黨內官僚主義進行壓制，具體的策略就是從黨外向黨內提建議或者意見。

在這種意義上而言，雙百方針的提出並不是為了將 1955 年胡風反革命集團事件後變得畏畏縮縮的知識分子從思想、政治樊籬中解放出來，而是帶有強烈的目的性，即通過群眾運動恢復他認定的政治格局。

《文藝報》1956 年第 10 期發表社論《百花齊放，百家爭鳴》，高揚黨中央關於在全國文化界貫徹藝術上「百花齊放」，學術上「百家爭鳴」的方針，從而使文化界出現了暫時的自由寬鬆的氣氛。在 1957 年 2 月 27 日的第十一次擴大的最高國務會議上，毛澤東對與會的黨內外人士作了《關於正確處理人民內部矛盾的問題》的報告，這篇文稿，就是喪失了一部分黨權的毛澤東因自己提出的社會經濟發展政策遭到了官僚集團的反對，為了摧毀這股反對勢力而撰寫的。

　　階級鬥爭並沒有結束。無產階級和資產階級之間的階級鬥爭，各派政治力量之間的階級鬥爭，無產階級和資產階級之間在意識形態方面的階級鬥爭，還是長時期的，曲折的，有時甚至是很激烈的。無產階級要按照自己的世界觀改造世界，資產階級也要按照自己的世界觀改造世界。在這一方面，社會主義和資本主義之間誰勝誰負的問題還沒有真正解決。〔註1〕

　　毛澤東在其中提到了中國社會內部政府和群眾之間的矛盾、領導與人民之間的矛盾、民主主義與中央集權之間的矛盾，並指出「我們主張有領導的自由，主張集中指導下的民主，這在任何意義上都不是說，人民內部的思想問題、是非的辨別問題，可以用強制的方法去解決。企圖用行政命令的方法，用強制的方法解決思想問題，是非問題，不但沒有效力，而且是有害的。」〔註2〕他之所以這樣說，就是因為認識到領導也有可能會犯錯，人民的思想也有可能是正確的，進而他強調黨組織應當與工農兵保持統一，換言之，就是說黨組織深入到工農兵內部有著十分積極的作用。而「正確的東西，好的東西，人們一開始常常不承認它們是香花，反而把它們看作毒草」，「在我們這樣大的國家裏，有少數人鬧事，並不值得大驚小怪，倒是足以幫助我們克服官僚主義。」〔註3〕這些言論也是對於官僚主義的直接批判，他試圖在黨與工農兵的統一中尋求應對國內外危機的方案。毛澤東的選擇，不是專家知識分子或官僚集團領導階層應對危機的現代理論方法，更多的是依靠人民群眾的革命意志和精神進行戰鬥的方法。

　　在1956年3月間有許多黨外人士參加的全國宣傳工作會議上，毛澤東再次重申「不能收，只能放」的政策，鼓勵批評，並宣佈在年內開展整風，黨外人士可以自由參加。毛澤東在講話中首次強調了要開展對於修正主義的批判，最終，雙百運動沒有實現基於建設性批判的文藝發展，卻導致另一場政治鬥爭。

〔註1〕　毛澤東：《關於正確處理人民內部矛盾的問題》，《毛澤東文集》第7卷，北京：人民出版社，1999年版，第230頁。

〔註2〕　毛澤東：《關於正確處理人民內部矛盾的問題》，《毛澤東文集》第7卷，第209頁。

〔註3〕　毛澤東：《關於正確處理人民內部矛盾的問題》，《毛澤東文集》第7卷，第229頁、第237頁。

二、整風、「反右」鬥爭

1957 年 4 月 27 日，中共中央發出《關於整風運動的指示》；5 月 1 日，《人民日報》全文刊登了這個《指示》，整風運動在全黨和全國迅速開展起來。整風運動的目的主要是正確處理人民內部矛盾，發動群眾使其對黨提出批評和建議，克服黨內存在的官僚主義、宗派主義和主觀主義，以便改進工作，領導全國人民進行大規模的社會主義建設。整風運動除了檢查批判某些領導中存在的官僚主義、主觀主義、宗派主義外，還著重解決革命與建設的成績是否主要、要不要共產黨的領導、要不要無產階級專政與民主集中制、合作化的優越性、糧食統購銷是否正確以及外交政策是否正確等問題。正當整風運動向縱深發展的時候，全國又開始了「反右」鬥爭。在這場在知識分子中展開的轟轟烈烈進行的反右派運動裏，截至 1958 年夏運動基本結束時，全國共劃了 55 萬多名右派分子。

反右鬥爭很快擴大化，從而使文藝界和整個知識界成了重災區。1957 年 6 月 9 日，中國作協召開了一系列黨組擴大會議，對丁玲、馮雪峰等人開展錯誤的批判，文藝界「反右派」鬥爭由此開始了。之後，大批作家、文藝理論家、文藝期刊編輯被錯誤地劃成「右派分子」，從此，他們被迫終止了文學創作，並在政治上受到長期的不公正對待。流沙河針對曾被指責爲「反黨反社會主義的大毒草」的《草木篇》說的一番話，就是能夠顯示當時知識分子的困惑的很好的例子。

> 我做夢也沒有想到草木篇會遭到這樣嚴重的批評。其實，我在寫這組詩的時候，並沒有像許多批評文章所講的那樣想得那麼多，更沒有針對整個社會而發的企圖。報紙展開批評後，有一位讀者寫信給我說：「我並不認識你，但我覺得你有些孤傲，而在你本來就很窄狹的視野裏，又有形形色色的人。你看不慣，所以寫了這組詩。不過，你也太偏激了。是這樣嗎？」對於這位讀者的批評，我是同意的。的確，像我這樣的一個小資產階級知識分子，又未好好改造，從思想到作風，處世爲人，都保留著一種驕氣，自以爲傲骨嶙峋。有時候，也發覺這是很壞的毛病，但總不忍割愛。覺得這是一個人的個性，割不得，割了就完了。對壞毛病愛得太深了，它就不自覺地（即自然而然地）在作品中體現出來。於是，草木篇來了。〔註4〕

〔註4〕 范琰：《流沙河談「草木篇」》，1957 年 5 月 16 日《文匯報》。

　　文藝界的「反右」鬥爭嚴重混淆了文藝與政治的關係，更沒有分清兩類不同性質的矛盾，用教條主義批判所謂的「修正主義」，極大地破壞了藝術民主，還使文學評論中的簡單化、庸俗化以及創作上的公式化、概念化得以合法化，文學的發展方向被大大扭曲了。「反右」鬥爭還使一種貶低知識的社會價值取向得以盛行，它公開宣揚「知識分子最無知識」的蒙昧主義。大批知識分子被降職降薪，被派去從事體力勞動。知識分子在政治上被認為是不可靠的，腦力勞動被看成危險的職業，到後來竟然推演出「知識越多越反動」的荒謬結論。對知識的社會價值的貶損還導致了知識分子經濟地位的下降，使之日漸淪為社會的次等公民。

　　知識分子不得不通過無休止的自我批判，以期與黨達成一致的認識。他們被認為是卑劣淺薄的群體，被剝奪了對現實的主體認識以及實踐可能性，永無翻身之日。在知識分子在自我否定過程中喪失尊嚴的同時，「一窮二白」的工農兵響應黨的宣傳，向著共產主義社會大步邁進。

　　從此，個人專斷代替了集體領導，群眾運動式的冒進蠻幹代替了穩健有序的社會主義建設，而工業化與民主化這兩隻現代化的車輪，在這樣的氛中，哪怕是計劃經濟下的工業化，也不可能正常進行。1957 年 9、10 月間召開的黨的八屆三中全會，不僅拉開了批評「反冒進」的序幕，同時也拉開了發動農業「大躍進」的序幕。1958 年 1 月的南寧會議上，毛澤東嚴厲批評 1956 年以來主張「反冒進」的人，還說：「十年決於三年，爭取在三年內大部分地區的面貌基本改觀。其他地區的時間可以略微延長。口號是：苦戰三年。方法是：放手發動群眾，一切經過實驗。」〔註5〕

第二節　「三面紅旗」與新民歌運動

　　中華人民共和國的建立，結束了中國長達 20 多年的內外戰爭和分裂局面，給全國人民帶來了渴望已久的和平環境。儘管一五計劃獲得了成功，但是已經進入社會主義社會的中國在經濟上仍舊處於落後狀態。也正是從這一時期開始，新興的政治、經濟精英集團所設想的中國未來的社會經濟發展方向，與毛澤東的意見產生了衝突。主張學習蘇聯模式發展現代經濟的官僚集團，遭到了毛澤東的打壓，他提出了一套全面否定蘇聯模式社會經濟政策。

〔註5〕毛澤東：《工作方法六十條（草案）》，《毛澤東文集》第 7 卷，第 347～348 頁。

「毛澤東主義的新概念，並非根據官僚主義合理性的城市工業化和國家中央
集權管理的要求，而是來源於推廣延安『群眾路線』的模式。」〔註6〕

一、走「群眾路線」

毛澤東和黨中央為了克服國家經濟危機，提高群眾的勞動生產性，摒棄
了資本原始積累所必需的價格剪刀差，這也是他們基於對農民的感情，所做
出的戰術上的考慮。

在社會主義工業化過程中，隨著農業機械化的發展，農業人口
會減少。如果讓減少下來的農業人口，都擁到城市裏來，使城市人
口過分膨脹，那就不好。從現在起，我們就要注意這個問題。要防
止這一點，就要使農村的生活水平和城市的生活水平大致一樣，或
者還好一些。吃飯靠外國，危險得很，打起仗來，更加危險。〔註7〕

毛澤東並不是反對社會主義經濟原理和科學技術本身，而是擔憂現代科
技發展帶來的社會變化。制定必要的戰略戰術，並將之諸實踐，方能化解他
的憂慮。要做到這一點，就必須要找出制定戰略戰術潛在的可能性，與社會
變化相結合。這一時期，借鑒西方先進技術的可能性受到極大局限，在國防
與經濟領域只能依靠中國自力更生。

1956 年的雙百方針，也在謀求實踐方法的過程中，形成了排斥官僚主義
傾向。鎮壓了「右傾」知識分子之後，毛澤東將工農兵作為運動的主體，把
官僚集團傾向放在了與他們相對立的一面。為了使工農兵在這種對立關係中
佔據優勢，毛澤東以己之長，攻敵之短，提出以生產第一線的實踐作為標準
的方案。1958 年的毛澤東，也確實感到有必要越過官僚主義，與工農兵建立
直接聯繫。正是在這種現實情況下，實踐重於理論的氛圍開始形成。

馬克思也是兩隻眼睛，兩隻手，跟我們差不多，無非是腦子裏
有一大堆馬克思主義。但是，我們在樓下的人，不一定要怕樓上的
人。我們讀一部分基本的東西就夠了。我們做的超過了馬克思，列
寧說的做的都超過了馬克思，如帝國主義論。馬克思沒有做十月革

〔註6〕 〔美〕莫里斯·梅斯納（Meisner, Maurice）著／張瑛等譯：《毛澤東的中國及
其發展：中華人民共和國史》，北京：社會科學文獻出版社，1992 年 2 月版，
第 193 頁。

〔註7〕 毛澤東：《讀蘇聯《政治經濟學教科書》的談話（節選)》，《毛澤東文集》第 8
卷，第 129 頁。

命，列寧做了；馬克思沒有做中國這樣大的革命，我們的實踐超過
了馬克思。實踐當中是要出道理的。馬克思革命沒有革成功，我們
革成功了。這種革命的實踐，反映在意識形態上，就是理論。我們
的理論水平可以提高，我們要努力。〔註8〕

在上述文字中，毛澤東首先指出，不要對馬克思的理論權威感到畏懼，
中國的革命實踐在理論上，在學術價值上已經超過了馬克思。他依託成功的
革命經驗，強調了實踐的重要性及工農兵的主體地位。並且推出「一窮二白
論」，以農民為代表的落後的文化經濟條件，反而一躍而成為社會主義革命的
源頭。

除了別的特點之外，中國六億人口的顯著特點是一窮二白。這
些看起來是壞事，其實是好事。窮則思變，要幹，要革命。一張白
紙，沒有負擔，好寫最新最美的文字，好畫最新最美的畫圖。〔註9〕

這種看法，建立在當時的科學技術水平無法提供支持的認識之上。當時
的中國，沒有核武器，只擁有以農民為代表的落後的社會文化，只能將落後
當作革命的最佳條件。通過革命消滅了資產階級，這也是中國在革命方面相
較於西方國家所具有優勢的證據。

在此意義上，「一窮二白論」基本上是立足於民粹主義尋求答案。形勢要
求他們依託工農兵對黨的忠心，以現有的生產力條件實現生產的飛躍發展，
而「一窮二白論」是中國經濟在的發展戰略上的最佳選擇。對現況的盲目樂
觀取代了對未來的絕對信心。雖然在這一過程中，觀念性傾向，更準確地說，
被歪曲的浪漫是必要的條件，但是也只有利用統一的社會政治意識支配全體
人民，才有可能實現他們夢寐以求的共產主義。

毛澤東認為經濟開發應該立足在人民群眾的自覺性之上，通過「整風」
與「反右」，官僚主義和右派知識分子被肅清，當前的任務，就是消滅中國社
會中現實存在的不平等，尤其是要改變因為城鄉差距而導致的農民成為犧牲
品的現象。中國共產黨應該懷著保護落後的農民群眾的堅定信念，深入到群
眾中去。要使黨和農民合而為一，最便捷的方法，與其說是改良落後的武器
裝備與科學技術，實現機械化，倒不如說是依靠農民的自覺性。

〔註8〕 毛澤東：《在中共八大二次會議上的講話提綱》，《建國以來毛澤東文稿》第7
　　　　 冊，北京：中央文獻出版社，1992年版，第206頁。
〔註9〕 毛澤東：《介紹一個合作社》，《建國以來毛澤東文稿》第7冊，第177頁。

二、「三面紅旗」出臺

在這樣的背景下，以毛澤東爲代表的中國共產黨，從「儘早改變我國落後面貌」的強烈願望出發，制定了「三面紅旗」；即社會主義建設總路線、以及在它引領下發動的大躍進及人民公社化運動。這是眞正政策層面的大方向。黨中央和毛澤東試圖通過「三面紅旗」把工作重心轉移到經濟建設上來，快馬加鞭地推動國家的經濟發展。無論如何，「三面紅旗」的主要目的就是要讓人民大眾竭盡所能地發揮自己的潛在生產能力，以建設偉大的社會主義現代化強國。簡單地說，「總路線」是經濟建設總的指導思想，「大躍進」是趕英超美的具體實踐，「人民公社」則是其實踐的制度根基。

（一）社會主義建設總路線

社會主義建設總路線是三面紅旗中最基礎，最重要的部分。這可以說是毛澤東路線的方向。總路線的全稱是「鼓足幹勁，力爭上游，多快好省地建設社會主義」。

據史料記載，最早出現的是「多快好省」。1955 年 10 月，在推進農業合作化高潮中，毛澤東在七屆六中（擴大）全會上提出，要「使合作社辦得又多又快又好」。不久，在中央政治局會議上，他又提出社會主義經濟建設也要「又多又快又好」。12 月 6 日，毛澤東在關於反右傾反保守的講話中說，中國農民比英美工人還好，因此可以更多、更快、更好地進行社會主義建設。最後，毛澤東採納李富春的建議，在多、快、好三個字後邊加上了一個「省」字。1956 年 1 月 1 日，《人民日報》在《爲全面地提早完成和超額完成五年計劃而奮鬥》的社論中，提出「要又多、又快、又好、又省地發展自己的事業」，從而把「多快好省」的口號向全國公開發表了。「鼓足幹勁，力爭上游」這兩個詞最早出現在 1958 年 1 月，《人民日報》在《乘風破浪》的新年社論裏，它說不僅要「又多又快又好又省地進行各項建設工作」，而且「必須鼓足幹勁，力爭上游，充分發揮革命的積極性創造性」。「革命的積極性創造性」可以說是毛澤東思想的核心。換言之，中國的社會主義也就是依靠人民群眾的主觀能動性而制定的戰略。

在 1958 年 3 月中央召開了成都會議上，毛澤東再一次肯定「鼓足幹勁，力爭上游」的提法，並與「多快好省」連在一起，稱之爲「總路線」。至此，一個完整概念的「總路線」形成了。後來，1958 年 5 月，在中共中央在北京

召開八大二次會議上，正式通過了「鼓足幹勁，力爭上游，多快好省地建設社會主義」的社會主義建設總路線。

　　但是，這條總路線不可避免地存在著忽視客觀的經濟發展規律，否定了國民經濟計劃的綜合平衡，誇大了主觀意志和主觀努力的作用的錯誤，加上在宣傳中片面強調總路線的基本精神是「用最高的速度來發展我國的社會生產力」，致使在執行總路線的過程中出現了片面強調多、快，忽視了好、省，嚴重違反了經濟發展的規律。總路線不重視綜合平衡，只強調從精神上激發人們的社會主義建設積極性，而忽視了他們物質利益的方面。因而在總路線提出不久，緊接著就發動了脫離現實，違背客觀規律的「大躍進」和人民公社化運動，後來出現了嚴重的「左」的錯誤。〔註 10〕社會主義建設總路線，基本上是指導「大躍進」和人民公社運動的路線。

（二）大躍進

　　隨著總路線的實施，「大躍進」運動也隨即興起。早在 1957 年 9 月，黨的八屆三中全會就拉開了發動農業「大躍進」的序幕。這次全會通過的《1956 年到 1967 年全國農業發展綱要（修正草案）》，號召農業和農村工作「實現一個巨大的躍進」。這是黨中央第一次向全國人民發出「大躍進」的信號。而這從年冬季至 1958 年春開展的空前規模的農田水利建設運動，又是農業大躍進的前奏。當時，全國投入水利建設的勞動力，10 月份兩三千萬人，12 月份八千萬人，到 1958 年 1 月，投入勞動力達 1 億人，「躍進」的氣氛甚為高漲。

　　在水利建設的高潮中召開的南寧會議上，毛澤東親自提出以躍進的速度提前實現農業發展綱要確定的目標：「現在要來一個技術革命，以便十五年或者更多一點的時間內趕上和超過英國。中國經濟落後，物質基礎薄弱，使我們至今還處在一種被動狀態，精神上感到還是受束縛，在這方面我們還沒有得到解放。……十五年後，糧食多了，鋼鐵多了，我們的主動就更多了。」〔註 11〕南寧會議後，浙江、江蘇、山東、安徽、江西等省委提出，5 年或者稍多一點時間，糧食生產達到綱要規定的指標。過高的指標，求成過急的要求，靠大辯論開路的颶風式的領導方法，所帶來的副作用，最大的還是由此已發出來的各級幹部的浮誇風。「大躍進」是以嚴重的浮誇為其顯著特徵的。

〔註10〕薄一波：《若干重大決策與事件的回顧》（下卷），北京：中共中央黨校出版社，1993 年 6 月版，第 658～678 頁。

〔註11〕毛澤東：《工作方法六十條（草案）》，《毛澤東文集》第 7 卷，第 350 頁。

工業大躍進是以全黨全民大煉鋼鐵爲標誌。1957 年 11 月，毛澤東率中國代表團訪問蘇聯，參加十月革命勝利 40 週年慶典，隨後參加 64 個共產黨和工人黨代表會議。毛澤東在 64 個黨的會議上發言說，十五年蘇聯可以超過美國。後來，冶金部在和各省、市、自治區研究鋼產量發展速度時，認爲 1959 年可以達到 1200 萬噸，1962 年 3000 萬噸，1967 年 7000 萬噸，1972 年 1 億 2000 萬噸。於是得出結論，5 年或 3 年就可以趕超英國了，根本用不著 15 年這麼長的時間。但這場土法煉鋼煉鐵的大躍進運動，給國家的人力、物力造成了巨大損失。不少地方礦產資源遭到嚴重破壞，森林被砍光，群眾做飯的鍋鼎被砸得稀爛。

大躍進的最終目標是在初步完成工農業社會主義改造之後，解放群眾，全民動員，進行一場偉大的社會主義技術革命。大躍進的思想動力是把人的意識當作歷史進程決定因素的信念及把落後當作革命有利條件的傾向、革命創造性取決於人民大眾的信念等。中央提出「苦戰三年過渡到共產主義」的口號，組織動員廣大群眾參加勞動。這場運動被視爲「與自然世界的鬥爭」。對經濟建設這個根本不同於革命鬥爭，但仍搬用革命鬥爭中大搞群眾運動的方法來指導經濟建設，要求個人犧牲精神。

隨著運動的規模越來越大，毛澤東與黨中央找能更有效地實現經濟革命的新的社會組織。那就是「人民公社」。1958 年夏天，他們將人民公社理解爲中國過渡到共產主義社會的動因。

（三）人民公社

毛澤東和黨中央設計了改變農村基層組織結構，實行「人民公社」的想法，使「烏托邦」式的理想在中國變成了現實。人民公社把工農業、教育和生產活動結合起來，把經濟力量和政治力量結合起來，將社會革命的一切任務落到實處。它是實現共產主義目標的實踐手段，也是共產主義社會的萌芽。他們認爲這顆萌芽是能發展到共產主義社會的一個基本單位。

1958 年二三月間，毛澤東和他的秘書、《紅旗》雜誌總編輯陳伯達談過一次話，說鄉社合一，將來就是共產主義雛型，什麼都管，工農商學兵。此後，陳伯達撰寫了《全新的社會，全新的人》，在 7 月 1 日《紅旗》第 3 期發表。這篇文章讚揚了湖北省鄂城縣旭光農業社「把一個合作社變成一個既有農業合作又有工業合作的基層單位實際上是農業和工業相結合的人民公社」。第一次在黨中央的刊物上出現了「人民公社」。人民公社被視爲從社會主義過渡到

共產主義所創造出順利條件的一條正確道路。

1956 年 8 月 29 日在北戴河會議通過《中共中央關於在農村建立人民公社的決議》以後，人民公社成了全國形勢發展的必然趨勢。全國各地農村在短時間內掀起了大辦人民公社的熱潮。到 1958 年 10 月底，全國農村共建立人民公社 26576 個，入社農戶占農戶總數 99.1%。全國範圍內的農村已基本實現了人民公社化。

將農民引入社會主義的軌道的方法就是人民公社。人民公社證明了農民群眾的積極鬥爭意志和「革命創造力根基於農村」的信念。它被設定爲消除城市與農村、工人與農民、體力勞動與腦力勞動之間差距的媒介。因爲有了「人民公社」運動的出現，總路線和大躍進政策的迅速傳達才成爲可能。如果沒有人民公社，新民歌集體創作就不可能實踐。實際上，新民歌直接反映了公社裏集體生產勞動的積極性和競爭的寫作氛圍。

但是，隨著農村人民公社的建立，農村裏刮起了強烈的「共產風」，露出了一些弊病：如公有化制度產生的副作用，不公平的分配製度的弊病，政社合一弊病等等。

1981 年 6 月 27 日中國共產黨第 11 屆中央委員會第 6 次全體會議一致通過《中國共產黨中央委員會關於建國以來黨的若干歷史問題的決議》。這個決議對 1958 年的這些重大失誤作出了總結。

> 一九五八年，黨的八大二次會議通過的社會主義建設總路線及其基本點，其正確的一面是反映了廣大人民群眾迫切要求改變我國經濟文化落後狀況的普遍願望，其缺點是忽視了客觀的經濟規律。在這次會議前後，全黨同志和全國各族人民在生產建設中發揮了高度的社會主義積極性和創造精神，並取得了一定的成果。但是，由於對社會主義建設經驗不足，對經濟發展規律和中國經濟基本情況認識不足，更由於毛澤東同志、中央和地方不少領導同志在勝利面前滋長了驕傲自滿情緒，急於求成，誇大了主觀意志和主觀努力的作用，沒有經過認眞的調查研究和試點，就在總路線提出後輕率地發動了「大躍進」運動和農村人民公社化運動，使得以高指標、瞎指揮、浮誇風和「共產風」爲主要標誌的左傾錯誤嚴重地泛濫開來。……主要由於「大躍進」和「反右傾」的錯誤，加上當時的自

然災害和蘇聯政府背信棄義地撕毀合同，我國國民經濟在一九五九年到一九六一年發生嚴重困難，國家和人民遭到重大損失。〔註12〕

三、發動「新民歌運動」

大躍進原本是經濟生存戰略，而將之貫徹到文藝領域中，文學創作主體的轉換至關重要。工農兵要想佔領知識分子的創作版圖，必須尋找一種有利於自身，不利於對方的文學樣式。從這一點出發，就不難理解毛澤東為何要在 1958 年 3 月的成都會議上強調「民歌的重要性」。

毛澤東關注民歌，是因為它歌頌了社會主義工農業革命及即將到來的共產主義美好未來，正確反映了毛澤東與黨中央所關注的意識形態的方向。勞動人民的勞動號子雖然率真樸拙，與通俗的社會理念相去甚遠，但卻被反覆定義為能夠克服中國新詩的局限性的全新的文學樣式。民歌不再是生命的歎息、勞動的悲苦，而是在其內容中填充了一種使命感和自豪感。文學被拔高至意識形態層次，無產階級能夠直接進行文藝創作，並將其活化的氛圍已經形成。

工農兵已經開始對毛澤東和共產黨產生一種近似於宗教信仰的狂熱，而民歌正是他們表達這種狂熱最為熟悉的文學形式。與民歌同殿受寵的「古典」也有異曲同工之妙。民歌強調的「農民性」指明了階級方向，古典與民歌雙管齊下，喚起了大眾的民族自豪感。為了對抗蘇聯的社會主義現實主義，當時所提倡的「內容應該體現現實主義與浪漫主義的對立統一」，也是出於這種意識的感召。

新民歌歌頌生產第一線的具體勞動，在創作主體上，工農兵較之知識分子更有優勢已是不爭的事實，但是，「現實主義」這一創作態勢確實是橫在面前的一道難關。現實主義的寫作自然免不了要批判生產過程中的各種問題及矛盾，這就與黨和領導所提倡的新民歌運動產生了衝突。為了將工農兵的現實批判引導至肯定樂觀的方向，必須用美好的未來沖淡現實的絕望色彩。對未來的信念，應該並且能夠克服現實中存在的問題，因此，對現實的批判反而更能增添內心的自信感。要想利用對未來的信念來壓倒現實生活中的苦難，就必須令這種機制在創作主體內部站穩腳跟。所以從本質上來說，現實

〔註12〕《中國共產黨中央委員會關於建國以來黨的若干歷史問題的決議》，1981 年 10 月 7 日《人民日報》。

主義與浪漫主義的關係，是以「浪漫主義的勝利」為前提的。這一時期，黨性精確地瞄準了浪漫主義與現實主義的關係，創作主體對未來的信念越是高過現實中存在的問題，就越顯示出這是忠於黨的表現。浪漫主義此時成為改變現實的自我幻想，而對於現實中的問題大可以等閒視之。

新民歌不是為了變革社會現實，不是為了藝術，甚至也不是為了自我滿足。它既是一種生產運動，也是一種政治運動，是工農兵自發地積聚起力量，緩解中國與美蘇間的危機及對立關係，所走的一條獨立自主建設社會主義的道路。

「新民歌運動」以空前的速度和規模迅速席卷全中國，「大躍進民歌」不僅成為當時從「反右」鬥爭中走出來的詩人們唯一的出路，又成為能證明工農兵是潛在的文藝力量的唯一手段。新民歌運動，自開始至 1959 年全國共搜集民歌、民謠和新創作的民歌 73000 餘首。內容大多數頌揚「三面紅旗」。新民歌跟著大躍進集體勞動的節奏一起走向對於共產主義的憧憬。

作為「大躍進」運動的產物，新民歌的創作無疑存在著嚴重的問題。創作的大部分新民歌只是概念化的宣傳口號，其實質還是以當時所能理解的共產主義世界為理想、以工農業生產大躍進為內容，充滿著濃厚的主觀主義色彩，帶有嚴重的浮誇風，而且許多作品都失去了作為通俗民間作品的原味。

第二章　大躍進民歌的興起

　　人類的歷史是通過作用於現實的自我實踐，將現實人性化，並求得自身解放的過程。因此，在這一過程當中獲得的自由，總是取決於實踐的需要和可能性。過程中的原則之一，就是不能夠把自然界的物質性原理無差別地應用於人和社會領域，根據人的需要改造社會的過程不可以破壞自然界與人類社會的和諧共生。實踐又被劃分爲戰鬥和生產，源自於戰爭的原理，並不適用於生產第一線。但是，在「抓革命，促生產」、「高唱革命歌曲，龍捲風也消散」的氛圍中開展起來的大躍進運動，卻恰恰想要利用人民的激情，解決20世紀50年代後期的經濟建設問題。把經濟建設當作革命的運動方式，也在新民歌中有所反映，並眞實地顯現出來。這場運動，過分盲目地推崇社會政治力量，悖離了經濟基礎，試圖通過文化批判，意識形態鬥爭以及上層建築革命，把中國建設得更加美好。

第一節　新民歌運動的興起和展開

　　農村包圍城市，工農兵包圍知識分子的格局是戰略上的選擇，而文學政策的變化必定會帶來創作主體的變化。如果能夠在生產勞動第一線確立工農兵主體的優勢地位，那麼把新民歌作爲一種運動形式付諸實踐，進而形成思想體系，決不是什麼難事。而且，由於創作主體的實質性轉換，知識分子具備的影響力移交給了工農兵，二者孰優孰劣，已經有了定論。新民歌作爲中國新詩的新起點，被黨打上了御用的印記，就好像鯉魚一朝躍龍門，不計其數的作品洪水般的湧現出來。工農兵創作主體一步登天成爲「龍王」，睥睨天

下。但是，並不是出現了新的創作方法，才催生出新的樣式和主體，而是爲了滿足現實需要，培養新的主體，樹立樣式的權威地位，進而導出全新的創作方法。正因爲如此，新民歌運動懷抱著對美好未來的幻想登上歷史舞臺，並利用《紅旗歌謠》式的造假浮誇進行思想統治，最終卻迎來了戲劇性的結局。

一、中國詩的出路

1958 年 3 月召開的成都會議上，毛澤東在關於中國新詩發展方向的討論中，指出民歌是新詩的新出路，同時提出了「革命現實主義和革命浪漫主義相結合」的創作方法。

> 我看中國詩的出路恐怕是兩條：第一條是民歌，第二條是古典，這兩面都提倡學習，結果要產生一個新詩。現在的新詩不成型，不引人注意，誰去讀那個新詩。將來我看是古典同民歌這兩個東西結婚，產生第三個東西。形式是民族的形式，內容應該是現實主義與浪漫主義的對立統一。〔註1〕

毛澤東給出的方向和方法，並沒有顧慮到文化藝術的獨特機制，而是把握住了農民意識社會化過程中的特點。「他們大多從出生之時起，由於自身所屬的某一狹隘的人的群體的原因，一定對聚集起整體社會的全體成員的世世代代積累起來的感覺和事由及行爲方式發生作用。做爲未發展的團體意識，充盈著各種神秘要素，形成某種氛圍，各種宗法農民反倒使對於個體世界的共同感情的欣賞得以形成。這種欣賞不是綜合了個體的感情上的知覺，並加以抽象的產物。因此，它是一種與其稱之爲集體主體的意識，反倒不如認爲是集體主體的無意識。宗法農民的感性認識得以個人化，其生理上的心理過程，和現代的正常人絕對的不同。這種感性認識反倒在相當的程度上，無法同集團主體的無意識分離，十有八九環繞著具有神秘要素的集團性。」〔註2〕到底該如何爲工農兵集體主體無意識注入神秘的力量，毛澤東既指出了方向，又給出了方法。1958 年 4 月 14 日，《人民日報》發表社論《大規模地收

〔註1〕 毛澤東：《在成都會議上的講話提綱》，《建國以來毛澤東文稿》第 7 冊，第 124 頁。

〔註2〕 秦暉、蘇文：《田園詩與狂想曲：關中模式與前近代社會的再認識》，北京：中央編譯出版社，1996 年，第 312 頁。

集全國民歌》，毛澤東也在鄭州會議和中共中央八屆二中全會上，再次強調搜集民歌問題的重要性，新民歌運動正式拉開了序幕。在全國各地黨委建立中國文人協會等「采風」組織機構，開展大規模的民歌搜集。同年 6 月，周揚發表文章《新民歌開拓了詩歌的新道路》，使得氣氛更為高漲。

> 大躍進民歌反映了勞動群眾不斷高漲的革命幹勁和生產熱情，反過來又大大地鼓舞了這種幹勁和熱情，促進了生產力的發展。新民歌成了工人、農民在車間或田頭的政治鼓動詩，它們是生產鬥爭的武器，又是勞動群眾自我創作、自我欣賞的藝術品。社會主義的精神浸透在這些民歌中。這是一種新的、社會主義的民歌；它開拓了民歌發展的新紀元，同時也開拓了我國詩歌的新道路。……新民歌中有不少具有高度思想和藝術價值的作品。一面鼓勵群眾的新創作，一面大規模地有計劃地搜集、整理和出版全國各地方、各民族的新舊民歌，這對於我們現在文學的進一步民族化、群眾化，將發生決定的影響，它將開一代的詩風，使我國詩歌的面貌根本改變。
> 〔註3〕

要將新民歌傳達給人民群眾，媒體是最合適的工具。創刊於 1957 年的《詩刊》，自大躍進伊始，就一馬當先，利用各種特刊專欄有效地傳達政治口號，可以說是合格的「大躍進鼓手」。「對於那些內容空泛、拖泥帶水、冗長乏味、排列奇怪的東西，盡量避免採用」；努力提倡「內容充實，語意新穎，含蓄精鍊、生動活潑，看上去順眼，讀起來上口，為勞動人民所喜愛的短詩」；「歡迎及時反映人民火熱生產運動，並且起著鼓動作用的街頭詩、傳單詩、民歌」。」〔註4〕在大躍進運動期間，《詩刊》拿出超過三分之二的篇幅，用以介紹發表工農兵和知識分子創作的新民歌及相關評論。

《詩刊》編輯部多次召開座談會，進一步明確了媒體的政治性。《詩刊》編委郭小川在 1958 年 8 月 3 日詩刊編輯部召開的座談會上，曾經指出：「《詩刊》負有推動運動的任務，必須精選最好的民歌在刊物上發表」；「《詩刊》選詩的標準，當然應該遵循政治標準第一，藝術標準第二的原則，並做到兩者的統一。」〔註5〕阮章競也指出：「《詩刊》應該選登民歌，刊物要到群眾中去，

〔註3〕 周揚：《新民歌開拓了詩歌的新道路》，1958 年 6 月 1 日《紅旗》創刊號。
〔註4〕 《編後記》，《詩刊》1958 年 3 月號。
〔註5〕 郭小川：《怎樣使詩歌更快更好的發展——1958 年 8 月 3 日在詩刊編輯部的座談會上的發言》，《詩刊》1958 年 8 月號。

要反映群眾的社會主義建設的革命願望和群眾創作。這也是改變詩風的重要
因素；並從中發現有才能的、從人民群眾中產生的詩人。不然刊物就會犯錯
誤。各地民歌很多，《詩刊》是全國性的刊物，可以選得廣泛一些，也嚴格一
些。」〔註6〕篩選詩歌的標準不在於藝術價值，在於是否符合政治要求。而最
能貼合政治的，就是民歌。這一公式化的思維把新民歌的主導權交給工農兵，
也是理所當然的結果。

　　從1958年4月號開始，《詩刊》陸續在「工人談詩」、「戰士談詩」、「讀
者談詩」等專欄中發表大量文章，如《農民喜歡自己的歌》、《我喜歡民歌體
的詩》、《戰士喜歡什麼樣的詩》、《對詩的意見和要求》，闡明了工農兵的立
場。他們圈定的「好詩」，都是通俗生動，與當前政治任務緊密結合的短篇
詩歌，「讀了以後精神上就好像受了什麼侮辱一樣」〔註7〕《詩刊》將工農兵
的審美取向，視作政治思想權威所要求的文藝的標準，徹底排斥那些缺乏政
治色彩或者脫離群眾的詩歌。他們把反映革命主題的詩歌及大躍進民歌定為
詩歌的主流，把工農兵喜聞樂見的民歌形式詩歌樹為典範。詩歌作品自然而
然地一分為二：「一種是屬於人民大眾的進步的詩風，是主流；一種是屬於
資產階級的反動的詩風，是逆流。」〔註8〕

　　知識分子的作用，在於時刻關注政治形勢，創作出合乎工農兵口味的作
品，並通過反省懺悔來完成自我改造。對於工農兵和新民歌，有人不分青紅
皂白，大唱讚歌：

> 　　在文藝上，我們在這個浪頭中首先看見了兩朵絢爛奪目的浪
> 花，那就是新民歌和工人創作的詩歌。如同新民歌會賦予我國的詩
> 歌以新的生命一樣，工人的詩歌創作也一定會以它底新的風格、新
> 的內容和新的精神影響我國詩歌的發展，為社會主義時代的詩歌擴
> 大道路。……它們所發射出來的光芒，已經使許多專業詩人的作品，
> 顯得暗淡無光，因而相形失色。我們相信在不久的將來，在工人同
> 志的作者中間會出現許多優秀的詩人，甚至可能在他們中間誕生我
> 們自己的馬雅可夫斯基。〔註9〕

〔註6〕　阮章競：《群眾對詩人的要求是些什麼？——1958年8月3日在詩刊編輯部的
　　　　座談會上的發言》，《詩刊》1958年8月號。
〔註7〕　《工人談詩》，《詩刊》1958年4月號。
〔註8〕　荃麟：《門外談詩》，《詩刊》1958年4月號。
〔註9〕　力揚：《生氣蓬勃的工人詩歌創作》，1958年10月25日《文學研究》1958年

有人爭先恐後地表示自己的忠心：「新詩的大部分，知識分子氣太濃了！……詩歌向何處去？寫新詩的詩人究竟怎樣幹呢？其實也簡單得很，明確得很，你就死心塌地地向新民歌學習就是。」民歌「是我們的詩人取之不盡，用之不竭的源泉。」〔註10〕「我們提倡民歌，不僅因爲它的形式爲群眾喜聞樂見，而主要的是民歌比知識分子詩歌更充分地表達了勞動人民的思想感情。」〔註11〕詩歌「應當爲當前的政治鬥爭和社會主義建設服務，爲工農兵服務，是沒有異議的。」〔註12〕

二、多樣的運動方式

新民歌運動的傳播擴張，除了媒體以外，還採用了多種運動方式。舉辦賽詩會、民歌音樂會、詩歌展覽等是最常見的方式。以賽詩會爲例：從家庭內部的小型詩會，到數萬人參加的廣播大會，其規模和性質不一而足。而且，隨著詩棚、詩亭、詩窗、詩欄、詩碑、田頭山歌碑、獻詩臺等逐步走進日常生活中，詩與生活越來越朝著一體化的方向發展。

形勢要求運動必須更進一步強化其組織性。許多省、市、縣、區、鄉都召開了群眾創作大會、文藝躍進大會、民間歌手大會等，成立各種「民歌創作組」。〔註13〕江西、湖南、湖北、河南各省，每省都有三萬個以上的工人農民的創作組。〔註14〕文藝界也在著名詩人、作家的主導下的開展了多種多樣的活動。1958年5月14～18日，河北省文聯責成《蜜蜂》文學月刊社在河北懷來南水泉村召開河北省詩歌作者座談會，〔註15〕陝西推廣白廟村賽詩的「新民歌」座談會；雲南召開的有數百名歌手參加的少數民族文學工作會議；……全國各地報紙、刊物，紛紛以大量篇幅刊登新民歌作品。數十個縣、鄉、村被樹爲「詩縣」、「詩鄉」、「詩村」的典型。〔註16〕通過這些實例，就可以瞭

第3期。
〔註10〕徐遲：《人民的歌聲多嘹亮》，1958年2月26日《文藝報》1958年第4期。
〔註11〕邵荃麟：《民歌、浪漫主義、共產主義風格——7月27日在西安文藝工作者座談會上的發言》，1958年9月26日《文藝報》1958年第18期。
〔註12〕曹子西：《爲詩歌的發展開拓道路——介紹詩歌問題的討論》，1958年10月26日《文藝報》1958年第20期。
〔註13〕洪子誠、劉登翰：《中國當代新詩史》第164～165頁。
〔註14〕邵荃麟：《我們的文學進入了新的時期》，1958年10月6日《人民日報》。
〔註15〕1958年7月保定《蜜蜂》文學月刊1958年7月號。
〔註16〕洪子誠、劉登翰：《中國當代新詩史》第164～165頁。

解到新民歌運動的全國性規模。1959 年 8 月，詩刊編輯部編輯出版的《詩選》
（1958）《序言》中說道：

> 「在大躍進的一年裏，國家的各個方面的生活，全部面目一
> 新，而詩歌界在文學藝術各個部門的大躍進中，顯得更爲突出。對
> 我國的詩歌創作來說，1958 年乃是劃時代的一年。」「到處成了詩
> 海。中國成了詩的國家。工農兵自己寫的詩大放光芒。出現了無數
> 詩歌的廠礦車間；到處皆是萬詩鄉和百萬首詩的地區；許多兵營成
> 爲萬首詩的兵營。」「幾乎每個縣，從縣委書記到群眾，全都動手寫
> 詩；全都舉辦民歌展覽會。到處賽詩，以至全省通過無線電廣播來
> 賽詩。……詩寫在街頭上，刻在詩碑上，貼在車間、工地和高爐上。
> 詩傳單在全國飛舞。」〔註17〕

顯而易見，這種全民創作新民歌的盛況，絕對不是什麼自然現象，它分
明是政策作用下的結果。甚至可以說，新民歌並不是群眾的自發創作，而是
泛濫的政治口號導演的一齣肥皂劇。在新民歌的身上，從來就找不到什麼散
發民間氣息的通俗性，或是體現地方悠久歷史的傳統性。從「歌頌三面紅旗
賽詩會」或「反美鬥爭賽詩會」這樣的標題就可以判斷出，上級一旦下達了
創作方針，前村後寨，男女老少都要寫出詩歌來應付交差。來料加工式的創
作流水線所生產出來的詩歌作品，從內容到形式自然都是千篇一律。而且相
互競爭的氛圍使得情況更趨於惡化，詩歌滲透至日常生活的方方面面，甚至
到了「很多地方開批評會用詩，做檢討、出布告也用詩」〔註18〕的地步。

第二節　運動的擴散與媒體的作用

工農兵爲共產主義和毛主席唱讚歌，表忠心的這種創作熱情，必須要放
到政策之中考慮分析。我們有必要去瞭解，政策以什麼方式傳達，又是通過
什麼手段擴大了運動的規模。

一、人民公社與《紅旗歌謠》

爲了同時實現經濟革命和社會革命，在「共產主義是天堂，人民公社是

〔註17〕詩刊編輯部編：《詩選》（1958），北京：作家出版社，1959 年 8 月版。
〔註18〕郭小川：《怎麼使詩歌更快更好的發展——1958 年 8 月 3 日在詩刊編輯部的座
　　　談會上的發言》，《詩刊》1958 年 8 月號。

橋梁」的口號下，黨創立了人民公社，並且使之迅速在全國蔓延開來。它並不單純是生產組織，而是集經濟、文化、政治、軍事業務於一身，涵蓋了工農商學軍的新型社會組織。人民公社要求社員為了實現共產主義美好未來犧牲個人生活，而新民歌運動則必須要動員人民群眾，二者可謂是天作之合。

　　從劉靜對「嵖岈山衛星人民公社」的調查結果中可以看出，新民歌運動在無條件地執行上級指示。中央下達政策之後，群眾立即「跟形勢說話」，進行新民歌創作，並在縣鄉指導下，反覆修改，直至發表。民歌的內容不外乎毛主席、共產黨和「三面紅旗」。這些民歌作品，還被張貼在大街小巷，並要求全體社員背誦，「背會了才能走」。平時要參加宣傳活動，有詩集出版時還要組織起來共同學習。如果沒有對黨的絕對信任，這些現象決不可能出現。對於貧困，無知的人民群眾來說，「共產主義就是天天喝羊肉湯，吃白麵饃，頓頓吃扁食（餃子）」，對未來的憧憬越強烈，在生產勞動和民歌創作過程中也就越積極主動。劉靜的採訪內容如下：

　　問：那時候你們都唱什麼內容呢？

　　孟：結合實際嘛。老百姓不就是攆形勢，中央有啥政策咱就編啥，跟形勢說話嘛。唱得好的，也有培養，縣裏鄉里有指導，改可以發表，不離國家形勢。唱的都是毛主席、共產黨、大躍進、農民翻身、群眾有吃有喝。那時候可高潮哩，自己跟著形勢編，政策下來了，就想著編。俺這兒編哩順的人多，大家都比著編。據周留栓介紹，當年流行「三面紅旗」（大躍進、總路線、人民公社）時，這些內容都被編成順口溜，弄個黑板寫下來，放到街口，路過的人都要念。不會念的有人教，走親戚的、逛街的都要念，念會才能走。除了這樣，平時也有宣傳。有些莊平時較少宣傳，形勢來了，就編一些跟群眾說說；有些莊專門有人宣傳，還跑到別的大隊裏，田間地頭唱，幹活半晌也唱。那時候遂平縣也出詩集——《大地戰歌》等。出了就會往下發，還有一些宣傳資料，讓大家學習。

　　問：用民歌對中央政策的宣傳有用不？

　　孟：有用，咋沒用哩，老百姓都跟著形勢走。也是一個精神鼓舞，幹活時當口號鼓勁，有推動作用，大夥說說笑笑，幹活有勁。其實，對現實政策的宣傳鼓動也能提高人的覺悟，好領導。當年並大社時，為了宣傳大社好，就編順口溜，說入了大社後「住的是樓

上樓下，用的是電燈電話，使的是洋犁子洋耙，路上的喇叭會說話，蘇聯有啥咱有啥」。老百姓被這種美好的生活方式所吸引，紛紛入社。當時人們並不知道共產主義是什麼，有的幹部說「共產主義就是天天喝羊肉湯，吃白麵饃，頓頓吃扁食（餃子）」。那時候剛土改，給老百姓分地了。又互助組、初級社、高級社，群眾生活比解放前強多了，群眾相信共產黨。老百姓都是舊社會餓怕的，用他們的話說「只要讓人吃飽，去山裏掏老虎娃都敢去」。那時候的老百姓也沒什麼想法，只要有飯吃有活幹就行。老百姓都很積極，以為入了大社，煉出鋼鐵，共產主義一眨眼就到了。58年秋天紅薯長得很好，但為了趕超英美進入共產主義，大煉鋼鐵，勞力都走了，家裏只剩老弱病殘，紅薯沒人收，都爛到地裏了。從那以後，嶕峣山公社的糧食就開始緊張了，加上放衛星虛報，國家徵收得厲害，老百姓可吃的越來越少。其實嶕峣山那兒的石頭含礦少，煉不出鋼鐵，老百姓的鐵鍋、門上的搭鏈、門鼻兒、女人嫁妝箱上的銅疙瘩，銅鼻兒全都充公，拿去煉鋼鐵了。〔註19〕

大量創作的目標，是樹立軍營般的紀律，提高勞動生產性。人民群眾在貧困中掙扎，知識分子與社會輿論卻對此視而不見，反而竭力鼓吹新民歌運動乃是出於工農兵的自覺自願。

為了減輕疲勞提高幹勁，把感情表達出來，她就說：「我們做詩吧！」

「水車叮噹響，麥苗你快長；我給你喝水，你給我吃糧。」這是多麼樸素、剛健清新。從此以後，做詩的風氣就在這個村子裏普遍展開了，現在成為有名的詩村。〔註20〕

起初只是為了減輕身體疲勞而寫詩，之後寫詩的風氣逐漸普及，才形成了「詩村化」。這種說法完全不合情理。聞捷也以《社社都有五千斤》、《喜報五千斤》、《跨過黃河奔長江》等作品為例指出：「人民群眾既能熟練地使用生產工具，放出小麥高產的衛星；他們就一定能夠熟練地使用筆和紙，放出詩

〔註19〕 劉靜：《文化研究視野下的新民歌——《紅旗歌謠》為例》，中山大學中文系碩士論文，2006年6月，第34頁。

〔註20〕 邵荃麟：《民歌、浪漫主義、共產主義風格——7月27日在西安文藝工作者座談會上的發言》，1958年9月26日《文藝報》1958年第18期。

歌高產的衛星。何況這些急就的打贈詩本來就具有一定的藝術水平」〔註21〕。
把新民歌看作勞動和詩歌的統一，這種觀點也是相當勉強的。

　　葉濱則強調「群眾用自己喜聞樂見的民歌形式，歌唱了黨的中心工作和
自己完成任務的雄心和力量，在今年的生產中，鼓舞了大家，也鼓舞了自己。
誰能估計出這些詩在今年小麥增產中起了多少作用呢？誰又能離開這一客
觀實際單純評價這些詩的藝術性呢？依我看，這正是作品的政治性和藝術性
的統一。」〔註22〕他的觀點，比較接近這一時期文學的本質。

　　新民歌運動有力地證明了工農兵能夠成為文藝創作的主體，並在《紅旗
歌謠》出版之後攀上了又一座高峰。詩歌選集《紅旗歌謠》由中共中央宣傳
部副部長周揚和詩人郭沫主持篩選編輯，並於 1959 年 9 月出版。《紅旗歌謠》
中收錄的新民歌來自 24 個省和 3 個直轄市，涉及 14 個少數民族，每首民歌
只標明了所屬地區，作者及創作時間均不得而知。這種現象，一方面顯示了
新民歌運動波及全國的力量，另一方面則暴露出新民歌的創作相當一部分依
賴於口口相傳和集體創作，並且經過了知識分子的潤色修改。民歌的內容大
多是黨和黨的政策，農業工業大躍進，以及對祖國未來的歌頌。由此可以推
斷出，當時的社會形勢要求人們歪曲事實，打著「浪漫」的旗號，弄虛作假，
誇大現實，製造出千篇一律的作品。之所以關注《紅旗歌謠》，更重要的原
因在於它的政治意義和範本性。在持續惡化的經濟形勢引起人們對大躍進政
策的懷疑和批判時，這本詩歌選集發揮了意識形態橋梁的作用，引導人們忘
卻殘酷的現實，將視線投向共產主義天堂。「然而在後人看來，它不過是一
份當代意識形態收編改造民間文學的歷史檔案，一個現代性尋求中的文化悲
劇，反映的是特定時代的盲目性和當代意識形態的矛盾性。」〔註23〕

　　民歌、快板、民間戲曲之所以成為支配大眾的工具，僅僅是因為它們能
夠迅速地在群眾中間傳播。雖然口口聲聲說文藝要「為工農兵服務」，實際
上工農兵反而是被自己熟悉的文藝形式統一了思想。

〔註21〕 聞捷：《談談甘肅對唱詩——《對唱詩的大豐收》編後記》，1958 年 11 月 26
　　　　日《文藝報》1958 年第 22 期。
〔註22〕 同上。
〔註23〕 王光明：《現代漢詩的百年演變》，石家莊：河北人民出版社，2003 年 9 月，
　　　　第 353 頁。

二、運動的戲劇性結果

眞實地反應現實，是中國當代文學一直在強調的義務，如今卻不得不放下批判的武器，無條件地歌頌現實，提前讚美虛無縹緲的未來。縱覽新民歌運動全過程，就是在不斷重複，完成中央下達的通知和指標。以現在的思維方式來看，這完全是一場匪夷所思的運動。

關於民歌搜集的指示，最早可以上溯至 1958 年。當年 4 月 9 日，《人民日報》發表題爲《雲南省委宣傳部發出通知：搜集各族民歌　豐富人民生活》的報導，文中對搜集民歌的方法作了介紹。

> 通知指出搜集民歌的辦法，是由各地縣委宣傳部利用會議機會，向縣、區、鄉黨的負責幹部說明意義，然後動員水庫工地、農業社、工礦的幹部和群眾，發給三～五張紙，寫和記錄民歌。不能寫的可找人代寫，少數民族群眾口述的民歌，都應加以記錄和翻譯。……通知要求在一個月內，各縣搜集的民歌就應送交省委。〔註 24〕

在上級指示下達到地方之後，雲南省因爲動員了一切可以動員的力量，籌劃縝密，搜集民歌得法，在全國範圍內引起強烈的反響。1958 年 4 月 14 日，《人民日報》發表社論《大規模地收集全國民歌》，文中指出：「我們既要把它們忠實地記錄下來，選擇印行，也要加以整理和研究，並且供給詩歌工作者們作爲充實自己、豐富自己的養料。詩人們只有到群眾中去，和群眾相結合，拜群眾爲老師，向群眾自己創造的詩歌學習，才能夠創造出爲群眾服務的作品來。」強調工農兵主體的創造性，號召大眾積極參與。「通知要求各地黨委宣傳部把這一工作看成經常性工作，做出經常工作計劃，做到鄉鄉有專人負責。通知還要求省報和各地報紙、文藝刊物、出版社今後也要經常以一定篇幅定期選登山歌、民歌，並系統地整理出版。」〔註 25〕

民歌瞬間響徹全中國。搜集工作開始尚不足一個月，就湧現出大量報導民歌熱潮的文章。1958 年 5 月 5 日，《人民日報》刊登中共湖北紅安縣委宣傳部長童傑的文章《無處不見詩，無人不歌唱》：

〔註 24〕《雲南省委宣傳部發出通知：搜集各族民歌　豐富人民生活》，1958 年 4 月 9 日《人民日報》。

〔註 25〕《大力搜集山歌民歌——中共江西省委宣傳部發出通知》，1958 年 4 月 21 日《人民日報》。

　　「走進紅安縣，遍地是歌聲。從祖父到孫子、從祖母到少婦少女，從縣委第一書記到所有干部，大家都在唱。對唱、獨唱、合唱樣樣有。山歌、快板、順口溜，相聲、大鼓、蓮花落………說說唱唱，眞是熱鬧。」「大家唱的是社會主義遠景和人間幸福，唱的是生產躍進和技術革命，唱的是表揚先進批評落後………眞是心情舒暢，鬥志昂揚。」「數不盡的詩篇，寫在牆上、田岸上、塘埂上、肥堆上、石頭上、山坡上………在這春光明媚的日子裏，紅安縣的大地眞是五光十色，琳琅滿目。」「光榮的紅安縣已經是：無處不見詩，無人不歌唱的歌唱縣了。」

1958 年 6 月 14 日，《人民日報》刊登《工人農民出口成詩——陝西編印「「總路線詩傳單」》》：

　　社會主義建設總路線公佈以後，中國作家協會西安分會和陝西省民歌整理組立即編印了「總路線詩傳單」。它的篇幅有八開報紙那麼大，三天一期，每期印數五萬多份。寫稿的除一些作家外，絕大部分都是工人、農民和一些基層幹部，作品大部採用民歌民謠形式，因此受到勞動人民熱烈歡迎。最近半月多來，收到來自工農群眾中的詩歌就有一千二百多首。現已出刊三期。……「總路線詩傳單」已經傳到了八百里秦川無數的村莊和廠礦。在田間，在工廠，農民和工人熱情地朗誦著詩傳單，並把自己的創作寫給它發表。

1958 年 6 月 26 日《文藝報》1958 年第 12 期刊出張風的報導《文藝紅旗插遍街頭——上海文藝工作者宣傳總路線活動巡禮》文中描寫道：

　　中國作家協會上海分會的會員們拎著漿糊桶，把用頭號鉛字、紅綠油光紙印的幾萬張「詩傳單」，貼遍大街小巷，貼上電線杆，貼進電車、公共汽車的車廂，放到飯店餐桌的玻璃板下。寫「傳單詩」的作家，有靳以、以群、魏金枝、郭紹虞、趙景深、姚文元、蘆芒、沙金等二十多人。這些「傳單詩」有一個共同的特點，就是運用了民歌的形式，短小生動，容易上口。許多行人、電車乘客，一面看就一面朗誦起來，三遍一念，就能記熟，輾轉傳播開去。這正是民歌的特點。從這裡可以看到，最近全國大力收集和推廣民歌的工作，已經對作家們的詩風，發生了巨大的影響。

1958 年 6 月 19 日《人民日報》刊出新華社的報導《田埂邊，牆壁上，詩

句琳琅滿目——四川農村已經詩化了》：

> 「四川農村已經詩化了。」今天，無論走到哪個地方，田埂邊，
> 牆壁上，山岩間，樹干上都可以看見琳琅滿目的詩句。僅古藺縣農
> 民創作的各種歌謠，就有十萬首之多。……像「李有才」那樣有才
> 能的民間歌手，不是幾十人，甚至幾百人。只是宜賓、古藺兩縣，
> 農民組成的民歌隊和山歌劇作小組就在八千個以上。許多地方不僅
> 農民能編會唱，不少區鄉幹部、中共區委書記和縣委書記也是創作
> 民歌的積極分子。這些歌手中，有青壯年，有老農民，有婦女，也
> 有兒童。遂寧縣河東鄉紅光農業社十個老農組織的老農山歌隊，已
> 有四年多歷史，他們編寫的山歌數以百計，幾乎社裏開展每一項工
> 作，他們都編成山歌唱起來。……緊密結合生產和各項中心工作，
> 具有強烈的思想性和戰鬥性，是四川農民詩歌創作的一個重要特
> 色。他們創作的題材多種多樣，當前作什麼就唱什麼；不僅抒發情
> 感，表示同自然作鬥爭的決心，還表揚好人好事，批評落後。他們
> 把詩歌寫在田埂、山岩等一切惹人注目的地方。內江、廣漢等不少
> 地區農民還在田間插上許多生產鼓動牌，把新作的詩歌寫在鼓動牌
> 上，有的還把歌謠寫在農具上。〔註26〕

民歌搜集的熱潮，使得知識分子作家陷入了困境，同時進一步增強了工
農兵的優越感，可以說是正中新民歌運動的下懷。經歷了「雙百運動」和「反
右鬥爭」後一蹶不振的知識分子，雖然還徘徊在「文藝為工農兵服務」的政
治任務中，苦於找不到自己的定位，但是，大部分作家都放下藝術標尺，泯
滅個性，或是盲目地讚揚當前如火如荼的詩歌運動，或是努力學習新民歌並
嘗試創作。而工農兵卻以不能正確反映他們的真實生活為由，一邊大肆批判
知識分子創作的新民歌，一邊歌頌偽造的現實，虛幻的未來。1958 年 4 月 8
日，《人民文學》1958 年 4 月號發表北京國棉二廠工人王日初的文章《作品和
評論能不能給工人看？》，文中說道：

> 現在寫工人的詩多起來了，不像過去老是「春天哪」、「秋天
> 哪」。這是一個進步。但有的詩人只能寫出工人在車間裏飛奔，或說
> 像蝴蝶，或說像潮水，全憑主觀想像。有時外表寫的很美，工人的

〔註26〕《田埂邊，牆壁上，詩句琳琅滿目——四川農村已經詩化了》，1958 年 6 月
19 日《人民日報》。

內心怎麼想，就寫不出。這樣的詩人，如果叫他寫一次紡織工、燈泡女工，還寫得出。如果叫他第二次再寫紡織工、燈泡女工，恐怕就沒有可寫的了。

實際上據某雜誌統計，1958 年全年，投稿者及發表者中 70%以上是工農兵，再除去學生及其他職業者，知識分子的比率還不到 8%。〔註27〕工農兵埋頭於詩歌創作，誓要「奪得詩人的桂冠」〔註28〕。戰士們把寫詩當作鬥爭的武器和生活的樂趣，不寫不痛快，不寫好為罷休。〔註29〕

民歌的創作和收集推崇的是群眾詩歌創作的大批量生產，與生產力水平的提高無關，純粹是對量的追求。在這一點上，它與大躍進生產運動並無二致。雲南某解放軍部隊開展了「萬首詩歌唱躍進」的運動，不到兩個月「已經出現的詩歌達四千二百三十一首，其中有一個連隊的戰士十天內就創作七百多首。」〔註30〕江蘇省常熟縣白茆鄉和平人民公社，一年以來，農民詩人和歌手們，寫出了唱出了三萬首富有時代意義的新山歌。8 月初，鄉文聯成立了，一百多個新會員組成了三十個創作小組，成為群眾文藝創作運動的中心力量。最近，鄉文聯在全社五千多個剛剛摘去文盲帽子的學員中開展了一人五首詩一封信的運動，形成了人人寫詩個個唱的熱潮。〔註31〕據安徽省四十一個縣和五個市的不完全統計，「在短短的幾個月裏，就出現了三億一千

〔註27〕 1958 年 6 月 15 日《青海湖》1958 年第 6 期刊出《「青海湖」文學月刊 1958年（1 月 1 日～12 月 15 日）來稿人次（篇）及發表作品人次（篇）統計表》，其中詩歌（民歌）

	來稿人次（篇）		發表人次（篇）	
工	518	8.54%	90	22.90%
農	640	10.56%	93	23.66%
兵	2389	39.42%	99	25.19%
學	1209	19.95%	22	5.60%

　　　　備註：其他欄內包括機關幹部、店員、市民等。專業欄內包括青海湖、群眾
　　　　　　　文藝、美協、電影製片廠、人民出版社專業文藝工作者和作協會員。
〔註28〕 新華社記者陳錚報導：一旦插上了文化的翅膀，武士也能奪得詩人的桂冠——中國人民解放軍駐雲南邊疆某團隊盛開戰士詩歌之花，1958 年 6 月 29 日《人民日報》。
〔註29〕 社論《讓戰士詩遍佈軍營》，1958 年 7 月 5 日《解放軍報》。
〔註30〕 新華社記者陳錚報導：一旦插上了文化的翅膀，武士也能奪得詩人的桂冠——中國人民解放軍駐雲南邊疆某團隊盛開戰士詩歌之花，1958 年 6 月 29 日《人民日報》。
〔註31〕 新華社記者古平：《人人寫詩個個唱》，1958 年 10 月 22 日《人民日報》。

多萬首民歌」〔註32〕，農安縣巴吉壘人民公社「已實現了文藝文化的全面普及，成為文化革命中的一面紅旗，全公社兩萬三千多人口，從十月到十一月中旬的一個月時間內，即創作出民歌 43 萬首，壁畫 77000 幅。每人會唱五首歌子。各項文化事業也都普遍開展起來。在普及運動中，出現了 66 名千首詩人，48 名百首詩人，246 名百幅畫家。他們的基本經驗，就是緊密地結合中心工作，放手地發動群眾。」〔註33〕最終，形勢發展到了難以置信的程度：「從數量上看，新民歌簡直多得無法統計。群眾自己說：比天河裏的星星還多得多。」〔註34〕

　　　　群眾詩歌的數量是難以統計的，往往一個縣就是幾萬以至幾十萬首。這不僅因為詩歌是最適合於抒唱他們勞動熱情的形式，而且也因為我國勞動人民中間是有悠久的民歌傳統。……今年春天以來，他們在這裏舉行過三次賽詩會，由農民朗誦他們自己的新作。當我去訪問他們的時候，他們立刻在農業合作社主任的院子裏，舉行了一個小型的詩會，十多個農民，包括從十三、四歲的孩子，到六、七十歲的老漢和老媽媽都當場做了即興詩。這是一個非常感動人的場面。從他們朗誦的聲音和發亮的眼睛中，使你極其真切地感到他們對於社會主義新生活的熱愛，……他們說：「做詩，對於我們來說，是解除體力疲勞和提高勞動幹勁的最好方法。」這是一句很有意義的話。在勞動人民中間，他們的創作和勞動總是分不開的。〔註35〕

　　在全民皆詩人，全民寫詩的形勢下，「只識六百五十個字的戰士余華標，竟一個人作詩二百一十六首，成了全連的『詩大王』」〔註36〕「才十九歲，只有高小文化程度的學生，成為海河建閘工地有名的『萬首詩歌手』之一，廣播站也時常廣播他的詩」〔註37〕類似的事件數不勝數。探究其真實性或許毫

〔註32〕陸學斌：《進一步發展新民歌運動》，1958 年 12 月 10 日《人民日報》。

〔註33〕《編者按》，1959 年 1 月 1 日《長春》1959 年 1 月號。

〔註34〕湖北代表張雲驤等發言，見《東風得意詩萬篇——中國民間文學工作者大會發言集錦》，1958 年 8 月 11 日《文藝報》1958 年第 15 期。

〔註35〕邵荃麟：《我們的文學進入了新的時期》，1958 年 10 月 6 日《人民日報》。

〔註36〕新華社記者陳錚報導：一旦插上了文化的翅膀，武士也能奪得詩人的桂冠——中國人民解放軍駐雲南邊疆某團隊盛開戰士詩歌之花，1958 年 6 月 29 日《人民日報》。

〔註37〕陳珍的報導：《「萬首詩歌手」》，1958 年 12 月 10 日《人民日報》。

無意義。所有這一切現象只能夠說明，在當時的環境下，競爭有多麼激烈，人們對那些空洞的數字遊戲有多麼熱衷。

　　輿論繼續煽動群眾：新民歌運動令「群眾政治覺悟大為提高，生產、工作迅速發展」，應該「一方面大鬧耕作制度的革命，一方面大鬧文化革命。」〔註38〕直到60年代初期，儘管遭受了一連串的自然災害，爆發了全國性的大饑荒，農業生產為重中之重的大環境下，新民歌創作運動仍在繼續。大躍進後期隱瞞糧食短缺，饑荒蔓延，炮製虛假報告的種種行徑，新民歌似乎照單全收。

> 山歌已成為群眾即興創作的種形式，隨編隨唱。每隔二、三里路，還有一座座的詩牌樓。在西禮縣，詩牌樓已成為生產、政治運動的風雨表，生產等方面的中心運動，都會在詩牌樓上得到迅速的反映。我們一路看到的詩牌樓上，很多都是反映深翻、防旱運動的詩歌，如：「勞動歌聲入青雲，熱氣騰騰迎春耕，龍王拴在地頭上，乾旱消滅在今冬」。一路上更引人注目的是村村牆上的大幅詩畫，有反映自己村子遠景的詩畫，也有模範人物的肖像配詩。詩畫結合，也是西禮縣創作的一大特色。一路詩畫，反映了公社化後新農村的面貌和人民的幸福生活。〔註39〕

　　新民歌運動作為大躍進運動的一環，帶著明確的政治意圖登上了歷史舞臺，它並沒有受到大躍進失敗的牽連，最終以工農兵的勝利謝幕。「詩歌是最敏感的政治風雨表。詩人是他的時代的氣象學家。大躍進民歌為人民公社報來了音訊。一些宣揚我國人民日益高漲的共產主義風格的詩歌，是最新最美的詩歌，正在預告一個最新最美的社會臨近。」〔註40〕「廣大的勞動人民不僅在政治經濟上做了主人，同時也做了文化的主人；不僅非常嚴峻的要求文學藝術充分反映他們英雄的豪邁氣概和豐功偉績，而且自己搖筆桿子搞創作了，出現了群眾創作運動。……廣大的工農兵群眾，唱出上億的新民歌，洋溢著社會主義、共產主義的激情，有著健朗清新的風格和明快的節奏，成了我們時代的新國風。」〔註41〕

〔註38〕《編者按》，1959年1月1日《長春》1959年1月號。

〔註39〕楊文林：《根深葉茂——記甘肅西禮縣的民歌運動》，《詩刊》1960年3月號。

〔註40〕徐遲：《勁兒和味兒》，1960年12月20日《詩刊》1960年11～12月號。

〔註41〕揚辰：《陽光、空氣、水——〈湖南文學〉百期有感》，1961年2月1日《湖南文學》1961年2月號。

有趣的是，工農兵並不滿足於肯定現實，歌頌現實，而是逐步走上了「自我擴張」的道路。毛澤東和共產黨無疑是工農兵的再生父母，但是改造貧瘠的自然，改變殘酷的現實，開拓美好的未來，靠的卻是自己的雙手。工農兵的歌聲就是天籟，工農兵就是時代的主人。

> 天上沒有玉皇／地上沒有龍王／我就是玉皇／我就是龍王／
> 喝令三山五嶺開道──我來了！〔註42〕

新民歌的經典之作《我來了》一詩中，自我形象差不多膨脹到了無我之境。他們面對自己的勞動成果，難以掩飾激動和驕傲的心情。他們認為自己幾乎已經能夠與最高領袖（毛澤東和共產黨）平起平坐，他們相信自己也能成為造物主，接受頂禮膜拜。

〔註42〕陝西安康的民歌《我來了》，《紅旗歌謠》，北京：紅旗雜誌社，1959 年 9 月，第 152 頁。

第三章　大躍進民歌的創作主體

　　一旦「權力」指出了新民歌的基礎和大方向，文化界便會就其方法、形式和內容進行研究，並全力推進其發展。在這一過程中，當某些作品的內容出現問題時，創作主體會揣摩當權者的意圖，通過自我批判和調整，將其引導至權力所規劃的一定範圍之內。新民歌總是與黨內思想權威對未來的規劃展望保持一致，思想權威超越時間的洞察力在文學中反映，並對文學起指導作用。

　　形勢急迫，而當前能夠動員的文學樣式只有民歌。這是民歌成為新詩發展基礎的契機。相對於知識分子來說，民歌是與工農兵更為貼近的民間形式，自然更易於轉化為增強工農兵的自豪感。民歌這一題材，實際上貫徹了中國文學史中既定存在的可能性，同時也被認為是開啓了人類文學史的新紀元。新民歌運動既然立足於文學的樣式，就必須要解決文學的方向、基礎、方法與形式等問題。這是制度主義者主導下的創作主體的轉換過程。它通過所謂文學樣式制度，將工農兵創作與知識分子創作對立起來，從而控制知識分子。構建能夠配合政治意圖的文學結構勢在必行。正如袁水拍在 1958 年發表的《詩歌中的現實主義和浪漫主義的結合》一文中所言，「中國新詩的道路應該是：形式是民族的，民歌和古典詩歌可以作為基礎；內容是現實主義和浪漫主義的對立的統一。這是不易之理，這是我們的方向。」〔註 1〕

〔註 1〕　袁水拍:《詩歌中的現實主義和浪漫主義的結合》，1958 年 5 月 11 日《文藝報》
　　　　　1958 年第 9 期。

第一節 工農兵主體的凸現

大躍進民歌提出工農兵的方向時，其文學意義取決於如何把握它作為創作方法的必要性及可能性。傳承《講話》精神的「為工農兵服務」，必須要轉換為「工農兵的」「工農兵主導的」詩歌創作。這就是新民歌的必要性。「為工農兵而創作」經過歷史的累積，達到了將工農兵推上前臺，直接創作的初步階段，也是設定這種方向性的原因之一。因此，新民歌運動通過「詩歌下放」將工農兵創作的傾向和方法系統化，在整個傳播過程中，必須要明確掌握新民歌所引起的社會反響。從總體上來說，新民歌的文學史意義，遠比追求創作方法的多元化或是藝術感動來得重要。

一、已存在的可能性

工農兵的方向基本上以「由工農兵來創作」為前提。詩歌創作的過程中，對五四時期全盤西化的民族形式的克服，便是這一方向性的起點。在此意義上，李季和阮章競的創作成果是絲毫沒有所謂「西風」的痕跡的，他們的作品，初步營造出「東風勁吹」的氛圍，為新民歌的出臺奠定了基礎。

> 五十年代前期，包括李季、阮章競在內的一批來自解放區的詩人，也在發生一些變化。他們至少是紛紛捨棄原來所熟悉的民歌形式，寫起「五四」以來新詩最流行的「半格律體」來。這種情況，後來被看成是詩歌道路沒有真正解決，或被認為是對原來立場上的偏離。因此，當「新民歌」作為反右派鬥爭和整風運動的直接成果湧現時，不僅文藝界的一些領導人發現它們與「五四」以來的新詩的差異，指出「新民歌」有「開一代詩風」的偉大意義，而且，大多數詩人也都真誠地表現了對它的敬佩。除了少數不同意見外，詩壇上一片熱烈頌揚聲。〔註2〕

洪子誠在《中國當代新詩史》中指出，《王貴與李香香》這部作品的經驗，就具備了類似的條件。「新民歌」，他們許多人的反應有些類似四十年代生活在國統區的作家讀到諸如《王貴與李香香》時的那種情況：在驚訝之後，迅即表現出普遍的讚賞、興奮。產生強烈震盪的另一方面原因是，從中國新詩發展的歷史進程上看，三十年代，尤其是抗日戰爭爆發以後，詩歌界出現這

〔註2〕 洪子誠、劉登翰：《中國當代新詩史》第173～174頁。

樣的逐漸占居主導地位的觀念：「五四」以來的新詩的嚴重缺點是它的「脫離大眾」與「西化」，而這二者又互爲因果，是「五四」新詩革命生而俱來的「根本性」缺點。因此，大眾化與民族化，一直是三、四十年代詩歌論爭的焦點。四十年代，以《王貴與李香香》爲代表的解放區詩歌運動和詩歌藝術的經驗，正是在這一背景上，從內容到形式被推崇爲解決中國新詩發展的方向和典範的。〔註3〕

新民歌既定存在的可能性，並不是單純由知識分子創作來積累的。1951年，農民詩人王老九創作的《想起了毛主席》，就已經具備了以毛澤東爲指向的方向性，表現出了詩人因毛主席而產生的積極變化，可以說是已經指明了新民歌所追求的，大部分工農兵的方向。「夢中想起毛主席，／半夜三更太陽起。／／種地想起毛主席，／周身上下增力氣。／／走路想起毛主席，／千斤擔子不知累。／／吃飯想起毛主席，／蒸饃拌湯添香味。……」〔註4〕這首詩裏的自我，並沒有呈現出超越現實的革命浪漫主義面貌，但是讀者很容易就能看出，這首詩已經確立了工農兵的新民歌創作方向，其中心就是工農兵直接創作，以及與毛澤東的一體感。筆者認爲，假定詩歌已經進入了用集體意識來反映社會心理狀態的歷史階段，那麼王老九的情況並不是特殊的個例。

在詩壇，類似於王老九這樣的傾向，早在大躍進運動開始之前，就已經在1957年《詩刊》6月號的《編後記》中顯露出來。1957年6月，「反右」鬥爭剛剛拉開序幕，《詩刊》就公開表示，各種體裁、各種題材的作品都登，並且提到文學史裏已有的民族形式。「今後，各種流派、各種體裁、各種題材的作品都登，民族詩歌、民歌、歌詞、舊詩也要登，只要是寫得好的；希望『詩刊』成爲一個眞正的百花齊放園地。」〔註5〕從《詩刊》《編後記》看似「偶然」的提及中，可以窺見指向大躍進民歌的文化心理。

1957年開展的大規模水利工程，是大躍進的序曲，爲新民歌的產生營造出了客觀環境。「1957年的冬天，廣大農村在農業合作化的基礎上開展了興修水利的熱潮，這是『大躍進』的先聲。許多地方爲了動員群眾，將政治、生產口號歌謠化。」〔註6〕

〔註3〕　同上。
〔註4〕　王老九：《想起了毛主席》，《王老九詩選》，北京：通俗讀物出版社，1954年10月，第5頁。
〔註5〕　《編後記》，《詩刊》1957年6月號。
〔註6〕　洪子誠、劉登翰：《中國當代新詩史》第163頁。

在這種形勢下，1958 年 2 月 26 日，《文藝報》1958 年第 4 期刊載徐遲的文章《人民的歌聲多嘹亮》。文中描述道，在這一屆的人代大會上，一些人民代表報告了我們各地的生產建設的宏偉規模。然後，爲了要說明我們的勞動群眾的情緒高漲，他們用「有詩爲證」的方法，引用了一些歌謠。蕭三搜集、精選了其中一部分，發表在 2 月 11 日的《人民日報》上，並稱之爲「最好的詩」。這些歌謠「確實是最好的詩；這些歌謠使我們許多詩創作相形見絀了。它們直接地傳出了我們這個大躍進的時代的聲音。」〔註 7〕

1958 年 5 月，萌芽編輯委員會編選的《青春集——萌芽詩選》由上海文化出版社出版。「這本書選集了『萌芽』半月刊自創刊至 1957 年底所發表的較好的詩歌。這些詩歌，有的歌頌工人階級的勞動熱情和祖國建設的壯麗圖景，有的歌唱農村新氣象和農業勞動的愉快，有的歌頌解放軍的樂觀主義精神和軍民間的親密關係，也有的歌頌了祖國的美麗山河。它們雖然大都不是出自著名詩人的手，但卻比較清新活潑，反映了新的生活、新的鬥爭」〔註 8〕

二、工農兵創作的反響

生產勞動者的文學創作並不是建國後才出現的。文學史上的所謂「吭唷吭唷派」就是以社會勞動爲起點。那麼，大躍進時期工農兵創作又是爲什麼能夠引起劃時代的、廣泛的回響？高文盲率，中等教育得不到普及，以及把新民歌的地位置於詩歌之上的社會氛圍，就是原因所在。當時的詩壇，將工農兵的新民歌創作捧爲五四以來新詩發展的歸宿，竭力鼓吹它是文學理想之實現。詩歌創作中的現實批判、人本主義及自由意志等等一概被否定，爲新民歌的創作讓路。石泉在《是工人，也是詩人——記一個工人業餘文學創作小組的成長》一文中說：「這個工人業餘創作小組，是在北京東郊區文化館直接輔導下成長起來的。小組的多數成員是文學愛好者，也是生產能手和社會活動的積極分子。他們積極參加廠裏的宣傳活動，經常爲廠報和黑板報編寫短小的通訊、快板和詩，有的還擔任車間或全廠的黑板報編輯。他們的創作活動，對生產不僅沒有影響，而且有助於生產的宣傳鼓動工作，因此受到工廠領導上的支持和關心。」〔註 9〕

〔註 7〕 徐遲：《人民的歌聲多嘹亮》，1958 年 2 月 26 日《文藝報》1958 年第 4 期，蕭三：《最好的詩》，1958 年 2 月 11 日《人民日報》。

〔註 8〕 1958 年 7 月 7 日《人民日報》。

〔註 9〕 石泉：《是工人，也是詩人記——一個工人業餘文學創作小組的成長》，1958

　　在詩歌創作的新潮流逐漸形成運動路線的過程中，出現了不少的工農兵詩人，其中的突出代表有：王老九、霍滿生、殷光蘭、劉章、黃聲孝、李根寶等。他們的「任務就是：發掘民間文學的珍寶，大力促進群眾創作的發展，以促進文化革命，使文化迅速地掌握在勞動人民的手裏。」〔註10〕

　　　　我們工人創作的詩歌和歌謠，無論是從數量之多來看，或從水平之高來說，都是前所未有的。自生產大躍進以來，各地湧現出大量的民歌，同時，我們工人的詩歌創作活動也形成了高潮。由於黨的重視，地方和全國性的報刊都向工農敞開了大門，無論翻開哪個報刊，都會看到有大量篇幅刊載工人創作。「人民文學」幾乎是每期都發表工人的詩歌，4月號「詩刊」還發表了「工人詩歌一百首」；「文藝月報」「處女地」「蜜蜂」和「萌芽」等大型文藝刊物，也大量刊載我們工人的詩歌。各地出版社，還收集出版了工人的詩和歌謠。許多廠礦創辦了工人習作刊物，有的單位的工人們幾天就寫出了幾萬首詩。可以說，到處都是詩，到處都有工人作詩。這是我們的詩歌的黃金時代，歷史上著名的盛唐時代的詩，也是不能和我們今天相比的。這樣的情況充分說明了，我們工人不但是建設社會主義的堅強隊伍，創造物質財富的能工巧匠，而且也是詩歌戰線的一支朝氣蓬勃的大軍。工人寫詩，本身就是件新鮮事兒，新中國的工人是文武雙全的。詩歌被少數文人雅士佔有的時代，已經過去了。工人從欣賞閱讀別人的詩，到自己寫，這個變化是巨大的，是鼓舞人心的。〔註11〕

　　1958 年 4 月 25 日，《詩刊》1958 年 4 月號刊出《工人詩歌一百首》和《工人談詩》。《編後記》中指出：「從這一期可以看出，我們正在不斷地改進工作。」「這一期我們發表了一百首工人的詩。這些詩強烈地表現了工人同志們的革命幹勁和主人公的豪情，反映了社會主義偉大建設的各個方面。其中有不少出色的作品。我們真為工人中湧現出這些詩歌作者而高興！這是我們社會主義詩歌隊伍中的強大後備軍。」「我們還發表了近三十位工人對當前詩歌創作

　　　年 4 月 26 日《文藝報》1958 年第 8 期。
〔註10〕賈芝：《采風掘寶，繁榮社會主義民族新文化》，1958 年 8 月 26 日《文藝報》1958 年第 16 期。
〔註11〕瀋陽電力基建局工人李福：《詩歌園地中的新紅花——讀我們工人創作的詩歌和歌謠》，1958 年 12 月 5 日《文藝月報》1958 年 12 月號。

問題的意見。我們認爲這些意見都是有價值的，值得重視的。」《人民日報》發表文章介紹說：「『詩刊』4 月號發表了四十六位工人創作的一百首優秀詩歌。這些工人作者大部分都是新近才開始寫詩的，他們用樂觀、明朗、樸素、健康的筆調把工人階級建設社會主義的豪邁情緒和革命幹勁帶上了詩刊。」「這一百首工人詩作出自機床、煤礦、鐵礦、鐵路、汽車、紡織、電話、建築、農場、搬運等各行各業的工人的手筆，作者遍及北京、上海和東北、華東、中南各省市。這些詩歌生動地反映了祖國工業大躍進的面貌和工人們豐富多采的生活和鬥爭」〔註12〕

　　從文學內部而言，新民歌的問題在於新民歌這一樣式應該經由怎樣的過程昇華爲一種體裁。實際上，工農兵詩人的出現所引發的歡呼聲中，尚未出現對於新民歌的文學本質的評論。但在濟政治效用層面上，新民歌是否能夠昇華爲文學體裁，並不是當前最重要的課題。既然工農兵直接創作出現了，就應當使它符合政治的方向性。這是先於文學的社會政治課題。從這種意義上來說，郭沫若、周揚編的《紅旗歌謠》，不是爲了提高新民歌的美學價值，而是爲了加強對新民歌的政治思想控制。1959 年 9 月出版的《紅旗歌謠》《編者的話》中說道：「這本民歌選集，是大躍進形勢下的一個產物。我國勞動人民在一九五八年以排山倒海之勢在各個戰線上做出了驚人的奇迹。勞動人民的這股幹勁，就在他們所創作的歌謠中得到了最真切、最生動的反映。新民歌是勞動群眾的自由創作，他們的真實情感的抒寫。」〔註 13〕這篇《編者的話》完全切合政治路線，它所要求的作品，應該能夠表現政治權威的方向性。新民歌反映勞動人民的心勁兒，也是在與政治路線達成一致後的情感抒發。《紅旗歌謠》強調生產大躍進，文化大躍進以及黨的重視。其中所謂「黨的重視」正是與毛澤東保持步調一致。「目前民間文學工作所處的形勢的特點是：一、生產大躍進；二、文化大躍進；三、有黨的重視。黨的重視是使民間文學迅速開展，成爲全黨全民的事情的關鍵。」〔註14〕

　　因此，工農兵詩人要感謝黨，而黨卻無需向詩人表示感謝。「《工人詩歌一百首》的彙編，首先應當感謝黨對革命詩歌運動的重視和關切，對我們這群剛學會拿筆來反映自己愉快的勞動生活的工人的培養。工人的名字和詩歌

〔註12〕《工人的詩》，1958 年 4 月 27 《人民日報》。
〔註13〕郭沫若、周揚編：《紅旗歌謠》，北京：紅旗雜誌社，1959 年 9 月。
〔註14〕賈芝：《采風掘寶，繁榮社會主義民族新文化》，1958 年 8 月 26 日《文藝報》1958 年第 16 期。

聯在一起，這個奇迹本來就是共產黨所創造的。在解放前的黑暗日子裏，工人有資格拿筆嗎？日日夜夜當牛當馬的勞動還來不及，還有業餘時間給我們學習寫詩嗎？飲水思源，這些詩篇中很多首都直接地歌頌了黨的偉大，那是很自然的。」〔註15〕「飲水要思源」，而走向美好未來的信念和樂觀同黨是一致的。工人孫友田的觀點也與之一脈相承。「咱們工人的詩，最大的特點是洋溢著強烈的工人階級的感情，翻開《紅旗歌謠》，像《工人的脾氣》等就是代表作。這種工人階級的感情，不是隨便模仿一下就會了的，對我們這些剛剛脫掉學生裝，換上工人服的新工人詩歌作者，要想具備工人階級的感情特別要好好學習毛澤東思想，牢固樹立無產階級世界觀，還要在勞動中下苦功夫改造自己。不然，唱的還會是『學生腔』。正如毛主席所說的『衣服是勞動人民，面孔卻是小資產階級知識分子。』」〔註16〕

三、詩歌勞動化與勞動詩歌化

　　文藝創作與生活是相對獨立的領域，但是在特定環境下，文學不得不與社會政治運動相結合。換句話說，文學是這樣一種藝術領域，它的本質問題往往不外乎對與生活關係的考慮，而大躍進時期的民歌，則認爲文藝創作與生活是不可分割的關係，脫離勞動生活談論創作問題，無法成爲新民歌研究的核心部分。關於創作與勞動，即關於新民歌內涵與外延的討論，往往帶有相較於創作，勞動才是本質問題的普遍傾向。

　　這種言論，一言以蔽之，是把勞動和詩歌的關係看作是對等關係。舉例來說，苗延秀認爲，「工農群眾把勞動詩化了，把詩勞動化了。而詩與勞動的結合，就意味著在我們社會主義文學中出現了共產主義的萌芽。」〔註17〕勞動的詩化與詩的勞動化，是創作與生活相對獨立的、均衡的統一。但是在出現共產主義萌芽的狀況下，這種關係過分集中於生活，使得關於文藝創作的討論不得不流於粗淺。正如邵荃麟說：「右派分子攻擊我們沒有風格，這是胡說。其實我們時代的文學風格最多樣最豐富。問題是在使我們的創作和群眾

〔註15〕 上海中國藥物公司工人雷霆：《祝賀鋼鐵與詩歌的熔煉者——讀《詩刊》的《工人詩歌一百首》》，1958 年 5 月 26 日《文藝報》1958 年第 10 期。

〔註16〕 煤礦工人・孫友田：《詩和感情》，《詩刊》1960 年 4 月號。

〔註17〕 苗延秀：《爲創作更多更優秀的作品而努力——在區文聯及作協廣西分會成立大會上的工作報告》，1959 年 6 月 1 日《紅水河》1959 年第 6 期。

生活密切結合起來。」〔註18〕作品的內容與自己的生活密切相關，大都從民間說唱和戲曲唱詞中吸取藝術營養，語言多采用有表現力的群眾口語。他們經歷了從口頭創做到書面創作的發展過程。〔註19〕

1960年2月，北京出版社編輯並出版《光輝頌——北京工人詩歌選集》，李岳南撰文稱：

> 「他們在進行業餘創作的時候，又能夠掌握語言的鮮明性和形象性，就像善於掌握生產工具一樣地為社會主義建設服務，為總路線、大躍進、人民公社唱出了最強音的凱歌！」「這本詩集的作者們，以洋溢的激情，謳歌了成千成百的突擊隊員、保育員、找活員、服務員……以及煉鋼廠、發電廠、煤礦、軋鋼廠、機械廠、紡織廠、合成纖維廠、印刷廠……各個生產戰線上的尖兵和紅旗手，他們的忘我的勞動熱情，他們的共產主義風格和集體主義的精神，他們的攀登科學技術高峰、創造奇迹的雄心大志，在在激勵著人們的心魄，鼓舞著人民前進！」〔註20〕

文中首先提到作為文學語言的內涵，然後提到作為生產運動的外延。但是我們可以看出，整個創作過程偏重於運動。新民歌是文學史的新起點，也是與政治鬥爭相結合的運動。賈芝在《大躍進時代的新民歌》中指出，新民歌囊括了生產、文學、政治、浪漫氛圍等方面：「新民歌的產生和發展，就是形成共產主義文學的開端，它的鮮明特點，是和勞動、政治鬥爭相結合，表現了勞動人民的集體主義，具有強烈的戰鬥性和革命的浪漫主義的色彩。」〔註21〕他把「講話」時代的批判和歌頌搬過來應用於大躍進時代：「大躍進的民歌，內容不外有兩大類，一類是歌頌和讚美，能夠鼓舞干勁的，不管作者是否明確地意識到這一點，其目的是鼓勵人們為建設和平、幸福的美好生活而加倍努力；另一類是打擊敵人，諷刺落後，目的就是要無情地摧滅舊世界。」〔註22〕

〔註18〕邵荃麟：《民歌、浪漫主義、共產主義風格——7月27日在西安文藝工作者座談會上的發言》，1958年9月26日《文藝報》1958年第18期。

〔註19〕洪子誠、劉登翰：《中國當代新詩史》第169頁。

〔註20〕李岳南：《唱出時代的躍進聲——北京工人詩歌選集「光輝頌」讀後》，1960年3月14日《人民日報》。

〔註21〕賈芝：《大躍進時代的新民歌》，1958年6月14日《文學評論》1958年第3期。

〔註22〕同上。

新民歌與自覺的勞動熱情、勞動效率的提高等結合的時候，才顯露出新民歌文學的特徵：「今天的民歌是伴隨著幸福生活產生的，是伴隨著社會主義大躍進產生的。今天的民歌是爲了鼓舞自覺的勞動熱情，是爲了提高勞動效率，是爲了把社會主義建設得更快更好。」〔註23〕

　　咱們愛唱歌，／山歌賽江河。／唱罷合作化，／又唱躍進歌。／唱的水土不下坡，／唱的畝產千斤多；／唱的牛羊滿山跑，／唱的山滿變金窩；／隨著歌聲過黃河，／塞上要唱江南樂。（陝北府谷：《塞上要唱江南樂》）〔註24〕

　　不怕下雨刮大風，／社員紛紛奔河東。／有的肩扛鐵鍬，／有的手中拿泥弓。／口裏喊著「一二一」，／好像火線打衝鋒。／／泥弓入土三尺深，／鋸起河泥百斤重。／社員挑泥腳手快，／好似流星飛天空。／時間不多只半天，／田裏推泥密無縫。……（浙江溫嶺：《田裏的河泥》）〔註25〕

李季和聞捷談到了對勞動力的近乎誇張的自豪：「請聽聽那些揮動鐵鎬劈山引洮的民工的歌聲吧！他們唱道——『當年霸王力拔山，／如今我們把山搬。／舉起鎬來山河動，／萬丈高山一肩擔。／穿山越嶺修渠道，／江河搬上白雲間。／要讓玉帝瞧新景，／南天門上劃採船。』這是詩的時代。這是時代的詩。人民創造了詩的時代。人民抒寫了時代的詩。」〔註26〕羅學澄在《讀者談詩——「我喜歡山區新歌謠」》一文中說：「我喜歡它，是因爲它有詩的意境：『走上雞心嶺，／一腳踏三省。／／修田修在雞心嶺，／八月稻香飄三省。（之一）』讀完這幾句，彷彿八月稻子的清香陣陣飄來，而這『稻香』還要『飄三省』，你看，這是一種多美的意境，但它不是才子佳人虛無飄渺的幻境，它是『走上雞心嶺』『修田修在雞心嶺』以後的勞動成果，是人民的創造！這樣的詩歌，難道還不叫人喜愛？」〔註27〕

與思考文藝創作相比，新民歌的指向更關注勞動生活的效果。這種指嚮

〔註23〕安旗：《略談新民歌思想藝術上的主要特點》，《詩刊》1958 年 8 月號。

〔註24〕《紅旗歌謠》第 252 頁。

〔註25〕《紅旗歌謠》第 205 頁。

〔註26〕李季、聞捷：《詩的時代，時代的詩》，1960 年 8 月 26 日《文藝報》1960 年第 13～14 期。

〔註27〕北京西郊郵電療養院·羅學澄：《讀者談詩——「我喜歡山區新歌謠」》，《詩刊》1958 年 6 月號。

往往由各種期刊的編委來決定。當然，對於編委經由何種過程，借助何種渠道，爲新民歌運動添磚加瓦，推波助瀾，還需要加以細緻的考察。但是，《詩刊》1958 年 7 月號刊出孫吳的《戰士談詩》一文，讓我們大略瞭解到以《詩刊》爲首的一些主要刊物在充當新民歌運動陣營的喇叭。

> 問題還在於，詩歌創作者，有他自己的創作自由，願意怎樣寫就怎樣寫，願意用那種形式表現，就用那種形式，讀者無權干涉，但有權選擇。這裡最主要的是，報刊編輯部的問題。最近報刊大批發表民歌，受到讀者的歡迎，也引起了群眾的創作熱潮。這種情形可以引起詩歌編輯同志們的深思，爲什麼會這樣呢？我看主要是方向對了。〔註 28〕

媒體主導的新民歌運動愈演愈烈，大部分的專業詩人下放到農村。他們不去工廠去農村，大概是因爲農村才是毛澤東思想的戰略基點。1960 年 2 月 8 日，《人民文學》1960 年 2 月號刊載《春光明媚——工人詩選八首》，包括戚積廣《春光明媚》、龔志強《萬永紅》、葛可森《人老心不老》、趙守義《黨委書記來拜年》、李清聯《它到底認輸啦》等詩；同期刊載《半個天都映紅了——工人詩選十二首》，包括王光林《半個天都映紅了》、魏廣善《捷報》等詩。《編者的話》中說：「而最可喜的是，這些作品除了兩篇小說（《姑娘的心事》和《池畔的紅花》）以外，它們的作者都是工人同志。這說明了兩件事：第一，是大躍進以來工人文藝創作不僅在數量上有了極大發展，在質量上也迅速地提高了。一支工人作家隊伍正在形成。第二，我們的專業作家較多地集中在農村，深入工廠的就少了一些。」

第二節　知識分子文學的尷尬處境

57 年反右鬥爭後，許多詩人被下放到農村、工廠。「他們立志要在群眾中生根開花。他們正在尋求詩和群眾結合的方式。有的詩人採用了和群眾合作寫詩的方式，有的詩人和畫家合作把詩寫上牆頭，有的詩人和曲藝演員合作讓詩人長出了翅膀，有的詩人密切配合黨報創作詩的評論」〔註 29〕無論被下放的還是留在城市的，知識分子詩人都因爲要創作大躍進民歌而感到困

〔註 28〕孫吳：《戰士談詩》，《詩刊》1958 年 7 月號。

〔註 29〕聞捷：《談談甘肅對唱詩——《對唱詩的大豐收》編後記》，1958 年 11 月 26 日《文藝報》1958 年第 22 期。

惑。新民歌並不是一種獨立的詩歌樣式，而是當時的意識形態。它經由創作
主體的轉換過程，反映大躍進運動。新民歌的情緒、意象、敘事方式等，都
應該包涵不同於其他時代的思想政治內容。

一、文學領域中的東風與西風

　　毛澤東否認文學的歷史延續性，主張有必要不斷地開展文化革命。這種
必要性的目的在於「要使文藝很好地成為整個革命機器的一個組成部分，作
為團結人民、教育人民、打擊敵人、消滅敵人的有力的武器，幫助人民同心
同德地和敵人作鬥爭。」(《在延安文藝座談會上的講話》)問題的關鍵，不在
於目的，而在於不斷強調目的的現實。面對風雲變幻的國內外政治局勢，毛
澤東要求大眾傳媒，而且是具有階級性和黨派性的大眾傳媒發揮作用。文學
的定向與創作隨著現實的管制而變化也是因為這一點。《文藝報》引用邵荃麟
的言論，指出「作品是武器，作家、評論家是隊伍，刊物是陣地，三方面要
緊密結合，才能打好仗。」〔註30〕而戰鬥指的就是，在立足於主流意識形態
的世界觀中，根據反映它的觀點方法的方向體系來操縱文學。正是由於這種
從黨派性出發的媒體作用，「在刊物工作上，一定要記住：政治是靈魂，政治
是統帥，這永遠是真理。」〔註31〕

　　刊物工作的主要任務之一，就是無情地批判對世界認識持有不同觀點的
集團。其中，批判第三國際領導人盧卡奇明顯有悖於斯大林死後和平共處的
氛圍，但是，批判與打倒勢在必行，因為盧卡奇也被視作修正主義者。對於
他們來說，「文學上的修正主義者和政治上的修正主義者一樣，力圖抹煞文學
的階級性和黨性，抹煞無產階級文學與資產階級文學的區別。他們用資產階
級的人性論、人道主義來反對無產階級的文學，反對列寧的關於文學黨性的
原則，提倡和資本主義意識形態和平共處。盧卡契在 1956 年匈牙利事變前一
個月所發表的文章中，公開地否定列寧關於帝國主義與社會主義兩個陣營的
理論，說什麼『馬克思主義的任務在於要從全面觀點來觀察事物，從和平共
處的觀點，從今天戰略的觀點無偏見地來評判作品。』在他看來，從階級觀
點、革命觀點來評判作品就是不全面的，就是『偏見』；而從兩種意識形態和

〔註30〕　《揚帆鼓浪，力爭上游──文學界大躍進座談會綜合報導》，1958 年 3 月 26
　　　　　日《文藝報》1958 年第 6 期。
〔註31〕　同上。

平共處的觀點來評判作品，才是『全面的』、『大公無私』的。可是就在他放出這種煙幕的下一個月，這位納吉政府的文化部長就和美帝國主義者勾結一起，在匈牙利事件中公開叛變了。」〔註32〕對高舉蘇聯和平共處大旗的南斯拉夫鐵托集團及霍華德的批判也大同小異。

　　另一個著名的叛徒霍華德‧法斯特，在他叛變革命以後所寫的一本書中說：「很可能我們會親眼看到民主的社會主義和民主的資本主義在爲我們子子孫孫締造一個更好的世界的工作中和平合作。」看吧，這就是叛徒們對於和平共處的曲解。多麼的赤裸裸，多麼的無恥呵！南斯拉夫文學界的現代修正主義者，一方面宣稱他們的文學是超政治的，一方面卻爲鐵托集團的政治綱領大肆吹捧。這個臭名昭著的政治綱領，主張文學藝術「要擺脫階級的制約和局限性」，要服務於「作爲生物的人的眞理」。他們把這種文學標榜爲「人道主義的文學」，「具有人性目的的文學」。〔註33〕

　　他們所說的人性人道主義文學到底是什麼文學，並不重要，問題的關鍵在於，主流意識形態如何設定人性人道主義的外延。在主流立場看來，所謂人性人道主義文學，就是鼓吹和平，暴露社會主義制度的陰暗面，讚美資本主義的文學，就是因懼怕社會主義力量的壯大而炮製的文學。

　　這種所謂人道主義的文學是什麼呢？它一方面竭力鼓吹和平主義，反對革命戰爭和正義戰爭，醉心於揭露社會主義制度的「黑暗」；一方面津津有味地歌頌個人主義，美化資產階級的生活方式。從這種所謂人道主義的觀點看來，革命鬥爭和革命戰爭都是不人道的，屈服於帝國主義倒是人道的；無產階級專政是不人道的，資產階級虛僞的自由倒是人道的；社會主義的集體勞動是不人道的，資產階級的個人主義、享樂主義倒是最人道的。在他們看來，人生的最高目的就是滿足於個人的幸福和愛情，滿足於個人的物質享受，而革命和鬥爭則是討厭的東西。正是這樣，所以他們無恥地誹謗社會主義國家的生活，美化資產階級的生活；誹謗社會主義的文學，宣揚資產階級的文學。這種所謂人道主義的文學，實質上是反映工人階級叛徒對於世界社會主義力量日益強

〔註32〕邵荃麟：《在戰鬥中繼續躍進——在中國作家協會第三次理事會（擴大）會議上的報告》，1960年7月26日《文藝報》1960年第13～14期。
〔註33〕同上。

大所感到的恐懼和仇恨。〔註34〕

這種批判，同樣適用於社會主義人道主義。他們的邏輯十分單純，社會主義人道主義是修正主義的別名，而修正主義正是我們要打倒的主要敵人。舉出無產階級人道主義，只是爲了檢驗他們是否眞正投身於革命與反帝事業。它並沒有明確指出革命與反帝的具體內容是什麼，只不過是主流意識形態爲了烘托合理性推出的普遍而又單純的理論。

> 現代修正主義者從來不敢公開承認人道主義的階級性質。他們所標榜的，是超階級的、抽象的人道主義、實質上則是資產階級的人道主義。自然，他們也會在口頭上談論「無產階級人道主義」或「社會主義人道主義」，正像他們在口頭上也談論「社會主義」、「共產主義」一樣。碰到這種場合，我們就要追問一下，他們這個「無產階級人道主義」要不要革命？要不要反對帝國主義？馬克思在和右傾機會主義的拉薩爾決裂時寫道：「工人階級是革命的，否則一無所有。」只談人道主義而不要革命，用人道主義來裝飾和平主義的宣傳，低聲下氣地同世界人民最兇惡的敵人美帝國主義者講所謂「眞誠合作」，這是對工人階級最無恥的背叛。〔註35〕

這一時期的人性論批判，甚至認爲人情也是反動的。把他們的普遍情緒也看作是修正主義的近親。在兩大陣營的二元對立模式下，邵荃麟作爲文學理論的權威，發表以下言論，引起了強烈的反響。

> 現代修正主義者用人性論作爲人道主義的哲學根據。他們誣衊社會主義文學缺乏「人性」或「人情」，認爲資產階級文學寫了「永恒的」、「共同的」人性，所以才有「永恒的魅力」。這種人性論的邪說已經在創作上產生了惡劣的影響，現代修正主義者力圖誹謗社會主義社會和無產階級專政怎樣破壞了「善良的人性」，使得一些「普通人」的「樂生惡死」以及他們的「男女之愛」、「親子之愛」這些「人類共性」在新社會受到了壓抑。不難看出，這是何等無恥的顛倒黑白！〔註36〕

〔註34〕邵荃麟：《在戰鬥中繼續躍進——在中國作家協會第三次理事會（擴大）會議上的報告》，1960年7月26日《文藝報》1960年第13～14期。

〔註35〕同上。

〔註36〕邵荃麟：《在戰鬥中繼續躍進——在中國作家協會第三次理事會（擴大）會議上的報告》，1960年7月26日《文藝報》1960年第13～14期。

　　所有言論歸結到一點，中國也有修正主義分子。也就是說，這一時期文學的目標，就是要掘地三尺，揪出修正主義分子並毫不留情地將其打倒。

　　匈牙利事件又來了，我們簡直是義憤填膺。逐漸地，我們百思莫解的問題，有了一點頭緒了——不僅是帝國主義、反革命分子在這當中起了很大的作用，還有我們內部的修正主義者，給了敵人最大的援助。但，緊跟著，我們有發現：這種修正主義在我們中國也有，勢力還不小呢；你看，他們也囂張起來了，而且很囂張了幾天。〔註37〕

　　正是在這種氛圍下，「東」與「西」的概念漸漸發生了變化。「東」由蘇聯變成了中國，「西」由帝國主義變成了帝國主義及蘇聯修正主義。詩歌也必須反映這種意識形態，換句話說，詩歌必須表現具有主流意識形態。河北民歌《東風是福》一詩中，現實批判與未來理想結合統一的過程，以及社會主義現實主義都消弭於無形，詩中對「東與西」對立關係地描寫如下。

　　　　東風是福，　／西風是禍。　／東風壓倒西風，　／人民生活好過，
　　／帝國主義摔盆砸鍋，　／社會主義開花結果。〔註38〕

　　袁水拍認為，古典的和民間的詩歌學習，已經成為不可忽視的創作方向。他認為，新詩形式有的實驗比較成功，有的雖未成功也還可以繼續實驗，但有的卻經實踐證明是走不通的道路。所以，向民族傳統的詩歌，古典的和民間的詩歌學習，就「已經越來越成為新詩創作者所不可忽視的任務了。」〔註39〕問題在於這種創作方向究竟是如何形成的。在大躍進這一社會政治現實中，古典的、民間的詩歌並不是在與多種藝術形式的競爭中脫穎而出。新民歌之所以上昇為主流樣式，只是出於政治權力的實際需要和意圖。

　　難題就在於，五四以來新詩史中的白話詩美學具有相對的穩固性。作為體裁存續的依據，這種詩歌美學雖然並不是統一的，但是詩歌至少應該具備詩歌所應有的美學構造，已經成為公認的標準。而且，詩歌美學是以危機意識，換句話說，是以進化論為基軸的。新詩的發展，理所當然地要求詩歌必須，並且有義務在形式與內容上不斷引入新的要素。實現世界性與民族性的統一，創造詩歌美學範疇的嶄新形式和嶄新內容，是新詩的傳統。而這一時

〔註37〕郭小川：《為文學藝術大躍進掃清道路——座談周揚同志的文章《文藝戰線上的一場大辯論》》，1958 年 3 月 26 日《文藝報》1958 年第 6 期。

〔註38〕詩刊社編：《新民歌三百首》，北京：中國青年出版社，1959 年版，第 47 頁。

〔註39〕曹子西：《為詩歌的發展開拓道路——介紹詩歌問題的討論》，1958 年 10 月 26 日《文藝報》1958 年第 20 期。

期的政治目標卻是形成大躍進運動的意識形態，二者之間存在著天然的對立關係。因此，來自主流意識形態的批判層出不窮。例如，徐遲便指出：

> 風，有東風、西風之分。從前吹刮過西風，記得上海曾經有過一個《西風》雜誌，裏面發表的都是從外國刊物上翻譯過來的低級趣味的東西，出版了很多年。詩歌之風，是有一股西風的。也可以指出哪一些人是屬於西風派的。如穆旦的詩，「平衡把我變成一棵樹」，寫得很隱晦，很糟糕。他翻譯過普希金很多的詩，譯筆都很流暢，很明白，但他自己寫的詩正相反。他是有老祖宗的，可以指出他模仿英國的那幾個詩人。穆旦的詩確是很典型的西風派。這種西風派的詩歌的出現和存在，影響了許多人。艾青也是個西風派，也可指出他的老祖宗，指出他模仿法國的那幾位詩人。他們與今天我們的距離是很遠的。只要學過外文，就可以識破他們這些西風派，是都可以找出他們的老祖宗來的。我過去也是西風派。上海的《現代詩風》上我寫過稿。我也寫過「平衡把我變成一棵樹」一類的詩句。但從 1940 年以後，我就堅決與它割絕了，只是難免還有殘餘留下來。另外，詩風也是有東風的，有中國氣派、中國風格的，民歌和古典詩歌傳統的詩風的。自然，東風西風之間有鬥爭。〔註40〕

利用「西風」和「東風」製造詩歌本身的對立，敵視脫離主流意識形態的作品，這種傾向在邵荃麟身上也能得到確認。他在《門外談詩》一文中說道：

> 我國新詩運動的歷史雖然較短，但也可以看出幾個時期中詩風的變化和發展。這種變化和發展和我國革命以及文藝界兩條道路的鬥爭又是分不開的。「五四」以來的每個時期中，都有兩種不同的詩風在互相鬥爭著。一種是屬於人民大眾的進步的詩風，是主流；一種是屬於資產階級的反動的詩風，是逆流。〔註41〕

邵荃麟認為，西風代表著反動。而河路將打擊面進一步擴大，認為知識分子氣和洋氣都背離了正確的階級立場。河路在《打掉兩「氣」》中說：

> 今天的文風有洋八股氣，今天的詩風則有知識分子氣和洋氣。知識分子氣和洋氣都不是正氣，都不是工農勞動人民喜聞樂見的東西。……有一種詩，主題思想好，題材也好，但它們是用知識分子

〔註40〕 徐遲：《南水泉詩會發言》，《蜜蜂》文學月刊，1958 年 7 月號。
〔註41〕 邵荃麟：《門外談詩》，《詩刊》1958 年 4 月號。

的語言寫的，而語言是表達思想情感的工具，於是這種詩也就發散
著知識分子的氣味。這種詩或者是轉彎抹角，扭扭捏捏，浪費筆墨；
或者是詞藻華麗，粉飾雕鑿，像那塗脂抹粉的病態的小姐；或者是
採用流水賬一樣的排比，如：「太陽照著山崗，照著河流，照著森林，
照著城市，照著村莊……」叫你為它擔心，到底要「照」到哪裏為
止呢？或者是把散文化的語言分行排列，硬把散文當作詩拿給讀
者；或者是發揮那不合邏輯的想像，用些似是而非的比喻和形容詞，
把你帶入霧海雲天。〔註42〕

　　批判的最終目標，就是要證明五四以來的新詩背離了意識形態。大躍進
時期的言論的主題，是要徹底阻斷資本主義和修正主義傾向對文學藝術領域
的滲透，並試圖否定新詩的傳統，扶植新民歌這一文學樣式。方冰認為，
「總的說起來，新詩的名譽是不怎麼好的，群眾不喜歡它，說得苛刻一些，
只是幾個知識分子寫給知識分子看，群眾不買賬，不承認作者是自己的詩
人。」〔註43〕詩人與人民大眾的隔閡，被界定為階級立場的差異。丁力的
觀點更加激進，認為根本的問題在於不想使詩歌為人民服務。「如果看到勞
動人民看不懂，聽不懂，難道不感到疚心嗎？為什麼不使自己的詩，為廣大
勞動人民服務，而只是為極少的一部分知識分子服務呢？根本的問題，是缺
乏群眾觀點，不想使自己的詩歌為勞動人民服務。不然，為什麼偏偏要走這
條窄路？」〔註44〕聯繫到57年的反右鬥爭，58年的這些主張，不能不說是
一種針對知識分子的政治脅迫。舉例來說，無線電器村廠蔣滿泉刻畫的保守
者，就是站在大躍進的對立面，應該被打倒的迂腐的知識分子形象。

　　　　保守者，像隻鴨，　/走起路來趴呀叫。　/腦瓜小，腦襟窄，　/
　　顧慮這來顧慮那。　/遇困難，不設法，　/拉開嗓門叫呱呱：　/「不
　　行啊，不行啊！　/步子只能這麼大！」（無線電器村廠蔣滿泉：《保
　　守者像隻鴨》）〔註45〕

　　因此，「胡適及其《嘗試集》（在內容上，只能說是封建文化的糟粕與西
歐資本主義文化的糟粕底揉雜），二三十年代的『新月派』、『現代派』（都是

〔註42〕河路：《打掉兩「氣」》，《長江文藝》1958年4月號。
〔註43〕方冰：《貫徹工農兵方向、認真向民歌學習》，《處女地》1958年7月號。
〔註44〕丁力：《詩，必須到群眾中去！》，1958年4月11日《文藝報》1958年第7
　　　　期。
〔註45〕北京出版社編輯：《北京工人詩百首》，北京：北京出版社，1959年1月版。

宣揚空虛、頹廢、傷感等等資產階級的世界觀和藝術思想上唯美主義或象徵主義等反動傾向），抗日戰爭時期胡風、阿壟等為代表的『七月』詩派（是他們個人主義的醜惡靈魂的燃燒，是對於革命仇恨的火焰的燃燒）以及『前兩三年的某些詩歌中間』〔註46〕出現的『那些晦澀的、矯作的，難以理解的』惡劣傾向，和『一直發展到以詩歌來進行反黨反人民的罪行』的『右派分子和修正主義者的詩歌』』〔註47〕等都變為排斥的對象。

　　將東西方的意識形態沉澱新民歌與知識分子文學的對立，這一過程中，年輕詩人充當了主力軍。郭小川批評大部分知識分子詩歌酸臭逼人，主張詩歌應該向著新民歌的方向前進。「新詩的大部分，知識分子氣太濃了！」這表現在思想感情上，也反映在詩的格調上。他說，「詩歌向何處去？」「寫新詩的詩人究竟怎樣幹呢？其實也簡單得很，明確的很，你就死心塌地地向新民歌學習就是。」〔註48〕新民歌其實不過是舊瓶裝新酒，將大躍進的內容硬塞進傳統的詩歌形式中，但是郭小川卻極力否定其在內容與形式關係上的局限性，他認為，民歌的思想性強，它是體力勞動與腦力勞動的結合，具有廣泛的群眾性，流傳廣，新民歌「還在發展的過程中，它也還需要發展」。即便如此，郭小川還是指出，新民歌過於短小，在這一點上，民歌與知識分子文化還是有差距。他在提到對於新民歌的估價時說：「一、民歌的思想性強；二、是勞動人民集體性的創作體現了體力勞動和腦力勞動的結合；三、具有廣泛的群眾性，數量大，流傳廣。」所以，他覺著有的人說新民歌有局限性是不妥當的，因為民歌「還在發展的過程中，它也還需要發展。」〔註49〕但是他認為，好的民歌還多是短的，三十句以上的就少，民歌作者掌握語言的能力不如詩人。

　　郭小川認為新民歌的形式過於短小，阮章竟對此嗤之以鼻。阮章竟指出，工農兵正在向著偉大的理想進軍和戰鬥，他們的詩歌作為戰鬥的武器，當然會散發出濃濃的火藥味，而長詩在將來也必然會出現。「人民群眾向著偉大的理想在進軍和戰鬥，他們把自己的創作——詩，作為進軍的戰鬥令、戰鼓和號角，因此群眾寫的詩是在戰鬥中寫的，詩的本身就是戰鬥的武器，

〔註46〕該文寫於 1958 年。「前兩三年」指的當是 1955～1957 年間。
〔註47〕邵荃麟：《門外談詩》，《詩刊》1958 年 4 月號。
〔註48〕郭小川：《詩歌向何處去？》，《處女地》1958 年 7 月號
〔註49〕郭小川：《詩歌向何處去？》，《處女地》1958 年 7 月號。

『長詩』將來會出來的，也會逐漸提高，經驗也會更豐富的。」〔註50〕

田間認為，民歌能夠吸納一切詩歌樣式，學習民歌的抒情，學習民歌中的短歌、說唱、快板、聯唱和大敘事詩，就能夠解決所有問題。田間的弱點在於，並沒有言及通過何種過程途徑實現詩歌形式的多樣化。他說，民歌是個「浪花千朵」的「詩海」，「要學民歌的敘事。要學民歌的抒情。要學民歌中的短歌、說唱、快板、聯唱和大敘事詩。」〔註51〕與此相反，雁翼認為，通過詩歌下放，思想內容與形式的問題就會迎刃而解。雁翼在《星星》上關於「詩歌下放」問題的爭論中所提出的看法。他認為，過去詩歌的方向是「明確的」，只是「仍有某些脫離群眾的傾向」。基於這樣的認識和估價，所以他提出，「詩歌下放，主要是指詩歌的思想內容，至於形式，它只是表現思想內容的一種手段」〔註52〕

詩歌應該成為意識形態的媒體工具。它是否具有說服力，不在於詩歌本身的藝術成果，而是取決於運動的成果。1959年1月北京出版社編輯出版《北京工人詩百首》，就是主流意識形態媒體戰略的成果。也象徵著通過主流樣式的變化，劃分創作主體的派別的運動，取得了階段性的勝利。知識分子階層對工人詩歌的評論，也顯示出他們在通過自我否定向著意識形態靠攏。

> 也許，逐首推敲起來會發現有的詩還略嫌粗糙，但整個看來，這本集子仍像一串閃光的珠串，這證明工人的詩是具有最新最美的藝術風格，是值得我們重視和學習的。〔註53〕

軍人在工農兵主體創作中不可或缺。魏巍認為，運動最終會向著軍人主體化的方向發展。「我們企待著每個團，每個營，每個連都有自己出色的詩人和歌手。假如我們的詩歌太多，用籮也裝不下的話，那就開上我們的炮車、載重汽車吧，我們不是要它變作米糧，我們是要它變作最鋒利的武器，來對準那些還沒有斬盡殺絕的野獸們！」〔註54〕

〔註50〕 曹子西：《為詩歌的發展開拓道路——介紹詩歌問題的討論》，1958年10月26日《文藝報》1958年第20期。

〔註51〕 田間：《談詩風——在河北詩歌座談會上的發言》，《蜜蜂》文學月刊，1958年7月號。

〔註52〕 雁翼：《對詩歌下放的一點看法》，1958年6月1日《星星》1958年第6期。

〔註53〕 宛青：《時代的最強音——「北京工人詩百首」讀後感》，1959年3月21日《人民日報》。

〔註54〕 魏巍：《戰士詩——革命英雄主義的戰鼓》，1958年7月26日《文藝報》1958年第14期。

　　新民歌運動的目標，從意識形態角度來說，是要烘托東西方陣營的敵對矛盾，進而明確區分官僚資產階級與工農兵階級。在詩歌領域所面臨的課題就是舊瓶裝新酒，將大躍進的內容塞進過往的形式中去。一般來說，詩歌形式取決於所處時代的主題內容，而大躍進的內容必須要收錄到民歌中去，因此，新民歌運動打破了詩歌史的常規，可以說是一種理念性的強迫。

　　即便如此，賀敬之還是肯定了新民歌的多樣形式，認為傳統的舊民歌形式與新內容並不矛盾。新民歌之所以成為新民歌，是因為它在內容和形式上都有所創新。但是，賀敬之的看法還是稍顯莽撞。從整體上來看，新民歌並非新形式，也不完全是承載了新內容。他認為，新民歌在形式方面的特點，是傳統民族形式的利用，占主要部分。新民歌的多樣形式證明了「這些傳統的舊民歌形式並不和新內容矛盾」。他說，「新民歌之所以成為新民歌，不僅它的內容新，而形式上也相應的有了新的東西。」〔註55〕

　　另一方面，丁力極力反對民歌形式過於單純的看法，他舉出實例來證明多種樣式可以在民歌中並存。

　　　　民歌除固定的形式以外，還有許多非固定的形式，字句的長短、多少，都沒限制，歌手和詩人完全可以運用自如，像：「筐頭裝得滿滿，／扁擔壓得彎彎。／孩子的媽媽呀，／你看看：／我一頭挑著一座山！（湖北麻城）」、「月下挖泥河，／千擔萬擔，／扁擔兒一月牙彎彎，／咕，／咕，／像飛著一群大雁。／北風呼哨，／汗珠滿臉，／今年多施河泥千斤，／明年曾產糧食萬擔。（河北李蘇卿）」誰能說它受了什麼限制？民歌體是多種多樣的，雖有局限性，只要熟悉群眾的語言規律，是完全可以克服的。〔註56〕

　　他對民歌形式上的局限性做出了逆向闡述，雖然舉了兩首詩歌作品作為具體實例，卻並沒有什麼說服力，因為它基本上與五四時期的傳統具有全然不同的節奏構造。

　　而詩歌愛好者們之所以仍舊感到困惑，是因為新民歌不像詩歌。例如，何其芳就曾談到新民歌不可克服的局限性，主張新民歌應該吸收外國的經驗。但是，他強調普遍性與民族性統一的同時，卻忽視了新民歌這一樣式出現的意識形態機制。考慮到急劇變化的社會形勢正在醞釀東風與西風的對

〔註55〕賀敬之：《關於民歌和「開一代詩風」》，《處女地》1958年7月號。

〔註56〕丁力：《詩話》，1958年10月26日《文藝報》1958年第20期。

立，他發表這一言論，可以說是政治上的冒險。

> 我認爲民歌體雖然可能成爲新詩的一種重要形式，未必就可以
> 用它來統一新詩的形式，也不一定就會成爲支配的形式，因爲民歌
> 體有限制。……我所說的民歌體的限制，首先是指它的句法和現代
> 口語有矛盾。它基本上是採用了文言的五七言詩的句法，常常要以
> 一個字收尾，或者在用兩個字的詞收尾的時候必須在上面加一個
> 字，這樣就和兩個字的詞最多的現代口語有些矛盾，寫起來容易感
> 到彆扭，不自然，對於表現今天的複雜的社會生活不能不有所束縛。
> 其次，民歌體的體裁是很有限的，遠不如我所主張的現代格律詩變
> 化多，樣式豐富。批判地吸取我國過去的格律詩和外國可以借鑒的
> 格律詩的合理因素，包括民歌的合理因素在內，按照我們的現代口
> 語的特點來創造性地建立新的格律詩，體裁和樣式將是無比地豐
> 富，無比地多樣化的。這無疑地更便利於表現我們今天的社會生活
> 和思想感情。……我認爲我們還必須擴大眼界，採取魯迅所主張過
> 的『拿來主義』的精神，敢於吸收世界許多國家的大詩人的作品的
> 營養。要有這樣的『千匯萬狀，兼古今而有之』的氣魄，要有我們
> 自己的高度的創造，然後才能開一代詩風。反過來說，如果束縛於
> 我國的或者外國的、古代的或者現代的某一流派某一體裁的影響，
> 無論它是什麼樣的流派和體裁的影響，都不過是作人的奴隸而已，
> 哪裏談得上開一代詩風呢？〔註57〕

「五四」以來一直致力於新詩創作的卞之琳，身處新民歌的意識形態語
境中，目睹「五四」以來新詩取得的成果遭到否定，主張「五四」以來新詩
也是民族形式的一部分。他認爲，新詩也是中國的民族傳統，新詩形式也是
中國的民族形式。他的理由是，中國古典詩詞只有吟唱的傳統，而「五四」
以來的白話詩受到外國詩的影響，才有「爲了念」的傳統。他說：「這種新傳
統到今天也不能說不屬於我國的民族傳統。而照這種新傳統寫出來的新詩形
式也就不能說不是我說的民族形式。」〔註58〕他認爲學習民歌的風格，表現
方式以及語言形式非常重要，也是從詩歌本身出發的。「除了通過它在勞動人
民的感情裏受教育以外，主要是學習它的風格，它的表現方式，它的語言。」

〔註57〕何其芳：《關於新詩的「百花齊放」問題》，《處女地》1958年7月號。
〔註58〕卞之琳：《對於新詩發展問題的幾點看法》，《處女地》1958年7月號。

〔註 59〕

　　但是，袁水拍認為，新民歌的意義就在於反映群眾社會主義建設的規模和氣勢，功到自然成，因此並不需要修辭技巧。他的意見，可以說是準確捕捉到了新民歌的意識形態性性格。他認為，這種學習和提高不能僅僅從創作方法、創作技巧的角度來看，僅僅就這一點來解釋，並不能說服人，也不能正確地認識目前的新民謠的意義。他說：「波瀾壯闊的詩情反映了今天群眾建設社會主義的波瀾壯闊的規模和氣勢。功到自然成，這不是單純地擷拾一些修辭技巧能濟事的。」〔註 60〕

　　對新民歌運動的意識形態性質與詩歌史問題，最為感到困惑的還是何其芳。實際上，何其芳將新民歌問題放在現實主義詩歌的外延中來看，他主張，五四以來的詩歌，與毛澤東提到的民歌，古典詩歌一樣，也能夠作為新詩的基礎。

> 　　對於新詩發展的基礎的瞭解問題。有些同志認為只能以民歌和古典詩歌為基礎，五四以來的新詩是不能作為基礎的。有的同志卻認為新詩也可以作為基礎之一。這當然牽涉到對於五四以來的新詩的估計。但也可以看出對於「基礎」的瞭解不同。我覺得如果是為了指明新詩的發展的方向，只能走向中國化群眾化，不能繼續保存五四以來的新詩的弱點，我是贊成只提新詩應在民歌和古典詩歌的基礎上發展的。這樣，這「基礎」就帶有方向性的意思在內。如果把「基礎」瞭解為僅僅是構成形式的因素或傳統，那我就覺得五四以來新詩的某些部分也未嘗不可以作為今後發展的新詩形式的基礎之一。〔註 61〕

　　但是，何其芳發表上述看法，是因為他誤以為毛澤東討論的不是基礎問題，而是方向問題。毛澤東為新民歌指明方向，並將之運動化，涉及的正是民歌與古典的基礎。他強調的新民歌，不是詩歌史的一個階段，而是打開國內外政治局面的手段。因此，毛澤東認為，詩歌的發展不應該遵循自然的多元化的原則，而應該向著人為的一元化的方向前進。謳歌中國社會主義的優越性，這就是新民歌的任務。何其芳大談詩歌發展的自然的多元化，顯然是

〔註 59〕同上。
〔註 60〕袁水拍：《向民歌學習浪漫主義精神》，《詩刊》1958 年 5 月號。
〔註 61〕何其芳：《關於詩歌形式問題的爭論》，1959 年 2 月 25 日北京《文學評論》1959年第 1 期。

觸了思想權威的逆鱗。

> 我仍是我的老意見，最好還是從此比較自然的發展中去形成一
> 種支配形式，或者同時並存兩種以上的主要形式，不要急於勉強地
> 用人工去造成這種形式。勉強地用人工去造成的形式是不能持久
> 的。中國新詩的歷史不過四十年，但風行一時的主要形式卻變更過
> 好幾次了。開頭是初期白話體和小詩。後來是「豆腐乾」體詩。後
> 來又是自由詩。解放後最流行的是「半自由體」。現在好像是民歌體
> 和半自由體並盛（我這都是指詩人們的作品而言，群眾詩歌當然是
> 以民歌體和快板體爲主要形式）。〔註62〕

在相同意義上，他認爲，未來詩歌的發展必定會建立在形式多樣化的基
礎上，卻沒有意識到新民歌的意識形態意義。他的想法是：民歌體是會在今
後相當長以至很長的時期內還要存在的；新詩是一定會走向格律化，但不一
定都是民歌體的格律，還會有一種新的格律；格律體的新詩而外，自由體的
新詩也還會長期存在。民歌和新詩在形式上的特點都相當突出，不大容易混
合起來。文藝形式有它相對的穩定性。而且樣式多一些是好事，不是壞事。

雁翼從中國詩歌史歷程的繼承與發展著眼，不同意那種把「詩歌下放」
的提出看成是對過去新詩成績的否定；這一口號的提出，「不僅承認和肯定了
過去詩歌的成績，而且也是爲了更好的、更積極的發展這種成績。」〔註 63〕
這也是誤解了新民歌作爲運動的性格所致。青年學生紅百靈在《讓多種風格
的詩去受檢驗》一文中認爲，詩歌要下放，詩人也要向民間歌手學習，「但是，
是不是叫詩人們千口一致地唱一個調子的民歌呢？是不是叫詩人們的原來跳
動著時代脈搏的各種風格都不要了呢？⋯⋯詩歌下放，除了多用民歌體唱給
人民外，還必需詩人們帶著自己風格的詩去受大眾的檢驗。」〔註 64〕這些人
對於當時企圖用民歌統一新詩的強大潮流，都表現出一種憂慮，並且試圖從
詩歌角度把握新民歌與現實的關係。

「關於詩歌下放」問題討論結束時發表在《星星》的李亞群《我對詩歌
道路問題的意見》一文〔註 65〕，對持不同意見的人和他們的觀點，提到政治

〔註62〕 何其芳：《關於詩歌形式問題的爭論》，1959 年 2 月 25 日北京《文學評論》1959
　　　　年第 1 期。
〔註63〕 雁翼：《對詩歌下放的一點看法》，1958 年 6 月 1 日《星星》1958 年第 6 期。
〔註64〕 載《星星》1958 年第 8 期。
〔註65〕 載《星星》1958 年第 11 期。

的「高度」來分析，把雁翼、紅百靈等在民歌與詩歌形式問題上的看法，歸結爲是「有關文藝方針的問題，亦即願不願爲工農兵服務的問題，也是誰跟誰走的問題」。文章認爲，是否承認民歌應是詩歌發展的主流，這「實質上」是知識分子「同勞動人民在詩歌戰線上爭正統、爭領導權的問題」，那些認爲民歌在藝術形式上有局限的人，「就是以資產階級老爺的態度對待勞動人民及其作品」。〔註66〕

二、知識分子的困惑

　　社會主義的主體名義上是無產階級，實際上在實踐過程中大部分依靠的是知識分子。社會主義實踐過程，具有邁入前近代階段的20世紀的特徵，勞動者階級尚未成熟，廣大農民更是處於文盲狀態。因此，從前近代到社會主義時代發展過程，不得不依靠知識分子。「儘管社會主義推出種種無產階級理論，但這些並不是體力勞動者，而是知識分子、專家、技術人員、白領等新興中間階層的意識形態。」〔註67〕

　　中國革命的特徵，是以「農村包圍城市」的農民革命。這一過程的特殊性，就在於將農民編爲革命軍的主力，因此，知識分子真正轉化爲農民成爲一項必須完成的任務。

　　　　……中國文藝中終於出現了真實的農民群眾、真實的農村生活
　　　　及其苦難和鬥爭。知識者的個性（以及個性解放）、知識給他們帶來
　　　　的高貴氣派、多愁善感、纖細複雜、優雅恬靜……在這裡都沒有地
　　　　位以致消失了。頭纏羊肚肚手巾、身穿自製土布衣裳、「腳上有著牛
　　　　屎」的樸素、粗獷、單純的美取代了一切。「思想情感方式」連同它
　　　　的生活視野變得既單純又狹窄，既樸實又單調；國際的、都市的、
　　　　中上層社會的生活、文化、心理，都不見了。……這當然極大地影
　　　　響以至規定了中國知識分子們的心態。自此以後，爲工農兵服務，
　　　　向工農兵學習，改造思想情感，便成了知識者、文藝家的當務之急

〔註66〕洪子誠、劉登翰：《中國當代新詩史》第183～184頁。
〔註67〕這句話出自波蘭裔俄國革命家馬察斯基（Waclaw Machajski：1866～1926）之口。轉引自古爾德納（Alvin Ward Gouldner 1920～1980）：《第三世界革命知識分子理論序章》，Gella，Aleksander 著、김영범.지승종譯：《知識階層和知識分子（The Intelligentsia and intellectuals）》，韓國首爾：학민사，1983年，第238~239頁。

和必經之途。這個改造又是一定的理論或「世界觀」來引領指導的。
〔註68〕

1949 年中華人民共和國成立之後，以美國爲主導的戰後體制，加重了中國共產黨對現實的危機意識，並使其無法擺脫對工農兵的依賴。尤其是「抗美援朝」以後，更是利用有組織的戰時動員體制，將城市與農村都納入單位制度及人民公社制度之下，強令知識分子與工農兵保持一致。毛澤東思想與實踐，要求將個人的思想、感情、生活等全都放在黨路線指導下。在文學方面，作家的一切文學活動都必須遵守黨提出的規範。

文學不但要依附於權力，而且其政治影響力也應該局限在權力規定的媒體所能行使的作用範圍之內。這意味著，寫什麼和怎麼寫，都要聽從黨的指揮。爲了實現這個目標，首先，作家的思想、立場、觀點、文學形式及風格、評價的標準都要從黨性出發進行改造。作家學習馬克思主義，深入生活，改造自己的世界觀，反映歷史發展的客觀規律，這一過程就是保證自己的立場觀點與黨保持一致的途徑。因此，文學創作與批評的第一標準是「政治」，藝術標準居於無足輕重的附庸地位。

問題在於怎樣克服自己與黨的觀點差異。黨試圖通過控制傳播過程，消除兩者間的隔閡。換句話說，盡可能嚴格地管制文藝創作及傳播，甚至讀者對文本的選擇，建國後的一切文藝活動都被當成社會控制的主要對象。作家的個人生活被單位所控制，文學活動變成了組織活動，在其他時期，其他國家都被允許的個人獨立作業，也在黨的強制下公開化、公式化。但這並不意味著，知識分子作家必須馬上將自己的思想、感情、性格、命運等等，與大躍進意識形態保持一致。舉例來說，1960 年 6 月 5 日《邊疆文藝》1960 年第 6 期刊出李鑒堯、洛汀的文章《曉雪在宣揚什麼，反對什麼？——批判〈生活的牧歌〉》，揭示出要形成大躍進意識形態的知識分子機制是多麼困難。

> 「一、曉雪宣揚主觀戰鬥精神，否認存在決定意識的根本原理；強調詩人的主觀作用，否認生活是文學藝術的唯一源泉，否認思想改造的必要性。」「二、曉雪從資產階級唯心主義觀點出發，宣揚超階級的人格、個性、人性論、博愛、良心、作家的才華等，強調作家忠於自己、忠於自己的個性，否認作家的階級性、文藝的階

〔註68〕李澤厚：《二十世紀中國文藝一瞥》，《中國現代思想史論》，天津：天津社會科學院出版社，2003 年 5 月版，第 241～242 頁。

級性以及世界觀對創作的作用，否認文學的黨性原則。」「三、曉雪混淆了資產階級革命和無產階級革命的界限；民主主義革命和社會主義革命的界限；否認社會主義現實主義與舊現實主義的根本區別，把社會主義現實主義和舊現實主義混爲一談，從而取消了社會主義現實主義。同時他也混淆了革命的浪漫主義和舊浪漫主義的根本區別。」「四、曉雪要求藝術家從原來的風格基礎和個性出發，不要迷信形式，不要爲了創造一種新形式而拋棄過去的一切，重起爐竈。從而排斥民族形式和大眾化的重要性。」「五、曉雪對艾青是肯定一切，推崇備至；對社會主義文學藝術是否定一切，惡意攻擊。」〔註69〕

鼓吹生活是文學藝術的唯一源泉，意味著應該按照黨的要求認識並改造生活。如果做不到這一點，就要接受思想改造，在主觀上與黨保持一致。大躍進意識形態要求必須抹煞個性和人性，此時的世界觀或者階級性，應該與黨的意志及黨性達成統一。只要維持這種狀態，就能實現革命現實主義和革命浪漫主義的統一。反之，就必然會模糊資本主義與社會主義的界限，導致混亂的產生。詩歌應該是新民歌。新民歌承載了中國對未來的信念，所以必須與過去劃清界限，以民族形式和大眾化爲內容，將全中國人民捏合成一個整體。而艾青被視作反新民歌的軸心，因此，對艾青持肯定態度，就是抗拒新民歌，就是逃避改造。

問題在於，這種理念上的傾斜，使得人類的正常情緒也被視作脫離革命的表現。《星火》1961 年第 2～3 期刊出梁勳仁的詩《龍飛鳳舞》，該刊 1961年第 4～5 期刊出戴發惠、葉藝靈《一首又新又美的好詩——「龍飛鳳舞」讀後》和吳燃、班靜《低級的情趣，歪曲的形象——談長詩「龍飛鳳舞」的思想傾向》這兩篇文章。《低級的情趣，歪曲的形象》一文中對這首詩做出了毫不留情的批判。

> 作者企圖通過這對知識青年戀愛的故事，來反映農村中新的一代的成長和大辦農業、大辦糧食的熱鬧景象。然而，事與願違，讀者很難在詩裏面感受到大辦農業、大辦糧食的轟轟烈烈的氣勢，並沒有被主人公的形象所感染、所激動；相反，只是聞到了作者在詩

〔註69〕 李鑒堯、洛汀的：《曉雪在宣揚什麼，反對什麼？——批判〈生活的牧歌〉》，1960 年 6 月 5 日《邊疆文藝》1960 年第 6 期。

中充滿腐朽庸俗的小資產階級的戀愛氣味和情趣；錯誤地誇大了在改造自然中的個人作用，抹煞了黨的領導和勞動群眾的創造；並且嚴重地歪曲與醜化了黨的農村基層幹部的形象。〔註70〕

生產鬥爭，是實現大躍進的集體勞動的過程。因為動員了全體社會成員，勞動過程中必然會產生種種矛盾。會上演愛憎交織的劇目，也會出現不合常理的鬥爭。又因為是體力勞動，勞動能力突出的青年男女共同作業，自然會時時處處迸射出愛情的火花。儘管如此，描寫這些問題，還是被誇大為人類在改造自然過程中的不當行為，是一種腐朽落後的小資產階級情趣。運動與愛情變得勢不兩立，這不是理論至上主義傾向，而是強迫作品遵循理論的要求，對現實作出加工。換句話說，首先規定作品應該刻畫的內在秩序，然後在這一框架中反映現實情況。描寫生活的法則，不是由現實決定的，而是不得不按照上頭的指示，與政治相呼應。

許多詩人因形勢的發展而感到不安。如果不能準確把握黨的要求，等待自己的不知道將是何種際遇。就連賀敬之也陷入困惑之中。前文中提到過，他曾經試圖將新民歌理解為文學史角度上的創作觀點，而不是一種意識形態機制。或許是因為對新民歌有過錯誤理解，1961年出版的《放歌集》《後記》中，他表現得小心翼翼，畏首畏尾。

解放後，我一直臥病，很多時間住在醫院和療養所。另外，我所從事的工作，又使我不能離開辦公室。因此，深入群眾鬥爭生活和從事寫作的時間很少。當然，更重要的是由於自己努力不夠。所以，我寫的太少、寫的又太差。〔註71〕

如果說大躍進意識形態機制是自上而下約束知識分子，那麼它的另一大功能，就是將知識分子驅趕至生產第一線，通過與工農兵共同進行體力勞動實踐，使自己的作品與黨的觀點達成一致。這也是在知識分子面前激發工農兵自豪感的具體措施。在科學技術及文化方面，知識分子凌駕於工農兵之上，但是工農兵在勞動中的體力及在戰鬥中的忠誠，卻是知識分子難以企及的。為了用生產經驗上的優勢取代科學技術上的優勢，必須將科學技術打下歷史舞臺。而且還要將知識分子出身的作家下放到生產現場，與經驗豐富的工農兵競爭。

〔註70〕吳燃、班靜：《低級的情趣，歪曲的形象——談長詩「龍飛鳳舞」的思想傾向》，1961年5月1日《星火》1961年第4～5期。
〔註71〕賀敬之：《後記》，《放歌集》，北京：人民文學出版社，1961年12月版。

提倡體力勞動與腦力勞動相結合，也是出於同樣的原因。二者作為社會勞動，隨著社會內部分工不斷分化結合。體力勞動與腦力勞動的對立統一，決定社會分工的水平，也就是說決定現代化的水平。但是在大躍進時期，提倡體力勞動與腦力勞動相結合，與其說是為了提高社會內部分工的水準，倒不如說是為了利用它來做類比，促成革命現實主義和革命浪漫主義相結合。舉例來說，劉芝明提出，「我們要把目前的專業作家和團體在現有的基礎上加以改造，使他們的智力勞動和體力勞動結合起來。」〔註72〕智力勞動要以體力勞動作基礎，才能獲得正常的發展。「智力勞動有體力勞動作基礎，它的發展才是健康的，全面的，因為它密切的聯繫了生產，聯繫了工農群眾，聯繫了實際。」〔註73〕問題的關鍵在於兩結合的具體方法。智力勞動該如何以體力勞動為基礎，沒有一個具體的方案。實際上，二者結合的方法，包括在社會內部實現合理分工，平等分配，進而強化社會內部安全網等等。而劉芝明認為，只要有體力勞動作基礎，就能密切的聯繫生產，聯繫工農群眾，聯繫實際，就能獲得健康的，全面的發展。這一主張絲毫沒有考慮到分工的合理調整，只不過是一種兩結合的意識形態。

即便如此，體力勞動與腦力勞動的兩結合，只要具備了意識形態上的正當性、合理性，就應該明確地指出理想所在。賈芝指出，「大躍進的歌謠是體力勞動與智力勞動相結合的開端，又反映了目前社會主義大躍進中的共產主義新迹象，它是共產主義文學的萌芽。」〔註74〕他認為腦力勞動與體力勞動的結合，堪比革命現實主義與革命浪漫主義的結合，明確表示這種結合就是共產主義文學的萌芽。但是，共產主義萌芽，並不是憑他的這幾句話，或是腦力勞動與體力勞動的結合而出現的。馬克思所描繪的共產主義社會的生活，並不是通過智力勞動與體力勞動的結合來實現的，而是指在共產主義社會成形階段，有可能通過個人的智力勞動與體力勞動被發現。賈芝的主張顛倒了過程與結果，其目的分明在於鞏固意識形態。勞動的兩結合促成文學的兩結合，然後催生共產主義萌芽，這明顯是歪曲事實的觀念主義。

顛倒黑白的意識形態作為現實被廣泛接受，工農成了掌權者，腦力勞動

〔註72〕 劉芝明：《共產主義文學藝術的萌芽——在中國民間文學工作者大會上的講話》，1958年7月26日《文藝報》1958年第14期。

〔註73〕 同上。

〔註74〕 賈芝：《采風掘寶，繁榮社會主義民族新文化》，1958年8月26日《文藝報》1958年第16期。

與體力勞動實現了統一，也導致了「詩裏有糧」，「糧裏有詩」這一現象的出現。如果尚未進入共產主義階段，那麼工農成爲權力的主人不過是一種政治修辭。於是，工農欣然接受主流意識形態的腦力勞動與體力勞動相結合，自覺自願地，甚至是拼命地投身於勞動改造。

> 抓晴天，／搶陰天，／毛風細雨當好天。／大雨小幹，／小雨
> 大幹，／無風無雨拼命幹。（江西：《拼命幹》）〔註75〕

> 雙手就是搖錢樹，／勞動就是聚寶盆，／扁擔日月腳登天，／
> 滿山蓋坡取金銀。（陝西吳堡・步正洲：《搖錢樹》）〔註76〕

因此，雖然「糧裏有詩」只是一種幻想，但畢革飛卻堅信幻想能變成現實。「工農兵自己創作的詩歌確實是詩裏有糧、糧裏有詩，鋼能生詩、詩能生鋼，工農用他們的智慧和才能，創造了鋼和糧，同時也創造了詩歌。這是智力勞動與體力勞動相結合的成果。只有在今天，工農成爲國家的主人的時代，鋼糧、詩歌和工農三者才有這樣全新的關係。」〔註77〕

幻想無法實現時，換句話說，「兩結合」無法實現時，就需要實施再教育。臧克家指出，「作家和詩人要掌握革命浪漫主義和革命現實主義結合的創作方法，而且要掌握得好，這跟作家、詩人本身的思想改造有直接的聯繫。」〔註78〕大躍進對知識分子的意識形態機制，通過這一過程正在逐漸生效。大躍進意識形態對作家的調節與制約，通過這一過程轉化爲緊跟路線繼續創作的作家意識。作家開始自覺地接受意識形態的制約，自覺地進行調節控制。話雖如此，大躍進意識形態對知識分子的設定，並沒有完全取得成功。許多作家無法拋棄主體意識，仍舊在原地彷徨。而且，關於大躍進機制並沒有明確詳細的說明。臧克家曾經表示擔憂，「不少作家，特別是年紀大一點的作家，在舊社會裏生長了十年，思想情感上多多少少都帶著一些陳灰舊土，很難一下子就洗乾淨。對於新的事物，對於工人和農民同志，眞有點『瞻之在前，忽然在後』的感覺。」〔註79〕正是出於這種擔憂，擺脫大躍進意

〔註75〕詩刊社編：《新民歌三百首》，北京：中國青年出版社，1959年，第138頁。

〔註76〕《新民歌三百首》第146頁。

〔註77〕畢革飛：《徹底破除迷信，堅決學習民歌》，1958年8月26日《文藝報》1958年第16期。

〔註78〕臧克家：《新的形勢，新的口號》，1958年11月26日《文藝報》1958年第22期。

〔註79〕臧克家：《爲文學藝術大躍進掃清道路——座談周揚同志的文章《文藝戰線上

識形態的規定後，作家們的主體性保存著一種困惑的狀態。

　　然而，「今天的詩歌不僅是全民大躍進的號角，並且是共產主義思想解放運動的一部分」〔註80〕在這種形勢下，知識分子別無其他選擇，只能力圖讓自己與價值指向達成一致。詩歌應該是人民群眾的藝術，詩人在自我改造過程中必須要「燒紅燒透」。因此，詩人不追求提高，求助於政策手段尋找獨立認識實踐的道路，終究是行不通的。大躍進的意識形態對知識分子提出了何種要求，邵荃麟在下文中做出了闡述。

　　　　在大躍進中，詩歌界出現了蓬勃的新氣象，詩歌的風氣可以說
　　　　已經在開始變化。但是關鍵問題，是在詩歌與勞動群眾如何更好結
　　　　合：一方面要使詩歌更普及化，真正成為勞動人民自己的藝術，而
　　　　更重要的，則是詩人們深入生活，改造自己正如人民日報社論所說，
　　　　「要有孫悟空跳到老君爐裏的決心」，在群眾的火熱的鬥爭中把自己
　　　　燒紅燒透。〔註81〕

　　上述大躍進意識形態機制，主要借助文學批評的形式貫徹落實。但是，這一時期的文學批評，並不是一般意義上的文學批評。洪子誠在《中國當代文學史》一書中指出，「毛澤東在《講話》中說，『文藝界的主要鬥爭方法之一，是文藝批評』。在 50 到 70 年代，這是文學批評的最主要的，有時且是惟一的職責。在大多數情況下，文學批評並不是一種個性化的或『科學化』的作品解讀，也不是一種鑒賞活動，而是體現政治意圖的，對文學活動和主張進行『裁決』的手段。」〔註82〕

　　對於從事文藝創作的知識分子來說，要想確保政治上的安全，最好的方法莫過於一次又一次地在新民歌面前剖白心境，感激涕零。柯仲平就是其中一個例子。

　　　　去年我看了許多新民歌，選了許多新民歌，不是我在提高新民
　　　　歌，而是我被新民歌提高了。這種提高，不是向資產階級詩歌去提
　　　　高，不是向十九世紀的歐洲詩歌去提高，而是有自己的高，而是沿

　　　　的一場大辯論》》，1958 年 3 月 26 日《文藝報》1958 年第 6 期。

〔註80〕畢革飛：《徹底破除迷信，堅決學習民歌》，1958 年 8 月 26 日《文藝報》1958
　　　　年第 16 期。

〔註81〕荃麟：《門外談詩》，《詩刊》1958 年 4 月號。

〔註82〕洪子誠：《中國當代文學史》，北京：北京大學出版社，2004 年 7 月版，第 25
　　　　頁。

著無產階級的道路、工農兵自己的道路，去不斷地提高。只有在高漲著的共產主義精神鼓舞下，才能產生具有異常豪邁氣概的詩歌，他們的豪言壯語，是從實踐中產生的。〔註83〕

即使沒有過對新民歌感恩戴德的體驗，通過自我批判也能夠確保政治上的安全。上文中提到的曉雪，就是絕好的自我批判的例證。

一九五七年反右鬥爭前的一個時期，文藝上的修正主義思潮從國際到國內互相呼應，形成一股陰暗的逆流，向馬克思主義的文藝陣地、向毛主席的文藝思想、向黨的社會主義文藝事業猖狂進攻。一時間，真是「山雨欲來風滿樓」。這場大風浪考驗了每一個人。當時我自己由於資產階級世界觀沒有得到改造，由於資產階級個人主義思想得到了比較嚴重的發展，由於從資產階級的思想立場出發本能地接受了一些資產階級的文藝觀點，就自然而然地捲進了修正主義的逆流中。我在一九五六年寫的「生活的牧歌」（論艾青的詩，一九五七年七月作家出版社出版）一書中宣揚了一系列的修正主義文藝觀點。很顯然，如果從問題的實質和客觀效果來看，我當時是充當了向黨進攻的角色的。……經過反右鬥爭和整風中許多同志的批評幫助，我對自己的錯誤有了一點認識，但當時並沒有認識到問題的全部嚴重性和「生活的牧歌」的修正主義實質，所以我在後來寫的「艾青的昨天和今天」（「詩刊」一九五七年十二月號）一文中，只在批判艾青的同時附帶地對自己的錯誤作了一點輕描淡寫的檢查。那個檢查沒有接觸到問題的實質，當然是完全不能令人滿意的。〔註84〕

發表《望星空》，引起南斯拉夫文壇關注的郭小川也有相似的際遇。郭小川將華夫（張光年）的《評〈望星空〉》視作同志間的批評。他先就南斯拉夫文壇的歪曲報導做出說明，然後指出魏德馬爾關於創作自由的言論，完全是服從帝國主義的利益和鐵托反動集團的利益。

在 1959 年 11 月號《人民文學》上，我發表了一篇有嚴重錯誤的詩——《望星空》。不久，同年 12 月 23 期《文藝報》刊載了

〔註83〕柯仲平：《祝賀〈紅旗歌謠〉的出版》，《詩刊》1960 年 1 月號。

〔註84〕曉雪：《〈生活的牧歌〉自我批判》，1960 年 5 月 5 日《邊疆文藝》1960 年第 5 期。

華夫同志的《評〈望星空〉》一文，對我這首詩的錯誤作了正確的批評。這本來是很平常的事情。批評和自我批評，是我們的工作和生活中的正常現象。但是過了不幾天，一件可恥的事情發生了。1959 年 12 月 27 日，南斯拉夫的《解放報》《消息報》發表了南通社駐北京記者的專稿，歪曲地報導了我的詩和華夫同志的批評。他們把這種正常的同志式的批評說成是對於我的「攻擊」，而且還裝腔作勢地為我表示「惋惜」，說我已「開始遭到不幸」了。……南共的一位重要的文學論客、曾任南斯拉夫作家協會主席的魏德馬爾在他們的第五次作家代表大會的報告中，對這種「創作自由」做了許多可說是權威的解釋。他說：「我們（即修正主義者——郭注）既不懂得指令式的官僚主義的樂觀主義（他指的是無產階級的革命的樂觀主義。「指令式的官僚主義」云云是反動派對無產階級的污蔑。——郭注），也不懂得對悲觀主義眼光狹小的迫害；對於我們是沒有個人主義責難的威脅，也沒有因為形式主義而受到威脅……」。又說：「首先，便是依靠綱領的幫助，認識到我們是人類大家庭的成員，這一大家庭是為了拯救世界和人類而組織起來的，它不受現存的任何政治集團的限制，而生存於整個世界，既在東方，又在西方，並向前邁進。」……這一些，總算作了相當坦率的招供。你看，他們既不懂得珍惜革命的樂觀主義，也不懂得反對沒落階級的悲觀主義，既不責難資產階級的個人主義，也不反對腐朽的形式主義！他們生存於「既在東方（指社會主義陣營），又在西方（指帝國主義陣營）」的「大家庭」之中；「自由」地做了東方的猶大，西方的寵兒；他們除了服從帝國主義的利益和鐵托反動集團的利益以外，可以「不受現存的任何（革命的）政治集團的限制」，從而「自由」地唱出反蘇、反華、反社會主義的讕調，在現代修正主義的懸崖上「自由」地「向前邁進」！〔註 85〕

　　曉雪、柯仲平、郭小川等人的申辯是為了挽回與黨的關係。而緊跟大躍進意識形態，批判詩人同行的沙鷗，則反覆主演聞風而動，隨機應變的鬧劇。現在看來是鬧劇，當時卻是殺氣騰騰，真刀真槍的武鬥。大躍進的意識形態機制，使得一部分知識分子喪失了做人的資格。

〔註 85〕郭小川：《不值一駁》，1960 年 4 月 11 日《文藝報》1960 年第 7 期。

　　批判沙鷗的作品，是一件容易而又困難的工作。容易的是：他
作品中的粗製濫造，思想貧乏之處，眞是俯拾即是；困難的是：他
作品和文章中的錯誤常常沒有什麼規律性可尋，他忽而「左」，忽而
右，忽而主張這個，忽而主張那個，忽而反對這個，忽而反對那個。
〔註86〕

三、詩人的條件

　　樣式的出現和消滅問題，反映本質的變化。如果生活具體內容有變化，或以某種事件和情況爲契機，思想和志向有變化，內心世界的節奏和形式有變化，樣式也會有較大的變化。但是，新民歌樣式與這些機制無關，它直接源於政治意圖。也就是說，新民歌樣式的問題應該以創作主體的轉換爲媒介，最終實現路線的整合性。爲此，新民歌樣式問題首先要談到的，不是詩歌和內心世界變化的關係，而是勞動和詩歌的關係。

　　1960年初，柯仲平撰文祝賀《紅旗歌謠》的出版，同時指出，只有實現勞動和詩歌的統一，詩才有無限的前途。

　　　　將來，到了共產主義社會，幾項差別消滅了，我想人人都會有詩的氣質，人人都可能有作詩的才力，不過某一些人身上會集中地表現得多一些。那時候，詩人和普通勞動者一樣，勞動、歌唱，有許多詩登在報刊上，或者印成冊子，也有的會作爲民歌流傳，不會有人計較個人得失和報酬。把寫詩當成勞動生活中的一部分，詩才有無限的前途。〔註87〕

　　馬克思所構想的科學、勞動、及藝術理想的實現，是以科學技術和生產力水平的發展爲前提的。進一步來說，是以自由選擇消滅剝削這一創造性活動爲前提的。柯仲平面對的、《紅旗歌謠》中顯示的詩歌和勞動的統一，就是類似的共產主義萌芽，這一萌芽立足於前近代的社會經濟基礎。所以，主流意識形態要把新民歌從與社會經濟基礎的關係中分離出來，把詩歌和勞動的關係，與生產樣式、生活、內心的節奏等等剝離，歸納出詩歌的勞動化和勞動的詩化這兩個階段。這一觀點，使得基礎與上層建築的關係有選擇地單純化，忽視了實踐過程的必然性。詩歌的勞動化與文藝爲工農兵服務的方向劃

〔註86〕周建元：《沙鷗是怎樣一個詩人？》，《詩刊》1960年5月號。
〔註87〕柯仲平：《祝賀《紅旗歌謠》的出版》，《詩刊》1960年1月號。

上等號，勞動的詩化與工農兵的直接創作劃上等號。大躍進時期，被設定爲兩個階段交融的文學史上的轉型期。

　　工農兵以自己的語言和形式來創作詩歌，「開拓了詩歌的新道路」〔註88〕，「五四」以後的知識分子文學被看做爲已完成了其歷史的任務。時代要求詩人摒棄排他性，放棄對詩歌和藝術的主宰權，向工農兵學習，爲工農兵服務。詩人爲了與群眾合爲一體，改變自己的階級立場和感性。要求「詩人要做工農兵」，就是要求他們迎合工農兵的感覺和思考寫詩。換言之，知識分子要否定並脫離文學的基礎與傳統。比如，關於對五四新詩的價值評估問題，周揚在《新民歌開始了詩歌的新道路》一文中說：

> 　　「五四」以來的新詩打碎了舊詩格律的鐐銬，實現了詩體的大解放，產生了不少優秀的革命詩人，郭沫若就是其中最傑出的代表。新詩有很大成績，爲了同群眾接近，革命詩人作了很多的努力。但是新詩也有很大的缺點，最根本的缺點就是還沒有和勞動群眾很好地結合。〔註89〕

　　對大躍進時期作品的評價，也把詩歌的勞動化和勞動的詩化對立起來，主張工農兵創作比知識分子創作更具優勢。1960年4月，萬里浪的詩集《歡歌集》由江西人民出版社出版，當時的作品評論中說道：「語言的明朗、爽利，音節的緊湊、跳躍，這是作者在詩歌創作上的另一個特點。也體現了我們工人階級的本色：說一就一，不喜歡吞吞吐吐，晦澀不清。作者善於運用排比句，來加強言語的表達力量」〔註90〕評論的焦點不是「吞吞吐吐，晦澀不清」的語言，而是採用何種形式將知識分子創作和工農兵創作對立起來。「明朗、爽利的預言，緊湊、跳躍的音節」是工農兵創作的特徵，「吞吞吐吐，晦澀不清」是知識分子創作的屬性。這個評論可以說是概括了兩個創作主體的傾向。

　　在這種社會氣氛下，知識分子用不熟悉的形式表現時代、生活和自我。對知識分子詩人來說，這不能不說是一個尷尬的任務。李季和聞捷講述了他們的尷尬經驗：

> 　　1958年的冬天，當我們從引洮工地和河西走廊回到蘭州以後，人民便開始用詩的形式，表達出對於我們的期待和要求，催動我們

〔註88〕周揚：《新民歌開拓了詩歌的新道路》，1958年6月1日《紅旗》創刊號。
〔註89〕同上。
〔註90〕工人翠竹：《讀「歡歌集」》，1961年1月1日《星火》1961年第1期。

繼續前進了。

有一首詩,這樣寫道——

千萬顆衛星飛天上, /萬紫前紅放光芒。//人人都把衛星放, /不見王貴與李香香。//有人說王貴去前線, /有人說香香在煉鋼。//眾人分頭四下找, /走遍群山和大洋。//王貴不在陣地上, /爐旁不見李香香。//急忙回頭找李季, /把他攔在大街上。//共產主義英雄多, /我們要見王貴與香香。//詩人詩人你快講, /何時寫出新詩章?

另一首詩,這樣寫道——

吐魯番情歌人人愛, /都說詩人的情滿懷;/如今一天等於二十年, /躍進情歌何時寫出來?

我們讀著那貼在文藝擂臺上的詩搞,讀著那誠摯而又火熱的字句,我們胸中像海浪般沸騰,一股暖流激蕩在我們心頭。

我們深深感到形勢的逼人,彷彿有人在問:「詩人!你們能跟隨著時代、人民和黨,快步地前進嗎?」〔註91〕

謝冕也以馮至和卞之琳為例,談到了知識分子文學的困惑,「馮至和卞之琳有著深厚的外國文學的積蘊,他們的詩受到西方詩歌深刻的影響,但在新的詩觀的衝擊下,他們的優勢不僅得不到發揚,反而使創作屢陷困難。」〔註92〕

宋壘對於詩歌和群眾結合的問題,認為:「繼續力求它和群眾結合還是需要的。」但是,「不可忽視的是,繼『五四』之後,詩歌又發生了一次更巨大的革命,這就是大躍進新民歌的產生,表現新的群眾的時代正在逐步變為新的群眾表現自己的時代,詩歌抒人民之情的時代正在逐步變為勞動人民抒自己之情的時代。那麼,當前詩歌發展的中心問題就是勞動人民自己的詩歌如何發展提高。新詩如何與群眾結合,雖然在當前是個問題,但已退居較次要的地位了。」〔註93〕郭沫若也表達了相同的觀點,認為「今天新民歌的精神

〔註91〕李季、聞捷:《詩的時代,時代的詩》,1960 年 7 月 26 日《文藝報》1960 年第 13～14 期。

〔註92〕謝冕:《謝冕詩歌論》,南昌:江西高校出版社,2002 年 4 月版,第 86～87頁。

〔註93〕宋壘:《新民歌是主流,詩歌的發展應當以民歌體為主要基礎》,1959 年 1 月21 日《人民日報》。

是主流。新民歌都是從生產和勞動實踐出發的，它表現了勞動人民的革命樂觀主義和共產主義風格，這種精神和氣概，應該說是新民歌的核心。它不僅是今天的主流，同時也是今後的主流。」〔註94〕

與此相反，也有像何其芳這樣的不同見解，認為勞動人民的詩歌和進步的革命的作家的詩歌都是主流，都是主流的組成部分。他說：「最近一年來，大躍進民歌在數量上和質量上都超過了詩人們的創作，這是事實。但如果不只是從這一個短時期看，無論是往前看得長一些，還是往後看得長一些，都仍然不能說只有民歌是主流。」〔註95〕何其芳的觀點，絲毫沒有否定「五四」以來的新詩的意義和價值，他認為有些文學史著作只把民間文學算作文學的主流和正宗，那也是不妥當的。

何其芳的見解，不過是談論問題的另一個方面，絕不是反對文學為政治服務的「從屬論」。建國後他的創作與政治權力緊密結合。因此，何其芳的創作過程正如馬雅可夫斯基所說：「我不是詩人，我首先是一個拿自己的筆給今天服務的人，我首先是一個拿自己的筆給當前現實及其領導者－蘇聯政府和黨服務的人！」〔註96〕

但是，茅盾面臨的現實，與馬雅可夫斯基不同。新民歌這一樣式被烘詫為大躍進時期文學的主流樣式，工農兵創作要代替知識分子創作。「新民歌總的說來，是思想性和藝術性都很高的」，所以「大家一致認為：必須向新民歌學習。」〔註97〕

如果說茅盾是在「義務」的範疇裏談論新民歌，那麼，徐遲則是通過具體創作經驗接受新民歌樣式。他說：

> 我自己寫了很多年自由詩，民歌體一向寫不來，對它感到彆扭和不自然。……那種彆扭和不自然是可以鍛鍊成為流暢和順當的。……新民歌既已寫出大躍進時代的人民群眾那種驚心動魄的風貌，五七言民歌體的生命力也就無可懷疑了。對待新民歌，以及新民歌的形式，或者說民歌體應該有非常鮮明、非常積極的態度。……

〔註94〕《郭沫若同志就當前詩歌中的主要問題答本社問》，1959 年 1 月 25 日《詩刊》1959 年 1 月號。

〔註95〕何其芳：《再談詩歌形式問題》，1959 年 4 月 25 日《文學評論》1959 年第 2 期。

〔註96〕轉引思蒙：《詩歌——時代的號角》，《詩刊》1958 年 4 月號。

〔註97〕茅盾：《漫談文學的民族形式》，1959 年 2 月 24 日《人民日報》。

我們要學它的時代精神和生活氣息，也要學它的形式。而且，最好不是從民歌選集和《紅旗歌謠》中去學習，而是從生活中，從群眾中去學習，從采風工作，從推動群眾文藝創作運動中去學習。〔註98〕

徐遲的態度表明，他不但要在創作經驗，而且要在社會生活經驗方面來接受新民歌。

《詩刊》1958 年 4 月號刊出了《工人談詩》一文。文中說，磚瓦廠裏的「幾乎所有的工人同志都喜歡快板，不但喜歡讀、喜歡唱，而且喜歡寫。在大鳴大放中，就有不少大字報是用快板來鳴放的。工廠裏所有的小孩子都會念順口溜。很多快板，確實是好詩。但很可惜，有名望的詩人很少寫快板詩。」〔註99〕最後的句子針對「有名望的詩人」。而要描寫群眾喜聞樂見的現實，給知識分子詩人帶來沉重的心理負擔。爲了擺脫嫌疑，他們必須要展示自己順應新民歌的要求而發生的變化。

郭小川的《春暖花開》類似於工農兵創作，一方面形似自由體詩，一方面具備民歌體詩的本質特徵：長短句。宋遂良在《創造性地探索——從郭小川同志三首長詩談詩歌的民族形式問題》一文中，把郭小川的《春暖花開》和一首民歌比較，如下：

我們不妨把上海鐵路工人寫的那首著名的《工人的脾氣》中的一段同《春暖花開》中的一段對照一下：

要整就整，／不等待什麼好天氣，／說改就改，／那有半點遲疑。／這叫什麼？／工人的脾氣。——《工人的脾氣》

春暖花開，／正是英雄用武之時，／大好江山，／正是呼風喚雨之地。／懶漢哲學，／要丟棄！——《春暖花開》

這種同工人詩歌無論在內容、風格或結構、語言都很類似的句子，在這三首詩（特別是前兩首）中是很多的。這像是自由詩，因爲它以現代口語爲結構的依據，行數，句數都沒有嚴格的規定；但它的內核仍是民歌體，它有頓，有詞，沒有脫離民歌體的本質特點。目前，新詩人一般都比較喜歡向這種長短句的民歌體學習。這一方面可能是由於這種形式比之五、七言歌謠體更接近於詩人們原來所熟悉的自由體，比較好學；另一方面也是同這種形式更適宜於表現

〔註98〕徐遲：《談民歌體》，1959 年 2 月 25 日《文學評論》1959 年第 1 期。

〔註99〕《工人談詩》，《詩刊》1958 年 4 月號。

現代生活分不開的。從發展的前途看，我以為這種長短句的民歌體
比之五、七言民歌體的前途可能更為遠大。〔註100〕

這樣一來，不僅「五四」之後形成的中國新詩的基本格局被大大改變，
50 年代出現的解放區詩歌、國統區詩歌暫時共生的現象也不復存在，而且
還極大地加速了以工農兵文化「改造」，「同化」知識分子文化的歷史進程。
〔註101〕

但並不是所有知識分子新民歌都能產生郭小川似的成果。「很多詩人向民
歌學習，改變了詩風，有的學得比較好；有的學得不大好；也有少數人對新
民歌採取懷疑的態度。」〔註102〕1958 年 2 月 8 日《人民文學》1958 年 2 月號
刊出瞿鋼的詩《耕地》。5 月 25 日《詩刊》5 月號《讀者談詩》一欄中刊出湖
北省潛江縣城關商業管理所楊森的文章《「耕地」的生活細節不真實》，批評
道：

> 「人民文學」二月號有瞿鋼同志的「耕地」一詩，我回到農村
> 朗誦過，由於這首詩是用群眾喜愛的語言和形式表現的，群眾都說，
> 又好聽，又好懂，念起來順嘴。但其中有兩句：「左手扶犁右手揚鞭，
> 犁兒走的一條線」，群眾很有意見，七嘴八舌的議論起來：「怎麼會
> 用左手扶犁？」「下放幹部嘛，當然和我們不同。」「我今年六十三
> 歲了，耕了一輩子的田，也不敢用左手扶犁，右手揚鞭更不能，因
> 為牛鼻拴上的繩子是在左邊，右手揚鞭如何揚法？」說得大家鬨堂
> 大笑。

在農耕經驗豐富的農民看來「左手扶犁右手揚鞭，犁兒走的一條線」這
一句脫離現實，正是因為作者深入生活不夠，才會鬧出這種笑話。大躍進時
期的民歌，除了約定俗成的誇張以外，在勞動方面要求具體性，真實性。

與此類似的實例還有王亞平的詩作《鋤麥》。1958 年 4 月 8 日，《人民
文學》1958 年 4 月號刊出王亞平的詩輯《豐收》，《鋤麥》是其中的一首。《詩
刊》1958 年 5 月號《讀者談詩》一欄中刊出陝西臨江空軍 172 部隊劉敬安
的文章《下雨不能鋤麥》，文中說道：「我們的部隊給一個農業社鋤麥。在工

〔註100〕 宋遂良：《創造性地探索——從郭小川同志三首長詩談詩歌的民族形式問
　　　　題》，《詩刊》1959 年 5 月號。
〔註101〕 程光煒：《中國當代詩歌史》，北京：中國人民大學出版社，2003 年 12 月版，
　　　　第 111 頁。
〔註102〕 《編者按》，《詩刊》1958 年 10 月號。

間休息的時候，我翻開『人民文學』1958 年 4 月號第 73 頁，看見王亞平同志的組詩內有首『鋤麥』，我想：『正是時候』。便拿到社員們面前高聲朗讀了起來，念到：『四月天空出巧雲，／年青婦女青春的心，／增產多立功，／颱風不停工，下雨不停工……』白胡王大爺說：『颱風不停工，這行，下雨不停工，那可了不得！』說著他把桶內的一點水倒在地上，順手拿鋤拉了兩下，結果變成了泥糊糊。……」「社員們一時議論紛紛。他們都說：『沒見過！下雨還能鋤地？』」

從上述幾例中可以看出，知識分子創作向新民歌靠攏的過程中，出現了一些細節描寫上的錯誤。然而，他們的創作往往會遭遇荒誕無理的批評。《人民文學》1958 年 2 月號刊出李瑛的《農村四首》。邵荃麟在《門外談詩》一文中，談到一位農民對《農村四首》的反映。她好像認為，這首詩描寫的「一條河」是一種性欲的流露。

> 最近作家協會的下放同志中，有人把「人民文學」二月號上的「農村四首」念給農民聽，其中有一首叫「給一條河」，中間有這樣幾句：「呵，我多想抱起你／抱起你，緊緊的親你／因為我們尋求你，呼喚你／已有多少世紀。」農民們聽了不懂，其中有一個青年婦女聽懂了，她的反應卻是：「臊死了！」〔註103〕

知識分子文學和工農兵之間不可消除的隔閡，就是工農兵相對於知識分子的優勢所在。知識分子意識到應該儘快向著工農兵的意識形態靠攏。衡量作品的標準，不再是質量，而是數量。例如，李季在一個座談會上發言說：「我今年計劃寫 1 萬行詩，自己以為不算少了，從我寫詩到去年，全算起來也不足 1 萬行。可是和農民詩人的幹勁一比，就差得遠了。一個農民先進生產者，摘掉文盲帽子才半年，就寫出了 16000 首民歌。」〔註104〕在這種氛圍中，甚至讓人覺得談論詩歌的質量是一種禁忌。《長江文藝》1958 年 5 月號刊出王任重的文章《大字報萬歲！》，文中說道：

> 我們的詩人應當虛心地向工農群眾學習，不僅要學習他們那種堅定的意志，英雄氣概，革命的幹勁，而且要學習他們在詩歌中所

〔註103〕荃麟：《門外談詩》，《詩刊》1958 年 4 月號。
〔註104〕記者沐陽：《進一步貫徹作家與勞動群眾結合的方針　充分反映大躍進中的人民英雄主義——作家深入生活座談會報導》，1958 年 9 月 11 日《文藝報》1958 年第 17 期。

表現的健康的風格，和純潔生動的語言。也許有人讀了這些來自工
農群眾的詩歌，會拍桌長歎或者搖頭撇嘴，稱之爲低級形式。殊不
知這恰恰是新詩發展的基礎和主要源泉，新詩主要的只能在這個基
礎上去提高去發展。

這篇文章讓人想起《講話》中知識分子文學應該爲工農兵服務，及如何
爲工農兵服務的問題。王任重主張，知識分子文學爲了拯救自己，要向工農
兵文學的語言和風格學習。周揚以「民歌是文學的源頭」爲前提，指齣目前
的工農兵民歌保持了民歌的格調，同時又更多地繼承了古典詩歌的優良傳
統，吸取了新詩的長處。〔註 105〕意即新民歌在文學原則上，在對古典文學史
和現代文學史的繼承問題上，都凌駕於知識分子詩歌至上。他的最終目標，
是消泯知識分子文學和工農兵文學的界線。他幻想的時代，給人的感覺像是
馬克思的烏托邦。爲了打造全民寫詩的時代，知識分子要主動深入群眾，向
工農兵學習。

民間歌手和知識分子詩人之間的界線將會逐漸消泯。到那時，
人人是詩人，詩爲人人所共賞。這樣的時代不久就會到來的。我們
的詩人一定要深入工農群眾，和群眾一同勞動，一同創作，向民歌
學習，向優良傳統學習，只有這樣，我們的新詩才有眞正廣大發展
的前途。〔註 106〕

卞之琳主張，詩人爲了學習新民歌，除了通過它在勞動人民的感情裏受
教育以外，主要是學習它的風格，它的表現方式，它的語言，以便拿它們作
爲基礎，結合舊詩詞的優良傳統，「五四」以來的新詩的優良傳統，以至外國
詩歌的可吸取的長處，來創造更新的更豐富多彩的詩篇。〔註 107〕以保持新民
歌的樣式完整性爲前提，指出詩人要在勞動人民的感情裏受教育，學習其語
言、形式、風格等。這與其說是關於詩歌創作方法的意見，倒不如說是將新
民歌的意識形態以最冠冕堂皇的形式來概括的結果。他雖然說「要我們學習
民歌，並不是要我們依樣畫葫蘆來學『寫』民歌，因爲那只能是僞造，注定
要失敗。」〔註 108〕，但在現實中卻是適得其反。

〔註 105〕周揚：《新民歌開拓了詩歌的新道路》，1958 年 6 月 1 日《紅旗》創刊號。
〔註 106〕同上。
〔註 107〕卞之琳：《對於新詩發展問題的幾點看法》，《處女地》1958 年 7 月號。
〔註 108〕同上。

四、對知識分子風格的批判

新民歌是絕對的唯一的創作樣式，而知識分子的思想、感情、性格、命運等，都與這一樣式格格不入。因此，樣式的制約與知識分子創作主體之間的距離，自然就營造出了批判知識分子的氣氛。因為，樣式具有絕對的權威，甚至連議論這個話題都會犯忌諱。在這種情況下，「人民」成為判斷標準，無論做什麼，都要徹底地迎合人民的取向。阮章竟說：

> 現在詩人趕不上時代，除了詩風問題之外，是不是感情上存在著落後於時代的問題，有些工人寫的詩，氣魄所以那麼大，主要是因為對祖國人民的事業愛得深，對他們自己的生活、工作愛的深。他敢這樣想，敢這樣做，敢唱出衝天的戰歌，藐視一切困難。所以我認為對人民事業，首先要有深厚的愛，才能有人民的情感。只是為了要寫詩而寫詩，是無法寫好的。〔註109〕

如果說人民是評判的標準，那從工農兵的存在論上就可以決定政策的方向。這方向，正如前文中所說，就是毛澤東路線。郭沫若把詩歌的發展方向看成民族化和群眾化。

> 詩歌進一步民族化、群眾化的問題，無疑是對於新體詩歌的要求。「五四」以來的新體詩歌，企圖詩歌的徹底解放，採用自由的形式，打破舊有的一切清規戒律。這是有革命的意義的，這是中國的詩歌革命，中國的文學革命。但擔負這項革命運動的人是當時的一些知識分子，他們的創作方法無可否認是直接受了外國文學的影響。因此，「五四」以來的新體詩和我國人民大眾是有距離的，這一詩歌革命一直到現在都還沒有徹底完成。要完成這項革命，就必須使新體詩進一步民族化、群眾化。〔註110〕

實際上，隨著1958年新民歌運動拉開帷幕，工農兵也在詩壇積極地擴張他們的領地。「很多詩，不像中國詩，倒像翻譯的外國詩，缺乏民族的特點、中國的風格。八股洋腔，華麗的形容詞拉的十萬八千里長，讀起來費勁、難懂。」〔註111〕工農兵的這種態度，把詩歌創作引向了生產第一線。比如，「要

〔註109〕阮章竟：《群眾對詩人的要求是什麼──1958年8月3日在詩刊編輯部的座談會上的發言》，《詩刊》1958年8月號。

〔註110〕郭沫若：《關於詩歌的民族化群眾化問題──給詩刊的一封信》，《詩刊》1963年7月號。

〔註111〕《工人談詩》，《詩刊》1958年4月號。

詩歌下廠、下鄉，就須多發表表現工農群眾的生產熱情的詩歌。關懷了工農兵，工農兵自然也會關懷詩歌。(山東淄博金嶺鐵礦工人・孫迎謨)或者「應該下鄉上山去，應該和農民一起，向老農學習，要和農民共同生活、共同勞動、吃一樣飯、睡一樣床，穿老百姓簡樸的農裳。像農民的心一樣，熱愛那山、那田、那水。絲毫不能擺出一點架子，這樣慢慢就和農民的感情一致啦。」〔註112〕這些主張足以證明工農兵的自豪感。

詩歌必須要具體地描繪生產勞動現場，其形式也就要選擇適合現場勞動形式的結構。「詩應當吸收快板、鼓詞等曲藝作品的優點，使自己豐富起來，受到大眾的歡迎。(鞍鋼計器車間工人・王維洲)」，要迎合工農兵的趣味：「我喜歡精短的、含蓄的、氣魄豪邁而又音節和諧的詩。(江西印刷公司工人萬里浪)」〔註113〕還要加大民歌和民謠的創作量，大力追求反「西洋化」的民族形式。

> 我想提這樣兩點意見：一、我覺得我們的詩刊在發展民族形式上作的不夠，有些詩在情節上、感情上、語言上都多半是西洋化的。二、很少發表民歌、民謠一類的作品。我們很愛讀這些東西，它通俗、有力、簡練、感情充沛、情趣濃鬱、語言活潑……(長春第一汽車製造廠工人房德文)〔註114〕

上述工人的意見，與其說是路線和現實的一致，不如說是對路線要求的附和。

周揚直接批判知識分子創作，說：「群眾不滿意詩讀起來不上口，特別不滿意那些故意雕琢、晦澀難懂、讀起來頭痛的詩句，總之，群眾厭惡洋八股。有些詩人卻偏偏醉心於模仿西洋詩的格調，而不去正確地繼承民族傳統，發揮新的創造，這就成為新詩脫離勞動群眾的重要原因。」〔註115〕

郭小川的看法也一樣，他把詩人和民歌的關係看作感情上的問題。所以他主張，只要方向對頭，民歌也是不難學習的。

> 最近看了一些知識分子寫的詩，覺得最突出的問題還是感情上的問題。詩人寫的總是那麼空空洞洞，不是做作，就是概念化，自己心裏的東西不敢拿出來，這是一個大問題。詩人趕不上民歌，落

〔註112〕同上。
〔註113〕同上。
〔註114〕同上。
〔註115〕周揚：《新民歌開拓了詩歌的新道路》，1958 年 6 月 1 日《紅旗》創刊號。

後於民歌，最主要的還是在這方面。但詩人也不必悲觀，詩人本身也有好條件，語言能力比較強，掌握了一定的技巧，只要方向對頭，民歌也是不難學習的。〔註116〕

郭小川指出，概念化傾向是知識分子創作的大問題。他明確地知道，政治現實令知識分子無法自由表達自我，陷入彷徨無奈的的心理狀態。知識分子只能緊跟毛澤東路線，放棄自己的主觀。對這些知識分子來說，「應該具備正確的方向性」這句忠告，就是核心方案。

歐外鷗說，「五四以來的新詩革命，就是越革越沒有民族風格，越寫就越加脫離（不僅是脫離而且是遠離）群眾。」「只有很少數的詩人敢帚自珍，很少數的知識分子讀之無味，棄之可惜地念它一下；甚至有些知識分子也不喜歡它。」「其實像這樣的洋八股進口貨仿製品，是為誰而寫的，要誰去欣賞它呢？它根本就不是工農群眾喜聞樂見的地道國產。」那怎麼辦？他說：「知道我們過去揮霍了不少的時間與精力，走了很長一段的錯路」，「我才恍然大悟過來」。〔註117〕丁力也講過：「勞動創造了世界，也創造了詩歌。如果我們不重視勞動人民的創造，不重視勞動人民的愛好，不重視他們喜聞樂見的形式，想坐在屋子裏另行設計什麼『新格律』或『現代格律』詩，以此來反映今天新的內容，那肯定是行不通的。林庚同志的『九言詩』和卞之琳同志的『新格律詩』不受群眾歡迎，就是證明。」〔註118〕

意識形態機制到新詩的傳統與新民歌的方向性之間，新詩與新民歌之間，就形成了敵對、競爭、緊張的關係。在這種對立關係中，黨內路線鬥爭的擴大化，也出現了忽視兩者間邏輯上的蓋然性的對立結構。例如，傅東華說：「只有一點可以肯定，將來的詩歌要去吸收外國的東西，也是向外國直接吸收，斷然不會去繼承『五四』以來四十年的新詩傳統。所以說我們的詩歌要在新民歌的基礎上向前發展這句話，也仍舊是正確的。」〔註119〕

從原則上說，知識分子創作和工農兵創作，應該取長補短，在認同詩歌多元性的前提下，共同努力，提高作品的藝術性。但當時的普遍輿論，卻把兩者看作是相互敵對的。知識子創作主體為了重新獲得政治認同而向黨懺

〔註116〕郭小川：《怎麼使詩歌更快更好的發展——1958年8月3日在詩刊編輯部的座談會上的發言》，《詩刊》1958年8月號。
〔註117〕歐外鷗：《也談詩風問題》，《詩刊》1958年10月號。
〔註118〕丁力：《詩話》，1958年10月26日《文藝報》1958年第20期。
〔註119〕傅東華：《談詩民歌體過去未來》，1959年1月7日《文匯報》。

悔。謝冕針對當時知識分子的尷尬心理，說道：「但是，他們寧可相信那些理論，而不肯相信自己的眼睛；他們不會輕易譴責那種席卷大地的『共產風』，而寧肯譴責自己的保守觀念、保守思想，抱怨自己『跟不上時代』。」〔註120〕

李清聯認為，知識分子創作和工農兵創作的關係，導致了工農兵創作質量的下降，因此自發地向毛主席懺悔。

> 要想提高，就必須踏踏實實地生活，一步一個腳印地前進，既不能急於求成，又不能固步自封。有些同志單純地去追求技巧，改土腔唱洋調，看不起原來受工人群眾歡迎的快板民歌，一味去追求交謅謅的自由詩。原來的生動、明快的語言沒有了，原來樸實的感情、濃厚的生活氣息不見了，這是一條歪路。有個時期，我也有過這樣傾向，學了毛主席著作，才有了正確的認識，必須時時刻刻的堅持為工農兵服務的文藝方針，喜群眾之喜，好群眾之好，群眾是檢驗自己作品的最精確的尺度。〔註121〕

艾青是堅持知識分子創作機制的詩人。在這一點上，對艾青等右派詩人的批判，表現出一種超越常理的牽強附會。馮至在《論艾青的詩》一文中說道，「艾青近幾年來的詩的創作」有「形式主義的傾向，同時也喪失了『社會主義革命的感情』，這現象很突出地顯現在艾青去年十月出版的詩集『海岬上』。」「艾青在抗日戰爭時期曾經寫過一些比較優秀的詩篇，起過一定的進步作用，可是在工人階級領導的新中國，在社會主義大革命中，他的詩歌創作卻墮入反動的形式主義的泥沼，失卻革命熱情，走上了他的論文裏所反對的道路。」「在集子後邊用散文詩形式寫的四篇寓言竟徹頭徹尾是對於新社會惡毒的攻擊和嘲笑，完全顯露出——雖然他盡量想用寓言的體裁隱蔽起來——一個反黨分子的本來面貌。」〔註122〕

由於當時的新民歌意識形態，蔡其矯對詩歌創作的熱情也遭到了批判。1958年2月1日《長江文藝》1958年2月號刊出蔡其矯的詩輯《漢水四首》，有《霧中的漢水》、《漢濱女兒》等。5月11日《文藝報》1958年第9期刊出袁水拍的文章《詩歌中的現實主義和浪漫主義的結合》，文中批評《霧中漢水》說：

〔註120〕謝冕：《浪漫星雲——中國當代詩歌札記》，廣州：廣東人民出版社，1999年版，第199頁。
〔註121〕工人·李清聯：《關於工人詩歌創作提高的問題》，《詩刊》1960年4月號。
〔註122〕馮至：《論艾青的詩》，1958年3月12日《文學研究》1958年第1期。

看了這首詩，使人不禁要問：解放後的今天和舊時代的區別在哪裏呢？這是社會主義的真實嗎？這是今天的作家所應有的思想感情嗎？在生產大躍進的高潮中，令人振奮的群眾建設的偉大場面到處出現，而在這裡，作家「看得見的」竟是這樣一幅圖畫！這不恰好是人民群眾轟轟烈烈，而作家心情冷冷清清嗎？在作者看來，「縴夫」和「千年」前的竟是一樣，在「喘息」，「痛苦的跋涉」。而「紅日」呢？作者認為，也正在為我們掩面哭泣！

袁水拍之後，陳驤也說道，「蔡其矯是一位受到知識分子讀者注視的詩人，寫過一些較好的詩篇。」可是，「近些年來，詩人的創作上出現了一種令人耽心的傾向：內容越來越遠離生活和鬥爭，洋腔洋調越來越重了。」如此批評，在「情緒」政治性沉澱於「生活與鬥爭」的情況下，更有力地深化了這一氛圍。「更主要的是，在一些近作中，或隱或現地還有著詩人舊時思想情緒的遺留。最突出的例子是寫於去年年底和今年年初的『漢水四首』（二月號『長江文藝』）。在這一組詩中（尤其是那首『霧中的漢水』），人們絲毫感覺不到生活在躍進、在沸騰，響徹全詩的是一種鬱沈的冷漠的基調。」鬱沈的冷漠的基調本身也成了問題，無理的批判裏挾著政治的嚴肅，緊張氣氛更加濃重。而且批判要求的，不只是「改了洋腔唱土調」的腔調上的變化，還有詩人思想感情狀態的變化」，在這裡，甚至能夠感到對現實的無比恐懼。「風格就是詩人自己。風格的變化，取決於詩人全部思想感情的變化。」〔註123〕這句話指明了時代文學和詩人的方向性。

對蔡其矯的批判，越多樣就越有效。蕭翔批評蔡其矯的《新來的女鑽工》說：

> 詩人寫道：時代給她安排的 / 不再是在辦公桌前 / 讓最好的歲月枯萎 /

> 這種說法也是顯然錯誤的。到莽莽群山、滔滔江河去建設祖國，讓青春開放出最燦爛的花朵，這自然是非常幸福的事情。但是，這並不等於凡是搞辦公室工作的人就是「讓最好的歲月枯萎」了。如果祖國需要我們「在辦公桌前」工作，這同樣是光榮的職責。同樣能使自己的青春「開最紅的花」。如果都像詩人那樣看待辦公室工作，那麼，我們這些坐辦公室的年青人都是「讓最好的歲月枯萎」

〔註123〕陳驤：《「改了洋腔唱土調」》，1958 年 5 月 25 日《詩刊》1958 年 5 月號。

了。〔註124〕

在此種意義上，戰士讀到蔡其矯的詩後，說「他對我們前線生活充滿了激情；感到不足的是：語言有些歐化，旁觀者的讚歎多於深刻的描寫。」〔註125〕這樣的評價，與其說是個人感受，不如說是見風使舵。

李樹爾對穆旦詩歌的批評，也是基於相同的立場。

那麼，穆旦在「希望」的呼喊下，埋葬了什麼呢？他所埋葬的是，「哦，埋葬，埋葬，埋葬！」於是就把「驕矜」和「恐懼」給埋葬了，當然，不容否認，他在埋葬之中也作了一些所謂「批判」。但十分遺憾，這批判的出發點，只是爲了一己之利，怕「在霧中把我縮小」，這怎麼能談得上是批判呢？相反地，他卻用了極美麗的詞句歌頌了「驕矜」和「恐懼」！他說：

……「驕矜」最爲美麗，／「驕矜」本是我的眼睛，／我怎能把它捨棄？

他又說：

在我的心上還有「恐懼」，／這是慎重的母親！

在這樣的讚美之下，醜陋的魔鬼也變成了月裏嫦娥，毒草也變成了香花。正因爲如此，在埋葬之後，他又狐疑起來了：

但這回，我卻害怕，／「希望」是不是騙我？／我怎能把一切拋下？／要是把「我」也失掉了，／哪兒去找溫暖的家？

難道這不是資產階級個人主義思想的歌頌嗎？是誰把「我」看得這麼重，是忘我捨身的革命戰士？還是大公無私的工人？當然不是。只有像穆旦這樣的人，才能如此。在該詩結束時，就連他自己也不得不自圓其說地寫道：我的葬歌只算唱了一半！其實，就連這一半也是自詡之說。他並沒有把那個「臭我」埋葬掉。他說，「信念在大海裏彼岸……爲什麼我不能渡去？因爲你還留戀這邊！」

夠了，這些東西已經足夠說明穆旦所敗賣的是何等貨色了。這首詩在去年「詩刊「五月號發表，也不是沒有原因的。在這不久以前，右派分子費孝通在人民日報發表了「知識分子的早春天氣」，是

〔註124〕蕭翔：《什麼樣的思想感情──對蔡其矯「川江號子」、「宜昌」等詩的意見》，《詩刊》1958 年 7 月號。

〔註125〕林微潤：《戰士談詩》，《詩刊》1958 年 7 月號。

企圖鼓動一部分知識分子反黨、反對思想改造的。請問穆旦的企圖
如何？其實已經是很明顯的了，想把思想改造說成是「恐懼」的，
藉以號召人們不要把「我」失掉，因爲這樣會「失掉溫暖的家」，並
且暗示人們要改造，也不要澈底，只消「講和」、「懺悔」就夠了。
或者要埋葬，也不要都埋葬，只消一半就夠了。所以，我認爲這首
詩實際上起著一種麻醉他自己又麻醉別人的一種壞作用，是有毒
的！〔註126〕

　　提到「驕矜」和「恐懼」就是犯錯誤，看重「我」的行爲足以證明穆旦
是一個資產階級右派分子。李樹爾對穆旦的批判，可以說是以主觀性詞語構
成的階級性批判。他把一切自我告白規定爲「反動」，把「反右」和「新民歌」
的提倡理解爲「二位一體」的關係。

　　1959 年 1 月，卞之琳撰文主張新民歌和新詩相互融合（《關於詩歌的發展
問題》，見 1959 年 1 月 13 日《人民日報》）。而值得矚目的是，他在 1958 年 3
月創作的作品，在同年 5 月遭到了嚴厲的批判，並且很偶然地爲意識形態的
轉換提供了契機，拉開了新民歌時代的序幕。到了 1959 年 1 月，他又提出應
該把「五四」的傳統與新民歌結合起來。這表明他仍然沒有注意到當時文壇
的政治風向。1958 年 3 月 25 日，《詩刊》1958 年 3 月號刊出卞之琳的《十三
陵水庫工地雜詩》，共《向水庫工程獻禮》、《動土問答》、《和洪水賽跑》、《和
洪水擁抱》、《防風鏡和望遠鏡》、《十三陵遠景》6 首作品。並於同年 5 月號刊
出《對卞之琳「十三陵水庫工地雜詩」的意見》，有劉浪《我們不喜歡這種詩
風》、徐桑楡《奧秘越少越好》2 篇文章。劉浪說：

　　　　「十三陵水庫工地雜詩」的最後一首「十三陵遠景」是不夠
　　健康的。十三陵本是封建帝王死後葬身之地，陵園中的任何一花
　　一草，一土一石，都凝結了多少勞動人民的血淚，興建陵園時又
　　有多少勞動人民付出了生命！應該說十三陵是封建帝王留下來的
　　罪證。「十三陵遠景」全詩共四節，詩人並沒有對封建帝王的罪行
　　予以尖銳有力的譴責和鞭打，反而用了十行來描繪封建帝王的情
　　趣和威風……這種筆調，很難看出詩人是抒人民之情。

　　劉浪以現在的觀點來回顧歷史，對作品作出評價。而徐桑楡則在工農兵
立場上對知識分子風格進行了批判。他說：「這組詩在思想感情，語言邏輯、

〔註126〕李樹爾：《穆旦的「葬歌」埋葬了什麼？》，《詩刊》1958 年 8 月號。

表現手法方面，都有一些使人摸不透的奧秘。我以為，這種奧秘越少越好；因為它妨礙正確、生動的表達思想感情，破壞藝術畫面，損害甚至歪曲藝術形象。」

「批判」的另一武器是說好話。實際上，無論褒貶，都是同出一轍的。比如，丁風稱讚朱子奇轉變詩風。這種批判與稱讚，都是對變化的強制性要求，由強制來引導自發性變化。

> 在我的印象中，朱子奇同志以往所寫的詩有一個顯著的特點（也可以說是缺點），那就是冗長得幾乎跟散文沒有什麼分別，說它是詩，毋寧說它是排列成詩行的散文；而且在語言上還帶著不少的歐化味道，使人讀了總覺得不對味。……在新民歌大量產生的影響下，我們的詩人已有不少開始轉變他們的詩風，而寫出了一些比較受人歡迎的詩篇，如朱子奇同志的「十三陵工地讚歌」便是一例。
> 〔註127〕

對這種強制性改變詩風的獨特社會氛圍大加稱讚，正是因為它將意識形態的對立引入於新民歌和新詩的對立中。由此可知，知識分子詩歌，無論在樣式，還是在創作方法上，都無法擺脫工農兵的定向。這種意識形態制約著文學的內容、形式等各個方面。而歌頌現實或者回顧過去的戰鬥經驗，竟然就是安然脫身的秘訣。之所以以現在和過去為題材，是因為它能與大躍進民歌珠聯璧合，確立工農兵的優勢。換言之，這種題材成為政治上的安全區域。從這種意義上，謝冕對新民歌的未來作出如下展望，也可以說是對詩歌史從大躍進到文革這一過渡時期特點的總結。「頌歌和戰歌兩大潮流的分立和聚合體現了中國當代新詩的主流意識。它是涵蓋中國大陸詩創作的無所不在的巨大力量。它造成了當代新詩有異於「五四」以來現代新詩的獨特形態，它也無情地約束了甚至扼殺了中國詩多種發展的可能性。」〔註128〕

〔註127〕1958 年 8 月 25 日《詩刊》1958 年 8 月號刊出朱子奇的組詩《十三陵工地讚歌》，該刊 1958 年 9 月號《讀者談詩》欄刊出北京讀者丁風的文章《歡迎朱子奇改變詩風》。

〔註128〕謝冕：《謝冕詩歌論》，南昌：江西高校出版社，2002 年 4 月版，第 94 頁。

第四章　大躍進民歌與新詩的關係

　　新民歌的出現，旨在以詩歌的形式反映大躍進運動的節奏，鼓舞勞動人民的鬥志和幹勁，進而達到將運動的政治、經濟意圖與工農兵實現共享的目的。因此，最理想的途徑，是由戰鬥在生產勞動一線的工農兵創造出全新的，符合集體勞動形式的詩歌節奏形式。只有這樣，才能提高勞動效率，才能實現理想的共有。集體勞動生產過程不同，新民歌的節奏感也會略有差異，這是由於勞動和新民歌之間特殊的結合關係。新民歌面臨著以下難題：工農兵的生產勞動，除了車間作業以外，主要採用依靠集體力量的前近代形式。因此，與勞動緊密結合在一起的新民歌，其節奏形式也很難做到豐富多彩。此外，工農兵作為創作主體，文化水平尚停留在農經社會階段，要想超越解放前的民歌形式，也有相當大的難度。儘管如此，共產主義社會即將到來的堅定信念，以及集體勞動的政治意義、社會意義，都必須要成為新民歌的中心內容。這裡又不得不對另外一個問題作出解釋：新民歌與「五四」以來新詩所取得的成果究竟應該是一種什麼樣的關係。因為，新詩可以說是知識分子文學的成果，而新民歌具有截然不同的根基和理想，是當時形勢下不可或缺的詩歌樣式。

第一節　民歌的基礎

　　毛澤東在提出民歌的基礎這一問題時，他所展望的，與其說是「為中國新詩發展的樣式」，倒不如說是「為解決中國面臨的國內外狀況的、媒體的樣式」。在這種意義上，這個問題象徵著主流意識形態會將目前的狀況以什麼樣

的方式和階段來推進。但是詩人、評論家等知識分子階層，卻沒能正確把握其政治指向和發展的階段性，認爲問題的本質在於新詩發展的樣式本身。詩人要想達到把握現實與實踐的統一，難免要經歷曲折和磨煉。主流意識形態爲了聯合工農兵，孤立經濟至上主義者和知識分子，有必要依靠「民歌」這一媒體。他們的政治指向與民歌樣式的某些問題齧合在一起，開始逐步推進工農兵大躍進的政治主流化。

一、民歌的效用價值

民歌，原本是在前近代的社會關係中形成的，以農民喜聞樂見的形式表現情緒的藝術樣式。因此在形式上，模仿傳統詩歌，其形式美有別於知識分子文學；在內容上，反映農民對現實生活的感受和認識，也與知識分子文學存在差異。有的時候，爲了逃避絕望的現實，還在一定程度上依靠色情語言。

因此，民歌要想走上政治舞臺，必須要徹底摒棄傳統民歌的思想內容，填充主流政治意識的觀點。毛澤東關注在 1957 年之後開展農業社會主義運動的特定條件下農民創作的民歌，因爲這一時期農民創作的民歌，大都表現出了強烈的革命積極性，以及實現目標的強烈意志。

生活在變，反映生活的情緒節奏在變，表現情緒的民歌形式也在變。在某種意義上，中國文學史的文學樣式，主要是從體現民族交融的音樂派生出來的。但農業社會主義運動期間的民歌，則是立足於地域節奏形式的新的內容，對毛澤東很有吸引力。這一時期的民歌，不是戰爭所打造的新樣式，而是附庸於土地的農民，表達自己意志的結果。當然，對於曲調與歌詞的關係是否是傳統曲調與農業社會化內容的結合，農民是否是純粹的創作力量，在創作過程當中，有沒有行政機關的改動等問題，還需要加以細緻的研究。毛澤東關注這一民歌樣式的主要原因，不是出於對民歌本身形式美的考量，而是因爲它是唯一有可能成爲媒體的文學樣式。也就是說，民歌是工農兵能夠運用，享有的唯一的詩歌體裁。

王潔認爲，民歌復興是由於文盲的減少和幹部的下放。「新的歷史條件使我們的想望逐漸成爲現實。文盲逐年減少，勞動人民越來越增長的文化要求，自然使詩歌擁有越來越多的讀者。隨著下放幹部的下鄉、上山，詩歌也就有了更多的機會到達勞動人民手中。」〔註1〕但是，1949 年到 1958 年的人民教

〔註1〕 王潔：《重視勞動人民的喜愛》，《詩刊》1958 年 2 月號。

育及幹部下放，與各地民歌樣式及其農業社會主義內容沒有任何因果關係。文盲率的減少、農民民歌樣式的擡頭，以農業社會主義爲內容的塡詞，幹部的下放是動因。考慮到中國民族構成的多樣性和落後的教育現實等問題，這樣的說法完全沒有說服力。王潔所談論的，其實可以說是將來要完成的任務，更準確地說，是當時主流意識形態所期待的前景。

　　無論如何，民歌一定要振作起來。因爲民歌是主流意識形態能夠廣泛傳播的最快捷、最容易的方法。爲了使民歌起到媒體的作用，需要挖掘多種多樣的創作方法。出於集體心理，隊與隊、社與社之間的競爭開始了。大躍進生產上的競爭直接與新民歌創作上的競爭聯繫起來。

　　　　新農民　大躍進，／快馬甲鞭向前奔！／讓生產指標／跨黃河，過長江，／時間忙著緊迫淋淋！／／集體農民幹勁歡，／打井、開渠、尋肥源，／隊與隊比，社與社賽，／／男女老少齊動員：／如今「冬閒」已不見，／找它除非把字典翻。／／勞動大軍像神龍，／無邊的田野在沸騰，／鐵鍬、鐵鎬爭飛舞，／石夯砸土如雷鳴，／劈地開山修水庫，／社員們的氣魄賽愚公。〔註2〕

　　新民歌爲成爲支配全國傳播網絡的樣式，它與知識分子創作之間的關係面臨調整。新民歌要想凌駕於知識分子創作之上，首先需要批判知識分子創作的新詩，尤其是其形式的非大眾性。「爲了使自己的作品得到廣大勞動人民的喜愛。許多詩人在探索著新的表現形式。但是也有不少寫詩的人在這方面是努力不夠的。不如說：冗長的跟散文沒有兩樣的詩行；使人難以理解的任意的排列；像翻譯詩一樣的語法；不確切的累贅的比喻；缺乏邏輯的聯想，等等，都會使讀者不容易接受。」〔註3〕

二、民歌的形式問題

　　新民歌與知識分子文學的對立不可避免，而新民歌要克服的難題大致可以歸納爲四點，發表於 1958 年《詩刊》10 月號上的《新民歌筆談》，就是對這些問題的概括。

　　　　一、有的認爲新民歌沒有什麼局限性，能夠表現重大的題材和偉大的場面，許多新民歌都證明了這一點。也有的認爲民體不能反

─────────────
〔註2〕 李岳南：《新農民　大躍進！》，《詩刊》1958 年 2 月號，第 x 頁。
〔註3〕 王潔：《重視勞動人民的喜愛》，《詩刊》1958 年 2 月號。

映重大題材，因形式多半是五、七言四句，不能表達複雜的感情。

　　二、有的認為新民歌無論從思想內容、藝術去看，都超過了歷史上任何時代的詩歌，是共產主義的萌芽，是革命現實主義和革命浪漫主義的結合；因此，民歌是新詩的主流，是最好的民族形式。也有的認為民歌每句最後三個字，是單字，現代語彙複雜，多數是復音雙字，所以受限制，不一定就會成為支配的形式；主張另建立「新格律詩」或「現代格律詩」。

　　三、在向新民歌學習的問題上，有的認為新民歌不僅思想內容好，藝術表現形式也是人民大眾所喜聞樂見的；因此，新民歌的內容和形式都應該學習，不能把內容和形式機械分開。也有的認為新民歌只是內容值得學習，不主張學習民歌的形式。

　　四、對「五四」以來新詩革命的估價上，有的認為成績是主要的，但有嚴重的缺點，就是沒有和群眾很好結合。也有的認為「五四」以來的新詩革命，就是越革越沒有民族風格，越寫就越加脫離群眾、遠離群眾。〔註4〕

　為了解決《詩刊》提出的新民歌問題，不少知識分子參與了討論。新民歌的根本問題就是貫穿全過程的時間問題。新民歌既要繼承歷史過程中形成的民歌樣式，又不得不摒棄用過去的形式表現現在及未來的手法。「內容」與「形式」的時間差，是「排除一切現實批判的對未來的信念」與「過去的形式」的「兩結合」。如此矛盾的關係，也可以說是「未來與過去的結合」或「理想與歷史認識的結合」，在理論上並沒有問題。但是，排除未來和過去的橋梁（就是現實），造成了內容與形式之間的不平衡及緊張。邵荃麟站在政治的角度來認識這個問題，他強調所有事物都存在局限性，來為新民歌辯護：「有人認為民歌形式有局限性，不能充分表達現代生活中的感情，覺得還是自由詩好，也有人對自由詩採取排斥的態度，我以為這兩種態度，都不免有點主觀。要說局限性，任何事物都有它的局限性，而又不斷地在突破它的局限性。這是矛盾論的規律。」〔註5〕

　問題在於新民歌並不是社會歷史現實中的客觀存在，也並不是真實反映

〔註4〕　《新民歌筆談》，《詩刊》1958 年 10 月號。
〔註5〕　邵荃麟：《民歌、浪漫主義、共產主義風格——7 月 27 日在西安文藝工作者座談會上的發言》，1958 年 9 月 26 日《文藝報》1958 年第 18 期。

社會歷史現實的意識形態。嚴格地說，它屬於政治範疇，在用對未來的信念屏蔽現實，號召人民樂觀面對現實。與其說它是一種意識形態，倒不如說它更接近於一種絕對信念。將其置換爲現實中的客觀存在，從矛盾的普遍性出發討論其作爲文學樣式的局限性，是牽強附會。但當時的形勢卻要求，就算是牽強附會，也要將新民歌運動在全國範圍內普及開來。考慮到1958年的形勢（黨和人民要在沒有任何外力援助的情況下，齊心協力建設社會主義中國），新民歌是唯一能夠動員的文學手段。郭沫若深諳新民歌連接黨和工農兵的橋梁性質，他淡化新民歌的局限性，強調其運用上的靈活性：「這個問題應該肯定一下，我的看法新民歌是有些局限性的。事實上，任何東西都有它的局限性。」「但真正有本事的人，他能夠在局限中運用得很靈活。」〔註6〕

如果說新民歌是唯一的對策，那麼最有效的傳播方式就是「集體朗誦」。在大躍進時期，農村人口絕大部分都是文盲。因此，樣式的陳舊形態，也就是說不適合在勞動現場朗誦的詩歌形式，亟待改進。郭沫若說道：「就是在大眾的場合朗誦詩，舊詩和民歌的體裁不很合適，念起來既吃力而又單調，聽的人也不容易懂。如果是唱或者配上竹板之類的拍打，那才對勁。光是朗誦，不如五四以來的自由詩。」〔註7〕

郭沫若與讀者的距離可以總結爲朗誦與說唱結合的關係。他在鼓吹朗誦的必要性，而昌圖縣的婦女主任（高小畢業生，有4年工作歷史）則要求將說和唱結合起來。「若是一開板就唱到底，人家不說你發瘋才怪！有些事還得靠『說』去解決，唱和說各有各的用項，反正該說時就說、該唱時就唱，那才好哩！」〔註8〕新民歌能夠「和群眾很好結合」，因此知識分子認爲它是一種「五四」以來新詩的革命。而工農兵則主張新民歌的形式應該更加貼近自己。由此可以看出，知識分子和工農兵對新民歌形式的觀點存在差異。《詩刊》1958年4月號刊載的文章《工人談詩》也說明了這一點。「一方面是詩盡量寫湧俗一點，短一點，順口一點，這樣，幾分鐘就能把一首詩欣賞完，而且也可以順口念起來：只有人們能看懂，才能去欣賞它。另一方面，是提高工人的欣賞能力。多組織一些詩歌朗誦晚會或者詩歌講座。人們只有懂

〔註6〕　《郭沫若同志就當前詩歌中的主要問題答本社問》，《詩刊》1959年1月號。
〔註7〕　同上。
〔註8〕　康濯：《大躍進中的新文體──說說唱唱》，1958年8月26日《文藝報》1958年第16期。

了、明白了才能去受它。（北京木材廠工人‧李恒波）」〔註9〕

戰士也要求新民歌具有「可唱性」。鄧玉鑒在《戰士談詩》一文中反映戰士的要求，「我最喜歡格律詩，和民歌體詩，原因是這些詩大部份有韻，讀起來順嘴上口，尤其是有些民歌不但可讀可念，而且還可以唱。在民歌中有些詞句不僅只是有強烈的音樂節奏，而且還很鮮明、很美、很精練，讀了後，記住的快，印象深。」〔註10〕

戰士是國家的棟梁，是領導體制下最後的堡壘。從這種意義上來說，戰士對詩歌的取向絕對值得囑目。他們喜好以戰鬥為主題的，氣魄雄偉、含義深遠、革命樂觀主義色彩濃厚的民歌體作品。無論他們的志趣是否真實，都必將會促使新民歌朝著這一方向前進。因為他們是能夠體現毛澤東思想的軍事主體。

　　「部隊對詩歌的愛好，是有傳統的。在以往戰鬥年月裏，快板詩、順口溜、槍桿詩，幾乎和戰士手中的槍支、手榴彈一樣，成了鼓舞部隊士氣和仇恨、蔑視敵人的有力武器。」（修揚），「我們喜愛這樣的詩：氣魄雄偉、節奏鮮明、單純深厚，具有民族風格的詩。」（林微潤），「我喜歡句子短、含義深、語言精練的詩歌。語言精練並不是用一些古怪難懂的字句。」（杜興國），「我最喜歡有豪邁氣概和革命樂觀主義色彩濃厚的短詩，討厭那種華而不實、萎靡不振的調子。」（易仁讀），「至於民歌你只要一讀，士兵們就圍攏來細聽，有的同志，只要你念了一遍，他就能背誦出來。我又問他們：你們為什麼會記的這樣快？有的回答說：這樣的詩，短小順口，又給合實際，怎麼會記不得。」（香柏）〔註11〕

戰士的上述意見，使得新民歌擺脫了民歌的形式，轉變成為適合1958年國情，並且符合工農兵要求的形式。然而，新民歌仍然帶有民歌不可克服的局限性：不同地域的多樣性，篇幅的短小，非西方非蘇聯的中國獨有的方向性，非文化權威的民間性等。工農兵的創作能量導致篇幅的短小，地域的多樣性導致節奏的多樣化。依託快板、相聲、鼓詞、地方戲，固執地堅持「民族民間」路線。因此，在普及的基礎上謀求提高，尤其是謀求樣式的發展，

〔註9〕　《工人談詩》，《詩刊》1958年4月號。
〔註10〕　《戰士談詩》，《詩刊》1958年7月號。
〔註11〕　《戰士談詩》，《詩刊》1958年7月號。

也就成了癡人說夢。「在形式方面，我們提倡八個字：『小型多樣，民族民間』。小型多樣就是短小而多種多樣，民族民間就是利用民族形式和民間形式，如快板、相聲、鼓詞、各種地方戲等。只有『小型多樣，民族民間』，才能爲生產服務，爲中心工作服務，受到群眾的歡迎。內容不脫離實際，形式上是大家喜聞樂見的，就是不脫離群眾。也只有『小型多樣』才能及時地迅速地反映大躍進中各方面的新氣象，天天出現的新人新事。也只有『小型多樣』，才合乎多快好省的原則。」〔註12〕

在這種形勢下，爲了有效地實踐新民歌的方向和方法，工農兵「我手寫我詩」的意識逐漸形成並擴散開來。換句話說，工農兵通過新民歌這一形式來描繪大躍進運動的氛圍已經成熟，而且工農兵詩人已經開始大量湧現。當時，一位戰士說道：「在祖國大躍進中部隊在日新月異變化的今天，人人都迫不及待地希望把許多可歌可泣的事迹，用簡短精悍的形式及時反映出來。這除了依靠一部分專業的文學家來承擔外，更重要的還應依靠和發動廣大實際參加各項任務工作者來寫。現在連隊不少戰士都在寫快板詩歌了，這些詩充滿了生活氣息和革命英雄主義，既眞實，又明朗。」〔註13〕

值得關注的是，經過這一過程，民歌的格律逐步接近自由詩。王力這樣解釋新民歌形式的變化過程：「我覺得關於現代格律詩要不要以民歌的格律爲基礎的爭論沒有什麼意義，因爲我認爲民歌沒有特殊的格律。如果說民歌在格律上有什麼特點的話，那麼這個特點就表現在突破格律，而接近於自由詩。」〔註14〕

三、走上主流道路

1958 年 5 月 25 日，《詩刊》5 月號刊登《民歌選六十首》，《編者按》中說道：「隨著大躍進的腳步，民歌響起來了，像一陣風。它的數量多到難以計算，像潮水一樣，後浪推著前浪。」「它的形式雖然短小，但也變化多端，不拘一格。至於想像的大膽，用語的新穎，節奏的明快，眞可說開一代詩風，值得詩人們認眞地學習。」

〔註12〕茅盾：《文藝和勞動相結合——在長春市文藝界大會上的講話》，1958 年 9 月 26 日《文藝報》1958 年第 18 期。

〔註13〕景良：《戰士談詩》，《詩刊》1958 年 7 月號。

〔註14〕王力：《中國各律師的傳統和現代格律詩的問題》，1959 年 6 月 25 日《文學評論》1959 年第 3 期。

　　雖然不是在實際傳播過程中通過藝術競爭而得出的成果，但新民歌無疑是開了一代詩風。這是全國性媒體與運動相結合的結果，「五四」以來的中國新詩開始向著中國民歌移動。更進一步來說，這也證明了新民歌佔據了大躍進時期的詩歌主流位置。

　　郭沫若在《詩刊》1959 年 1 月號上撰文指出，表現勞動人民的革命樂觀主義和共產主義風格的新民歌精神就是主流，並且聲稱它具有永恒性。他強調精神內涵的重要性，對形式則是避而不談。值得關注的是，郭沫若之所以給出這樣的答案，說明他正埋頭於 1958 年毛澤東思想路線中，尋求新民歌成爲主流的依據。

> 今天新民歌的精神是主流。新民歌都是從生產和勞動實踐出發的，它表現了勞動人民的革命樂觀主義和共產主義風格，這種精神和氣概，應該說是新民歌的核心。它不僅是今天的主流，同時也是今後的主流。〔註15〕

　　在這個大前提下，「五四」以來的新詩才有可能成爲有意義的路子。換言之，這條路可以走，但前提是一定要立足於新民歌精神。「對五四以來的新詩在精神上要肯定它，對各個詩人的作品應該有選擇的對待，不能一概抹煞。五四以來的新詩還是有它的生命的，自由詩的路子還是一個可以走的路子。這是我個人的意見。」〔註16〕

　　郭沫若同時強調政治第一、勞動第一、生活第一。在這一前提下，不會有任何形式的限制，也能夠超越文學史上的任何成就。「我們應該偏重到政治第一、勞動第一、生活第一方面去，在這個前提下，什麼形式都可以。當然，在這個情況下生產出來的形式，很可能是自由詩和舊詩詞進一步的結合。或者平行發展。」〔註17〕正如賀敬之所預言的那樣：「大躍進民歌的出現，及它在整個詩歌創作上的影響，已經使我們看到：前無古人的詩的黃金時代揭幕了。這個詩的時代，將會使『風』『騷』失色，『建安』低頭。使『盛唐』諸公不能望其項背，『五四』光輝不能比美。」〔註18〕

　　那麼，「好詩」的判斷標準是什麼？答案只有一個，就是工農兵的喜好。「新民歌」的重點不在於「新」，而在於「民」。1958 年 5 月 27 日，《人民日

〔註15〕《郭沫若同志就當前詩歌中的主要問題答本社問》，《詩刊》1959 年 1 月號。
〔註16〕同上。
〔註17〕同上。
〔註18〕賀敬之：《關於民歌和「開一代詩風」》，《處女地》1958 年 7 月號。

報》發表丁力的文章《詩風雜談》，文中談到：

> 近年來的詩壇上，為廣大人民所喜聞樂見的詩，容易記住，容易上口的詩，不如從前多了。另一方面，洋學生腔和歐化的長句子詩，卻出現得很多，甚至出了幾位寫長句詩的專家。我認為這不是好的傾向，這類歐化的長句詩，不是人民大眾所喜聞樂見的形式。雖說也算是一種花，但廣大的工農兵是不欣賞的。

新民歌作品數不勝數，工農兵詩人大量湧現，自然而然地將新民歌送上了新詩主流的寶座。「目前有的同志，對民歌體是不是新詩的主流還表示懷疑，認為民歌的形式有局限，不能表現現代生活和複雜的思想內容。這是不能令人信服的。全國各地千千萬萬首好的民歌回答了問題，它們正是以氣勢磅礴、感情洋溢見稱的。」「勞動創造了世界，也創造了詩歌。」「新的民歌體詩，是真正的新格律詩。在這個傳統的基礎上來發展，才是通途。」〔註19〕宋壘把新民歌的誕生定義為新時代的誕生，認為表現人民情感的新民歌無疑是時代的主流。「但不可忽視的是，繼『五四』之後，詩歌又發生了一次更巨大的革命，這就是大躍進新民歌的產生，表現新的群眾的時代正在逐步變為新的群眾表現自己的時代，詩歌抒人民之情的時代正在逐步變為勞動人民抒自己之情的時代。」〔註20〕

20世紀30年代，中國詩歌會也曾經探索過詩歌大眾化的途徑。他們以提倡「大眾歌調」，使詩歌普及到群眾中去而著稱。他們宣稱：「我們要用俗言俚語，把這種矛盾寫成民謠小調鼓詞兒歌。我們要使我們的詩歌成為大眾歌調，我們自己也成為大眾中的一個。」〔註21〕但是，他們高歌新時期意識，是為了向大眾傳遞「壓迫剝削，帝國主義的屠殺」與「反帝，抗日」等一切民眾高漲情緒的矛盾和它的意義。他們「要使我們的詩歌成為大眾歌調，我們自己也成為大眾中的一個」，因為他們堅信只有這樣才能在矛盾中創造新世紀。他們的目的是由知識分子將政治理念傳遞給大眾，他們的文藝要植根於大眾中間。「可以說，它對解放區文化實踐後來孜孜以求的『民族風格』與『新國家理想』的『民間化』的文化理想，是一個重要的鋪墊。值得注意的是，由於這種『民間化』與政治權威的結合，或者說，政治權威借

〔註19〕 丁力：《詩話》，1958年10月26日《文藝報》1958年第20期。
〔註20〕 宋壘：《新民歌是主流，詩歌的發展應當以民歌體為主要基礎》，1959年1月21日《人民日報》。
〔註21〕 《發刊詩》，1933年2月《新詩歌》創刊號。

助民間的力量來剿滅非主流的文學，是要用『多數』、『群眾』的輿論擠壓，乃至徹底清除正常的詩歌創作的生存空間。那麼，誕生於『大躍進』中的新民歌，實際已失去了民歌、民間文學原來的價值和性質，變成了政治的工具。」〔註22〕

第二節　作為民族形式的新民歌

中國現當代文學史上，有兩次關於民族形式問題的論戰，一次是在抗日戰爭時期，另一次是在大躍進時期。抗日戰爭時期關於文學的民族形式問題的討論，在與國民黨爭奪勝利果實的狀況下展開。討論的中心是探索新文學如何與民族的特點、與人民群眾相結合。這一時期的民族形式把日本當做主要敵對對象，為拉攏「五四」以來的知識分子而鬥爭。所以西方和蘇聯的文學史經驗都是不可拒絕的。大躍進時期的民族形式把帝國主義和修正主義當作主要敵對對象。這次論戰由主流意識形態主導，目的是要劃清與黨內官僚的關係。因此，這一時期的民族形式，其內涵只得縮小至主流思想的範圍之內。

一、民族形式的新內容及其本質

抗日戰爭時期的民族形式，在詩歌方面，以李季的《王貴與李香香》為代表，在小說方面，以引入快板的趙樹理小說為代表。中國共產黨為奪取抗日戰爭的勝利而與國民黨建立統一戰線。共產黨與王明不同，他們組建獨立的軍事政治組織，確立統一戰線內無產階級的地位，排除一切帝國主義、買辦、地主階級，追求以國共合作為基礎的中國抗日民族統一戰線。中國共產黨實施包括土地改革，改變所有制、生產關係等先進政策，以此將大部分工農兵籠絡至黨組織。統一戰線下的主要課題，是哪個政黨能夠吸引「五四」以來的知識分子。因此這一時期的民族形式，不能排斥西方的批判現實主義或者蘇聯的社會主義現實主義。在國共合作的旗幟下，民族形式的敵國是日本。共產黨要爭取知識分子，就要接受批判現實主義或社會主義現實主義，這有利於貫徹指導無產階級。他們要以批判現實主義和社會主義現實主義作為批判的武器或武器的批判。為了實現文藝大眾化，為了爭取抗日統戰，不

〔註22〕程光煒：《中國當代詩歌史》，北京：中國人民大學出版社，2003 年 12 月版，第 113～114 頁。

可能對近代西方文學形式進行系統的、批判的取捨選擇。從這種意義上來說，抗日戰爭時期的民族形式，可以說是包括蘇聯在內的西方近代化方向，對中國文學發揮了現實性、主動性的結果。民族形式本身並不是新文學的代案，而是為了在抗日統一戰線內部，保持黨和無產階級的指導地位。

反之，在美國領導重建戰後秩序的形勢下，大躍進時期的民族形式，正是沒有核武器的中國為了解決與美國的敵對矛盾而提出的文藝方向。另外，它又代表了把蘇聯定性為修正主義的中國的方向性。當時蘇聯主張與美國和平共處，肯定文學和政治的相對對立，反對政治主導下文學的有條不紊的陣營化。而主流意識形態的工農兵指向，把與美國、蘇聯的相異的、敵對的矛盾關係看作「西風」，把黨內官僚勢力看作「修正主義」。對於民族形式本身的討論不涉及抗日戰爭時期。

何其芳談到民族形式問題，認為只要符合人民的需要，又能夠為人民服務，那麼就可以稱之為民族形式。

> 我們的文學的民族形式的基礎，是一個經過多次爭論的問題。一九三九年，一九四零年在延安和重慶就爭論過。一九四四年在延安魯迅藝術學院又爭論過。那兩次的爭論中出現過兩種分歧的意見。一種意見主張以原有的舊形式為基礎來加以發展。一種主張以五四以來的新形式為基礎來加以改進。這兩種意見的爭論在當時是相當激烈的。一九四六年，我在《略論當前的文藝問題》中提到這個爭論的時候，曾寫過這樣一段話：就我的理解簡單說來，民族形式問題實質上是一個文藝與中國廣大人民結合的問題。因此，凡是符合今天中國人民的需要，能夠為今天中國人民服務的，無論它是新形式或從新形式改造過來的，無論它是舊形式或從舊形式改造過來的，都是民族形式。只有這樣一個最高的也是最寬的標準。形式的基礎是可以多元的，而作品的內容與目的卻只能是一元的，那就是只有從人民生活中去獲得文學的原料，並使文學又回轉去服務人民。〔註23〕

何其芳看似在將 30 年代統一戰線背景下的民族形式論拿來考量並放大 50 年代的現實，但卻絕非謬誤。但是，30 年代的民族形式與 50 年代的民族

〔註23〕何其芳：《關於詩歌形式問題的爭論》，1959 年 2 月 25 日北京《文學評論》1959 年第 1 期。

形式，在政治指向上有著明顯的差異。50 年代的民族形式以反帝反修爲內容，是從主流意識形態角度出發的規劃與實踐。

對於接受西方詩歌形式的詩人，周揚要求他們「正確地繼承民族傳統」〔註24〕。這句話的意思，並不是要他們割斷西方文學的傾向，只是要將反美反帝潮流中開展的大躍進運動的民族形式牢記在心，並爲其發展作出努力。當時的形勢是，既不能論及對美關係方面的劣勢，也不能否定包括蘇聯西方文學思潮在內的「五四」以來的新詩經驗。在這種狀況下，周揚不得不強調「東風」這種官僚主義與毛澤東思想的境界，高舉「正確地繼承東風的傳統」這一政治大旗。新民歌並不同與以前的民間文學，它的發展並不是自然而然的，而是受到國家主流意識形態的浸染，具有濃厚的政治氣息。

邵荃麟對民歌與新詩相結合的展望，並不是在闡釋兩種樣式間的結合，他瞄準的，似乎是介於思想主流與經濟主義之間的知識分子黨員，試圖重拾1949 年之前的同志情、戰友愛。所以邵荃麟所說的民族形式帶有寄望於爲來的性格。他指出：「現在彷彿民歌是一家，新詩又是一家，我看將來這兩家是要合併起來。中國新詩的民族形式問題，將通過這途徑來解決。」他展望「五四」以來的民族形式問題，期待通過民歌來解決。對他來說，民歌是大躍進時期的毛澤東路線，新詩是這種分化出現之前與日本和國民黨鬥爭的歷史。「民族形式問題通過民歌來解決」這種看法，暴露出黨內兩條傾向將由毛澤東路線來統一的政治心理。於是，他主張百花齊放有主流，那就是民歌。「百花齊放，我們總有一個主流。我以爲民歌應該是詩歌中的主流。」〔註25〕

賈芝認爲，新民歌不僅開一代詩風，而且對各種文藝創作的發展都會生很大的影響。它將成爲帶動新文藝進一步群眾化、民族化的火車頭。〔註26〕賈芝的這種觀點，也沒能把握住民族形式在大躍進時期的特殊性。這一時期的民族形式很明顯是群眾化、民族化的，內涵是上文中提及的路線鬥爭，外延則是東西方的陣營矛盾及中美、中蘇關係的雙重結構。

如果說新民歌的民族形式具備以上內容，那麼，就要考慮文學史整體性的大躍進時期的議論，要把文學史上的經驗與這一時期民族形式的關係放在

〔註24〕周揚：《新民歌開拓了詩歌的新道路》，1958 年 6 月 1 日《紅旗》創刊號。
〔註25〕邵荃麟：《民歌、浪漫主義、共產主義風格——7 月 27 日在西安文藝工作者座談會上的發言》，1958 年 9 月 26 日《文藝報》1958 年第 18 期。
〔註26〕賈芝：《采風掘寶，繁榮社會主義民族新文化》，1958 年 8 月 26 日《文藝報》1958 年第 16 期。

客觀的脈絡裏來把握。例如，康倪要從說唱文學中找出新民歌民族形式的歷史脈絡：「它體現了大躍進時代的精神面貌，而同時它的生成長大又與歷史上的說唱文學有血緣關係。」「變文以前是否有說唱文學存在過？這留待以後去發掘、去探討，但唐代以後，變文所影響的說唱文學在中國民間普遍地流傳著，發展著都是實事。儘管後來在文藝歸類上分它到『俗文學』或『曲藝』裏面去，可是我們今天的說說唱唱體，仍是與它一脈相承的。——因爲新說唱保留著舊說唱的很多特點。」〔註 27〕康倪認爲，大躍進民歌與說唱文學有血緣關係，提到變文、俗文學、曲藝等。可是他的看法並沒有捕捉到大躍進時期民族形式的本質。因爲這一時期民族形式與西方和蘇聯的近代經驗以及大躍進的政治理想有關，而並不是爲了繼承文學史的脈絡。從這一層面上來說，這個問題主要是對外的，而不是對內的。

從上述內容看來，周揚對新民歌的評價有些過分誇大。他認爲，新民歌一方面鼓勵群眾的新創作，一方面搜集、整理和出版舊民歌，「這對於我們現在文學的進一步民族化、群眾化，將發生決定的影響，它將開一代的詩風，使我國詩歌的面貌根本改變。」〔註 28〕

先提出理論，然後進入實踐階段，以證明理論的整合性。這就是社會主義文藝論。特別是實踐過程由黨主導進行的時候，黨要直接保證實踐的整合性，所以自然地形成根本不可能對運動進行批判的氛圍。郭沫若說：「現在黨把收集民歌抓了起來，各省各縣都動了起來，這就會出現一個從來沒有過的局面。孔子刪詩，一共三百多篇，我們將來收集到的東西，不知道會有多少億首！現在的搜集工作是由群眾來做的，各地都會出許多大大小小的孔夫子。」〔註 29〕

1958 年 6 月 6 日至 9 日，中國作家協會武漢分會主席團委員（擴大）會議在武漢召開，中國作家協會書記處書記邵荃麟赴會，並作題爲《插紅旗　放百花》的講話。他說道：「現在群眾文藝創作的發展，可以說是一日千里。我們必須充分估計這種形勢，否則就會落後。過去有個李有才就了不起，現在是鄉鄉要出李有才，縣縣要有王老九。紅安縣家家有詩，戶戶有畫。其他許

〔註 27〕康倪：《大躍進中的新文體——說說唱唱》，1958 年 8 月 26 日《文藝報》1958 年第 16 期。

〔註 28〕周揚：《新民歌開拓了詩歌的新道路》，1958 年 6 月 1 日《紅旗》創刊號。

〔註 29〕《關於大規模收集民歌問題——郭沫若答「民間文學」編輯部問》，1958 年 4 月 21 日《人民日報》。

多地方也是如此。」〔註30〕他還引用毛澤東的「一窮二白論」，強調毛澤東預言的正確性：「中央有位同志說：『我們中華人民共和國可以稱爲中華人民共和詩國了。』這是多麼叫人鼓舞啊。而這個『詩國』居然出現在一窮二白，文盲很多的中國，這自然使我們想起毛主席的一句話：『一張白紙，沒有負擔，好寫最新最美的文字，好畫最新最美的圖畫。』在黨的領導下，發動了群眾，解放了思想，就會出現勞動人民中這樣的百花齊放的文藝繁榮。而這種繁榮，已經不僅僅是精神領域中的事情，它已經成爲直接促進生產發展的物質力量了。」〔註31〕

1962 年 11 月，劉章的詩集《葵花集》由百花文藝出版社出版。謝冕致信作者說道：「你不僅唱出鄉親們的心裏話，而且也用他們所習慣的、所喜聞樂見的方式歌唱。你明確地意識到：詩，要『用鄉親們喜歡的形式和語言寫』，而且這樣實行了。兩個集子，絕大部分都是七言四句的民歌體。這詩體，短小精悍，便於記誦，是目前最爲農民熟悉和熱愛的形式。你的詩，初步體現了民族化、群眾化的方向」〔註32〕謝冕對《葵花集》的評論，是關於詩的形式和結構的內容。如果優先考慮「新民歌的本質在現實與詩歌之間」這一前提，相對於現實與作品的關係，謝冕的評論更關注作品的內部結構。但是，作品之外的客觀現實，是嚴重的饑荒以及飢饉所導致的大量死亡。在饑荒迅速蔓延，上千萬人被餓死時，新民歌已經失去了與現實的連接點。

二、民歌的局限性與新詩發展問題

何其芳在《關於新詩的「百花齊放」問題》〔註33〕一文中，披露知識分子因爲新民歌而感到困惑。他認爲民歌體不會成爲新詩的主流，民歌體的句法和現代口語有矛盾。他指出，民歌採用了文言的五七言詩的句法，常常要以一個字收尾，或者在用雙音節詞收尾的時候必須在上面加一個字，這樣就和雙音節詞居多的現代口語有些矛盾。

正因爲如此，他主張建立新的格律詩。他指出，批判地吸收過去的格律詩及值得借鑒的外國格律詩的合理因素，包括民歌的合理因素在內，按照現代口語的特點來創造性地建立新的格律詩，在「五四」以來寫得比較好的自

〔註30〕1958 年 7 月《作家通訊》第 4 期。
〔註31〕同上。
〔註32〕謝冕：《燕山山下一葵花——致劉章同志》，《詩刊》1963 年 9 月號。
〔註33〕載《處女地》1958 年 7 月號。

由詩的基礎上加以改進，使它在語言、音節和表現方法上，當然首先還要在它的內容上，更帶有民族特點，那就無可懷疑地也是民族形式了。

何其芳並不考慮新民歌與毛澤東路線的一元性關係。他說道：「我看新詩的發展和繁榮也是只能通過『百花齊放』的道路的。我肯定民歌體可以作為新詩的體裁之一而存在，並且認為它可能成為一種重要的新詩形式，是因為我並不只是看到了歌謠的限制，同時也看到了它的優點。」〔註 34〕他反對把新民歌成為大躍進時期詩歌的統一樣式。他對文學前景的觀點是與政治無關的。他主張「至於和歌謠體距離最大的自由詩，現在好像很受非難了。但難道它就不能成為新的民族形式之一嗎？我看也完全是可能的。」〔註 35〕

何其芳的應對方式不愧是詩歌專家級別的，可正是由於這個原因，他與時代無法達成和解。「在知識者的感情和內心世界的合法地位岌岌可危的情況下，這是他們想維護可憐的一隅所做的一種努力」〔註 36〕何其芳的態度反映在他的詩論集《詩歌欣賞》裏。

「我是個詩歌愛好者。但我卻感到對詩歌的好壞缺乏鑑別力。怎麼辦？」

有同志向我提出了這樣的問題。

這個問題本來是可以很簡單地回答的。勸他努力提高政治和思想的修養，並且多讀一些古今中外的好詩，時間久了，欣賞詩歌、鑑別詩歌的能力就自然會提高的。這樣的回答雖然很簡單，卻或許是提供了最可靠的辦法。但我又想，這個問題也可以用其他的方法來回答。我不妨選出一些詩歌來，說明它們哪些地方好，如果有缺點，也說明在什麼地方。這就是用一些例子來具體地討論如何欣賞詩歌。對提高鑑別力也可能是有幫助的。〔註 37〕

他想要將政治、思想修養與欣賞、鑑別詩歌的能力結合起來，但是他評價新民歌時，看重的卻是作品和自我的關係。

唐弢在《民歌體的局限性——群眾創作漫談》〔註 38〕一文中也表達了與何其芳類似的見解。「其實任何成為體制的形式，都有其一定的局限性。民歌

〔註 34〕何其芳：《關於新詩的「百花齊放」問題》，《處女地》1958 年 7 月號。
〔註 35〕同上。
〔註 36〕洪子誠、劉登翰：《中國當代新詩史》第 183 頁。
〔註 37〕何其芳：《詩歌欣賞》，北京：作家出版社，1962 年 4 月版，第 1 頁。
〔註 38〕載 1959 年 1 月 3 日《文匯報》。

在過去突破了五七言詩整齊嚴格的規律，但絕大多數，基本上還是以三五七言爲主，因而也仍然不能不有其局限性，這是客觀存在的事實。但我個人認爲，與其扭結在已有的成規上，不如多看看今天的發展，多注意今天群眾創作上存在的問題。就我最近接觸到的一些群眾詩歌來說，我覺得，民歌體的局限性是一個問題，我們對民歌體的認識的局限性，又是一個問題。如果說對詩歌繼承民歌並且向前發展上有所束縛的話，後者的影響，實際上要比前者更大，更強烈，沒有這種認識上的局限性在作梗，民歌體的局限性還是可以突破、能夠突破的。」

郭小川也是一樣。他主張「作品是會躍進的，再過一些時候，他們之中就會出現最有天才的詩人，作品的質量也更會提高，他們一定會有驚人的創造，這是毫無疑的。」但他認爲「民歌大部分是絕句（四句），這裡面，好的實在太多了，當然也還會有更好的出現。而長的民歌好的比較少，三十行以上的民歌，好的也比較少一些，甚至八行的民歌中也常常有一兩句是重複的。原因何在？我看主要是他們掌握詩的形式和語言的能力還不夠強，所以一寫多就顯得不夠精了。」〔註39〕

1959 年，吳雁（王昌定）在《創作，需要才能》一文中，尖銳批評了這種違背藝術規律的「人人寫詩」的觀點。他指出，「文藝創作並不神秘」、「要有敢想敢幹的精神」，這些話並不錯，但是，「敢想敢幹不是憑空來的，它不能沒有現實基礎。創作才能，對於作家來說，便是基礎之一。完全脫離自己的基礎，那種敢想敢幹實際上是吹牛，值不得拍手叫好。」下面這段話雖尖刻卻又不無道理，在當時的文學界引起了軒然大波：「說是一天寫出三百首七個字一句的東西就叫做『詩』，我寧可站在夏日炎炎的窗前，聽一聽樹上知了的叫聲，而不願被人請去做這類『詩篇』的評論家。我所唯一欽佩的只是『三百』這個數目字。」〔註40〕

這是由雁翼在《星星》1958 年 6 月號發表的文章，提出「發展過去詩歌的主流」而引起來的。雁翼以過去的詩歌——「五四」以來的新詩——作爲當前詩歌的主流，爭論就此拉開序幕。緊接著，紅百靈在《星星》8、9 月號上發表了兩篇蔑視新民歌的文章，認爲新民歌要「在詩人幫助下好好改造」才不致「成爲濫流」，才沒有「進博物館的危險。」他甚至污蔑新民歌「對我

〔註39〕郭小川：《怎麼使詩歌更快更好的發展——1958 年 8 月 3 日在詩刊編輯部的座談會上的發言》，《詩刊》1958 年 8 月號。

〔註40〕洪子誠、劉登翰：《中國當代新詩史》第 167 頁。

們目前語言的規範化也是有損的」。〔註41〕

　　1958 年 5 月 25 日，《詩刊》1958 年 5 月號刊出《民歌選六十首》，《編者按》中極力稱讚新民歌「開一代詩風」。站在文學的角度上看，知識分子對新民歌的一些批判是理所當然的，然而，他們的言論與大躍進現實相距甚遠。宋壘說「任何文藝樣式，不管是小說、喜劇、格律詩、自由詩，都有其局限性。正因爲存在一定的局限性，新民歌就需要在現有基礎上提高。」「但，對待局限性也有兩種不同的看法：一種是，由於新民歌存在局限性，就努力改善它；一種是，以局限性爲理由來輕視它，吹毛求疵地把一切都看作它的『局限性』。」〔註42〕他的觀點，雖然在政治上肯定了新民歌，但是還不願意放棄把新民歌運動看成相對獨立的詩歌史現象這一態度。

　　在這種氛圍下，《人民日報》社於 1959 年 1 月 16 日召開關於詩歌問題的第二次座談會。〔註43〕會上，對於民歌體是否有局限性的問題，大致有兩種意見：一種意見認爲，民歌體在句法、體裁上有局限性，要表現複雜的新生活確實力不從心；一種意見認爲，五、七言的民歌體表現今天的新生活沒有任何局限性，表現大躍進的新民歌的成功，說明了它的生命力是強大的。它可以作爲一種比較普遍的形式，作爲詩歌的基本形式。關於詩歌的主流問題，有人認爲不一定要提，也有人認爲「五四」以來的新詩有成績，但也有很大缺點，它的形式受外來的影響很大，勞動人民不習慣，不喜愛。當前的事實本身說明了新民歌是詩歌的主流。這是毛澤東思想路線和詩歌創作的二元關係的主要例證。

　　但是，討論的全過程成爲新詩附和毛澤東路線的動因。譬如說，臧克家認爲新詩和新民歌將來會合流，成爲一種基本形式。〔註44〕卞之琳也說，新民歌和古典詩歌之間只有承繼問題，新民歌和新詩之間才有合流問題。〔註45〕

〔註41〕《關於新詩發展問題的論爭》，《詩刊》1959 年 2 月號。
〔註42〕宋壘：《與何其芳、卞之琳同志商榷》，《詩刊》1958 年 10 月號。
〔註43〕1959 年 1 月 21 日該報刊出《關於詩歌問題的討論》，刊有徐遲的發言《民歌體是一種基本的形式　但不要排斥其他形式》和宋壘的發言《新民歌是主流，詩歌的發展應當以民歌體爲主要基礎》。編者編後《詩歌問題座談會繼續舉行》說：「1 月 16 日，我們召開了詩歌問題的第二次座談會。到會的有丁力、何其芳、沙鷗、李廣田、林默涵、邵荃麟、林林、宋壘、徐遲、賀敬之、郭小川、蕭三等。會上，何其芳、丁力、蕭三等作了發言，徐遲、宋壘寫了書面意見（今天發表的徐遲和宋壘同志的發言就是他們的書面意見的摘要）。」
〔註44〕臧克家：《民歌與新詩》，1959 年 1 月 13 日《人民日報》。
〔註45〕卞之琳：《關於詩歌的發展問題》，1959 年 1 月 13 日《人民日報》。

沙鷗在《新詩的道路問題》中認爲民歌體的變化與詩人長期習慣運用的形式的變化，趨向於接近。〔註46〕張光年在《從工人詩歌看詩歌的民族形式》一文中談到：新民歌和新詩，這兩種形式，互相吸收，互相融化，又相補相成地發展著。〔註47〕但唐弢提出了格律詩的發展問題，他說：「格律詩體必須以民歌爲中心，根據今天廣大群眾的創造逐漸形成，決不能由幾個詩人關起門來生製硬造。」〔註48〕

臧克家看似想要承擔起把知識分子創作思想轉換爲新民歌的任務。他說「我們不能把民歌和新詩的關係放在對立的地位上去談、去解決。」，並強調「人民群眾的創作和專業詩人的創作，應該是相輔相成的。」「在反映現實生活的深度廣度上，在藝術表現的風格上有所不同，但在反映現實的意義上，在表現人民生活所起的作用上，它們基本上應該是共同的。」臧克家在過去的文學思想史實中尋找兩者互補的關係。「唐朝的人民創作了許多優美動人的民歌，而杜甫、白居易的詩的光芒不但不爲它所掩蓋而且是互相輝映。抗戰時期，人民創造許多民歌諷刺國民黨反動派，專業的詩人也寫了山歌小調。現在勞動人民創作的民歌同詩人們的創作，在爲社會主義服務的基本點上應該統一起來。」「不能因爲肯定民歌的偉大成就就把新詩貶低，或故意擡高新詩因而小看了民歌。」〔註49〕這可以說是把黨的路線貫徹於自我的結果。卞之琳更進一步闡述了臧克家的「互補」說。

> 簡單說來，新民歌和新詩（在內容上和形式上）會逐漸合流，我們應該促進這種合流，促進新詩歌開花——百花齊放。……因爲形勢是這樣發展了：文化革命高漲，勞動群眾文化水平提高，勞動群眾自發性歌唱發展到有意識寫詩，新民歌開始在突破固定形式，新民歌發揚古典詩歌傳統和接受新詩影響的可能性加大，等等——這是一方面。另一方面，知識分子勞動化過程加劇，寫新詩的詩人感受了新民歌蓬勃發展的壓力（也就是推動力），學習了新民歌，新詩中本來也有的從民歌脫胎出來的成分受到了重視，新詩接受了新民歌的影響，等等。〔註50〕

〔註46〕沙鷗：《新詩的道路問題》，1958 年 12 月 31 日《人民日報》。
〔註47〕張光年：《從工人詩歌看詩歌的民族形式》，1959 年 1 月《紅旗》1959 年第 1 期。
〔註48〕唐弢：《談格律》，1959 年 1 月 12 日《文匯報》。
〔註49〕臧克家：《民歌與新詩》，1959 年 1 月 13 日《人民日報》。
〔註50〕卞之琳：《關於詩歌的發展問題》，1959 年 1 月 13 日《人民日報》。

　　話雖如此，但並不是所有知識分子的創作都能被納入到這一範疇。有些詩人忽略了毛澤東路線和新民歌的關係中蘊含的政治意義，堅持新詩發展的相對獨立性。何其芳的觀點，就與臧克家截然不同。他說：「我覺得如果是為了指明新詩的發展的方向，只能走向中國化，群眾化，不能繼續保存五四以來的新詩的弱點，我是贊成只提新詩應在民歌和古典詩歌的基礎上發展的。」「我認為民歌和新詩的完全混合是不大好想像的。」

> 我的想法是：民歌體是會在今後相當長以至很長的時期內還要存在的；新詩是一定會走向格律化，但不一定都是民歌體的格律，還會有一種新的格律；格律體的新詩而外，自由體的新詩也還會長期存在。最遠的前景比較難說。但民歌和新詩在形式上的特點都相當突出，不大容易混合起來。還是我說過的，文藝形式有它相對的穩定性。而且樣式多一些是好事，不是壞事。〔註51〕

　　這麼一來，「1958年因『大躍進詩歌』引發的『新詩發展道路』的論爭，屬於詩歌界正常的文藝爭鳴，倡導建立現代格律詩的何其芳、卞之琳、力揚等，並不反對新民歌的藝術嘗試，只是主張在民歌之外，稍稍擴充一點詩歌的表現空間。放在當時的社會環境中來考察，何其芳等對五四文學傳統在『當代』的逐漸式微，多少是流露了一些憂慮的。」「究其實質，這是由於現代格律詩的主張，與毛澤東『古典+民歌』的基礎說發生了牴觸，或至少不那麼『合拍』所導致的。」〔註52〕這是跨越大躍進時期對詩歌史的預言。他的觀點，可以說是對大躍進民歌政治立場的誤讀。

〔註51〕何其芳：《關於詩歌形式問題的爭論》，1959年2月25日《文學評論》1959年第1期。
〔註52〕程光煒：《中國當代詩歌史》第9頁。

第五章　大躍進民歌的創作方法

　　理想建立在客觀、歷史地考察現實的基礎之上，而創作方法必須把過去、現在、未來連接成一個緊密的整體，把實踐的必要性和可能性有機地統合在一起。根據現實需要，重新整理過去到現在的過渡進程，判斷未來的發展走向，這嚴重破壞了創作方法的主體性。根據現實需要重新評價過去，是必不可少的一環。用現在的眼光來看，過去被誤讀的部分當然是多不勝數。判斷理想是否有可能實現，同樣必須取決於當前形勢的需要。但是，根據現實需要重新評價過去，極易喪失過去的本來面目；根據現實需要判斷未來，也極易催生出可能性壓倒必然性的浪漫。在這種狀況下，創作方法發揮了幫助可能性戰勝客觀實際的作用。「兩結合」也不例外，之所以認為它更重要，是因為它能證明在創作方法現實主義史上的優勢，以及在創作中的適宜性。正因為如此，在重新評價中國文學史時，浪漫主義和現實主義兩結合的創作方法雀屏中選，而新民歌所取得的歷史成果也被視作是在兩結合中更重視革命浪漫主義的結果。

第一節　「革命現實主義和革命浪漫主義兩結合」創作方法

　　一般來說，創作方法不可避免地會受到創作主體與文學樣式的雙重制約。創作本身通過創作主體表現為文學樣式，創作方法幾乎不可能凌駕於樣式或作家之上。不過，對於「革命現實主義和革命浪漫主義兩結合」來說，卻是創作方法決定創作主體和新民歌。如果說關於新民歌主體的討論象徵著

政治路線的指導和實踐，那麼在具體實踐中，「兩結合」既是路線，又是手段。也就是說，新民歌中關於創作主體及樣式的爭論，使得工農兵創作成功地凌駕於知識分子創作之上。對工農兵有利的樣式，把這兩者對立指引工農兵優勢，讓工農兵創作占上風。「兩結合」是具體的執行路線，它將蘇聯修正主義納入到東西方對立的構造中去，並且通過確立民族形式相對於社會主義現實主義的優勢地位，樹立依託於黨性的未來信念，進而號召人民在現階段全力奮鬥。因而，「兩結合」並不是現實的反應。它對未來持盲目樂觀的態度，堅信連接現實與美好未來的是一條康莊大道。因此，創作主體並不能決定創作方法和樣式，反而要迎合「兩結合」的要求而作出變化。

一、「兩結合」的基礎與條件

1958 年 6 月 1 日，周揚提出：

> 毛澤東同志提倡我們的文學應當是革命的現實主義和革命的浪漫主義的結合，這是對全部文學歷史的經驗的科學概括，是根據當前時代的特點和需要而提出來的一項十分正確的主張，應當成為我們全體文藝工作者共同奮鬥的方向。毛澤東同志本人所作的許多詩詞，向我們提供了最好的範本。〔註1〕

對文學歷史的經驗的概括和展望由毛澤東來提倡這一特殊現實，是由社會主義定向所導致的必然結果。「毛澤東的作品是最好的範本」這一句話，催生出「不用『二革』的創作方法就是反對毛澤東的理論概括和創作實際」這樣一種形式理論，達到用「二革」來限制文學的正確的創作方法這一目的。周揚還說道：「我們處在一個社會主義大革命的時代，勞動人民的物質生產力和精神生產力都獲得了空前解放，共產主義精神空前高漲的時代。人民群眾在革命和建設的鬥爭中，就是把實踐的精神和遠大的理想結合在一起的。沒有高度的革命浪漫主義精神就不足以表現我們的時代，我們的人民，我們的工人階級的、共產主義的風格。」〔註2〕他認為，生產力已經獲得空前解放，共產主義精神也達到了前所未有的高潮，革命建設鬥爭中的實踐已經開始和遠大的理想結合起來。他的這一理論完全顛倒了經濟基礎與意識形態的關係。實際上，共產主義社會還是水中月，鏡中花，也沒有任何迹象表明共產

〔註1〕 周揚：《新民歌開拓了詩歌的新道路》，1958 年 6 月 1 日《紅旗》創刊號。
〔註2〕 周揚：《新民歌開拓了詩歌的新道路》，1958 年 6 月 1 日《紅旗》創刊號。

主義即將實現。即便如此，周揚仍在鼓吹沒有革命浪漫主義精神，就無法表現現實中的共產主義風格。周揚的觀點，無異於是在以浪漫主義精神，以共產主義必將會到來的堅定信念歌唱現實。換句話說，周揚要求游離於大革命實踐的詩人們，借助革命浪漫主義精神，表現現實中存在的共產主義萌芽，以及由此而引發的共產主義精神的高潮。

高歌今認爲，若不如此，則現實主義就會淪落爲自然主義，作品也就失去了熱情和理想，僅能表現當前社會生活的細節。他指出：「爲什麼我們現在要特別提倡革命的現實主義和浪漫主義高度結合呢？道理很簡單，因爲我們目前正處在一個社會主義大革命和大建設的時代裏，勞動人民的物質生產力和精神生產力都獲得了空前的解放，共產主義精神大爲高漲。我們的廣大人民，正在把嚴肅、艱鉅的大量日常工作跟磅礡的英雄氣概和宏偉的未來理想密切結合起來。要反映這樣的時代和人民生活如果沒有革命的浪漫主義，顯然不足以表現勞動群眾的英雄氣概和他們對於未來的美妙幻想，這樣就使現實主義容易流於鼠目寸光的自然主義，使作品失去熱情和理想，只能讓人們看到鼻子尖下的一點生活現狀，看不見事物發展的宏偉遠景，不能像探照燈一樣幫助人們照亮前進的道路。」﹝註3﹞

「兩結合」的現實基礎，是把現階段定義爲接近共產主義的，前所未有的時代，只有通過現實主義與浪漫主義的結合，才能夠再現現實中的希望與鬥爭。但是，它不是分析的對象，更不容許討論什麼分析的標準。如果說大躍進時期已經具備了接近共產主義階段的物質生產力和精神生產力，那麼共產主義到來的可能性及必然性，絕對是不容置疑的。所以，不必過多地要求人爲地提高革命浪漫主義精神。反之，如果經濟基礎和上層建築都落後於資本主義及修正主義陣營，那就必須要在當前形勢下，立足於革命浪漫主義精神，不懈奮鬥。此時，以何種方式構建經濟基礎及上層建築的內部機制，又以何種方式引導兩者相互結合，相互促進，就成爲最關鍵的課題。在這種意義上，賀敬之的看法比周揚更接近現實。他認爲，要改造艱苦的現實，就應該繼續鬥爭、繼續幻想。

　　　　人民勞動著、鬥爭著，同時也希望著、幻想著。這就決定了必定有現實主義，同時必定有浪漫主義。而人民的勞動，鬥爭永不會停止，希望、幻想也永不會停止。因此，現實主義和革命浪漫主義

────────────

﹝註3﹞ 高歌今：《革命的現實主義和浪漫主義需要結合》，《詩刊》1958 年 7 月號。

也就永遠不會終結。……積極的、革命的浪漫主義和現實主義交相輝映，把那個時代的現實生活用獨特的方法反映得神采煥發，給人以千里之目，使人「更上一層樓。」〔註4〕

在這種情況下，現實和理想充當了「兩結合」的基礎。社會主義現實和共產主義理想結合時，理想必然會對現實起到指引的作用。因爲共產主義是社會主義的未來。一個社會的將來決定現在，社會歷史實踐佔據了個人生活的絕大部分，也是理所當然的情形。華夫（張光年）說：「在我們生活中間，現實（社會主義的現實）和理想（共產主義的理想）總是結合在一起的。(《文藝報》1958年第18期)」〔註5〕他認爲「兩結合」的根基在於未來和現實之間的關係，這也成爲把握當時社會問題的普遍觀點。

而且，他們已經將「主觀戰鬥精神」這一文學史上的遺產吸收到自己的思想體系中。雖然「主觀戰鬥精神」已經被扣上了「反黨反革命」的帽子，但是它的普遍機制，換句話說，堅持自己的信念，放大現實鬥爭的自我獻身精神早在抗戰時期就已經成形。因而，革命的、並且具有主流意識的詩人，只能寫出現實主義兼浪漫主義的作品來。郭小川認爲，人民生活中充滿了浪漫激情，他們大膽地前進，嚮往著未來，要表現這樣的生活，就必須得用「兩結合」的方法。

> 如果說，只有革命的人，才能寫出革命的文學作品來，那麼，也可以說，只有那種實幹精神和革命理想的人，才能寫出既有現實主義因素又有浪漫主義因素的作品來的。……這幾首民歌，不一定是最好的。但是，從這裡，你可以斷定：第一，人民生活中就充滿了浪漫主義的激情。幹勁眞是十足呵！大膽地、腳踏實地前進著；同時又在熱烈地想望著明天，想望著「日子越來越快活」，這是人民自己的心聲，你還敢不信嗎？第二，文學就只能像這幾首民歌一樣，用現實主義和浪漫主義相結合的方法，表現這樣的生活，只有這樣，才是眞實動人的，否則倒是不眞實的。〔註6〕

認識、描寫現實的方法已經確定，而細節的填充完全可以交給臧克家來

〔註4〕 賀敬之：《漫談詩的革命浪漫主義》，1958年5月11日《文藝報》1958年第9期。

〔註5〕 《各報刊關於革命的現實主義和革命的浪漫主義相結合問題的討論》，1958年11月11日《文藝報》1958年第21期。

〔註6〕 郭小川：《我們需要最強音》，1958年5月11日《文藝報》1958年第9期。

完成。他是來自國統區的詩人，又同時供職於《詩刊》。他提出：「要寫出兩者結合的東西，須有三個條件：1、深入到人民鬥爭生活中去。2、要有高度的熱情，高度的馬克思列寧主義思想；熱情高，才能熱愛現實生活，大膽地幻想未來，思想高，才體味的深，人家看不到的新生事物，他能最先感受到。3、要有很深的文藝修養。沒有深厚的修養，有感受也表現不出來。」〔註7〕而且，臧克家在同一篇文章中高度評價工農兵創作，認為他們的作品充滿氣魄與熱情，體現了革命現實主義與革命浪漫主義的結合，強調專業作家應該向他們學習。他將工農兵文學置於知識分子文學之上，號召知識分子學習工農兵。這並不是新民歌運動的政治目標，但是臧克家卻準確地把握了它的基本脈絡。

1958 年 5 月，袁水拍發表《向民歌學習浪漫主義精神》一文，對臧克家的觀點表示贊同。「革命的浪漫主義既是文學的創作方法，又是作家的世界觀。群眾創作中所以有強烈的革命的浪漫主義色彩，正是由於群眾有高漲的革命的客觀主義精神之故。」〔註8〕他認為，革命浪漫主義既是創作方法，也是世界觀。工農兵創作之所以呈現出強烈的革命浪漫主義色彩，正是因為革命客觀主義精神已經達到了高潮。以對未來的堅定信念代取代歷史必然性，導致了這一觀點的出現。

賀敬之說革命浪漫主義要求詩人「一、必須有理想，向無限的未來闊步前進，二、必須有共產主義者的無限廣闊的胸懷，三、必須是集體英雄主義，四、不滿足於一般所謂「寫真實」，需要群眾的色彩，更響亮的聲音，要更大批多運用「不平凡」的情節」，運用誇張、想像、幻想。」〔註9〕他說，作為毛澤東主義者，不應批判現實，而要果斷地從未來著眼，運用誇張、想像、幻想。在經歷了種種迂迴曲折之後，最終與思想權威達成了一致。

二、「兩結合」與社會主義現實主義的關係

社會主義現實主義追求的是理論對現實的正確認識與現實發展過程中必然性的統一。而「革命現實主義和革命浪漫主義兩結合」只是一種創作方法，它並不追求具體現實與現實展開過程的統一。換句話說，它是一種方法，迎

〔註7〕　臧克家：《理想，熱情，詩意》，1958 年 5 月 11 日《文藝報》1958 年第 9 期。
〔註8〕　袁水拍：《向民歌學習浪漫主義精神》，《詩刊》1958 年 5 月號。
〔註9〕　賀敬之：《漫談詩的革命浪漫主義》，1958 年 5 月 11 日《文藝報》1958 年第 9 期。

合現實具體需求來作出調動，所以不可能具有普遍化。但是，對於過去所有文藝思潮的價值評估，都應該遵循「兩結合」的原則。因爲證明了「兩結合」的優越性，也就證明了對資本主義和修正主義的優勢。

首先，「自然主義」和「個人主義」，要放在與「兩結合」的關係中進行再評價。舉例來說，蔡天心認爲，過去把革命現實主義和革命浪漫主義看作是互相排斥的傾向，有些作品就枯燥無味，有公式化、概念化的缺點，也有些作品限於瑣屑的現象描寫，流露出自然主義傾向。提出革命的現實主義與革命的浪漫主義相結合，「既可以克服公式主義、概念化的缺點，也可以克服某些自然主義傾向，這是解決我們創作上一切問題的途徑，可以使我們文學工作來一個大躍進。」〔註10〕無論如何，公式化、概念化的出現，都要歸咎於社會科學理論在作品創作中的濫用。而自然主義與現實主義不同，它通過對現實中細節的眞實描寫，引導讀者判斷現實中的問題。現實主義與自然主義都以寫實爲共同基礎，而蔡天心提出上述觀點，說明他未能正確理解這一事實。安旗在《從現實出發而又高於現實》一文中批判了王愚的「特殊的浪漫主義」，這種浪漫主義提倡資產階級個人主義者瘋狂的感情發洩。並且指出：「這一兩年來在對浪漫主義的探討和嘗試中，還有一種現象，這就是一些青年詩人假借浪漫主義之名大肆抒發他們一些遠離現實的個人主義的感情。孫靜軒近兩年來發表的某些詩作，可以看作是這種現象的代表。」〔註11〕孫靜軒作品中表現出來的浪漫主義傾向，與新民歌追求的浪漫主義在路線和觀點上存在差異。而差異的根本在於浪漫主義到底是屬於作家個人，還是屬於思想權威。也就是說，情感與現實認識交錯是同一性，然而路線和觀點的差異則導致了個人主義和革命浪漫主義的分歧。

作品人物形象的社會政治志向也表現出類似的差異。19世紀西方文學史中創造出來的近似於超人的人物形象，如果不與社會主義路線相結合，就會被評價爲個人主義浪漫主義。茅盾指出：「19世紀的革命浪漫主義文學中的英雄都是超人式的獨往獨來的帶有強烈個人主義色彩的人物。由此可知，我們現在的革命浪漫主義和19世紀的，實在有本質上的不同。我們要發揚我們自己的革命浪漫主義，不要摹仿19世紀西歐的革命浪漫主義。」〔註12〕

〔註10〕　《座談會紀錄》，《處女地》1958年8月號。

〔註11〕　安旗：《從現實出發而又高於現實》，1958年7月11日《文藝報》1958年第13期。

〔註12〕　茅盾：《關於革命浪漫主義》，《處女地》1958年8月號。

　　但是，社會主義現實主義與「兩結合」的關係，決定了價值評價過程絕對不會是一帆風順的。因為許多有義務提倡「兩結合」的評論家和詩人，一直都是從社會主義現實主義的角度出發，進行理論和創作實踐。更何況，對於應當把主流話語和修正主義的思想政治內容，引入到「兩結合」與社會主義現實主義之間這一機制，深諳其中三昧的人可以說是寥寥無幾。

　　在日丹諾夫看來，社會主義現實主義的真實認識，完成當前任務的手段，以及對未來的展望應該保持一致。不是無條件地接受黨性的指導，而是要將嚴肅冷靜的實踐工作與遠景目標相結合：「因為我們黨的全部生活、工人階級的全部生活及其鬥爭，就在於把最嚴肅的、最冷靜的實際工作跟偉大的英雄氣概和雄偉的遠景結合起來。」〔註13〕從根本上來說，這是克服現實主義局限性的結果。這「並非我們主觀上想不想結合的問題，而是一種客觀的規律。文學創作，要想正確地深刻地反映這個偉大的現實，就非得有資現實主義和浪漫主義的結合不可。」〔註14〕

　　郭小川認為，「兩結合」類似於社會主義現實主義，都要立足於客觀規律去把握。周揚這樣闡述現實主義與浪漫主義的關係：沒有浪漫主義，現實主義就會陷入自然主義的深淵；而浪漫主義如果不與現實主義相結合，那就不過是虛張聲勢。在他看來，社會主義現實主義的創作方法基本等同於兩結合。他在《新民歌開拓了詩歌的新道路》一文中說道：

> 人們過去常常把現實主義和浪漫主義當作兩個互相排斥的傾向；我們卻把它們看成是對立的而又統一的。沒有浪漫主義，現實主義就會容易流於鼠目寸光的自然主義；自然主義是對現實主義的歪曲和庸俗化，它決不是我們所需要的。當然，浪漫主義不和現實主義相結合，也會容易變成虛張聲勢的革命空喊或知識分子式的想入非非；而這是我們所不需要的。我們贊成社會主義現實主義的創作方法，就是以這樣的理解做為基礎的。〔註15〕

　　周揚認為，「兩結合」與社會主義現實主義具有相同的權威地位。而賀敬之認為社會主義現實主義和「兩結合」的水準相等，社會主義現實主義代表著現實主義的最高成果，而革命浪漫主義代表著浪漫主義的最高水準，並且

〔註13〕日丹諾夫：《在第一次全蘇作家代表大會上的講演》，《蘇聯文學藝術問題》，北京：人民文學出版社，1959年3月版，第22頁。
〔註14〕郭小川：《我們需要最強音》，1958年5月11日《文藝報》1958年第9期。
〔註15〕周揚：《新民歌開拓了詩歌的新道路》，1958年6月1日《紅旗》創刊號。

是社會主義中國獨創的文學成就：「正如社會主義現實主義才是最好的現實主義一樣，社會主義的革命浪漫主義才是最好的革命浪漫主義。」〔註16〕

郭沫若堅持「在現實中將革命進行到底」的見解。他認為，浪漫主義主情，現實主義主智，強調應該運用想像和誇張，重視虛構和浪漫。但這些都是革命的手段。革命浪漫主義以浪漫主義為基礎，與現實主義相結合，進行詩歌創作時，更能發揮其詩人的才華；而革命現實主義以現實主義為基礎，與浪漫主義相結合，進行小說創作時，其效果更加凸顯。郭沫若將自己的文學才能當作革命的手段，上述觀點就是對其創作實踐的反映。他在《浪漫主義和現實主義》一文中說：

> 文藝上的浪漫主義和現實主義，在精神實質上，有時是很難分別的。前者主情，後者主智，這是大體的傾向，但情智是人們所具備的精神活動，……因此，對於一個作家或者一部作品，你沒有可能用化學的定性分析和定量分析的辦法來分析，判定他或它的浪漫主義的成分占百分之幾，現實主義的成分又占百分之幾。文藝是現實生活的反應和批判，如果從這一角度來說，文藝活動的本質應該是現實主義。但文藝活動是形象思維，它是允許想像，並允許誇張的，真正的偉大作家，他必須根據現實的材料來加以綜合創造，創造出在典型環境中的典型人物，這樣的創造過程，你盡可以說它是虛構，因而文藝活動的本質也應該是浪漫主義。〔註17〕

他在同一篇文章中又說道，不管是浪漫主義或者現實主義，只要是革命的就是好的。革命的浪漫主義，那是以浪漫主義為基調，和現實主義結合了，詩歌可能更多地發揮這個風格。革命的現實主義，那是以現實主義為基調，和浪漫主義結合了，小說可能更多地發揮這種風格。

「兩結合」和《講話》的關係被視為一種傳承，社會主義現實主義和「兩結合」的關係也進入了新的階段。袁水拍在《詩歌中的現實主義和浪漫主義的結合》一文中指出，從毛澤東在《講話》中的一段文字中可以明顯地看出：「革命的文藝，應當根據實際生活創造出各種各樣的人物來，幫助群眾推動歷史的前進。例如一方面是人們受餓、受凍、受壓迫，一方面是人剝削人、人壓迫人，這個事實到處存在著，人們也看得很平淡；文藝就把這種日常的

〔註16〕賀敬之：《漫談詩的革命浪漫主義》，1958 年 5 月 11 日《文藝報》1958 年第 9 期。

〔註17〕郭沫若：《浪漫主義和現實主義》，1958 年 7 月 1 日《紅旗》1958 年第 3 期。

現象集中起來，把其中的矛盾和鬥爭典型化，造成文學作品或藝術作品，就能使人民群眾驚醒起來，感奮起來，推動人民群眾走向團結和鬥爭，實行改造自己的環境。」〔註 18〕袁水拍認為，這段話概括了無產階級革命文藝的方向和方法，具體地說明了革命的浪漫主義是社會主義現實主義的一個不可缺少的方面。

賀敬之指出，《講話》以來所取得的成果，導致革命浪漫主義的出臺，而革命浪漫主義推動了社會主義現實主義的進一步發展，徹底摒棄了資產階級浪漫主義。他的主張比袁水拍更加接近於思想權威。

> 《在延安文藝座談會上的講話》發表之後的這十幾年來的新詩發展的成就，也必須提到革命浪漫主義。實踐工農兵方向，把詩從過去的個人主義的、蒼白得知識分子的夢幻和感傷中解放出來，一方面，使得社會主義現實主義得到進一步的發展；另一方面，也就在拋棄了資產階級的、小資產階級的可憐又可憎的「浪漫主義」，同時表現出革命的浪漫主義來。〔註 19〕

邵荃麟在《插紅旗，放百花》一文中指出：「對於作家來說，要能夠在作品中表現出這種革命浪漫主義，首先就要建立起共產主義的世界觀，共產主義的風格。有鼓足幹勁，力爭上游，不怕一切困難，敢於幻想，敢於創造的精神。……沒有這些條件，在作品中是表現不出革命浪漫主義氣息的。而基本關鍵自然是像毛主席所說的要長期地、無條件地、全心全意地投入群眾的火熱鬥爭；要解放自己的思想。」〔註 20〕邵荃麟的上述主張闡釋了現實鬥爭中的方法與態度。而思基則針對「兩結合」在思想史上的繼承關係做出如下說明：「兩結合」和過去的現實主義、浪漫主義有著本質的不同。「革命現實主義和革命浪漫主義，與過去的浪漫主義和現實主義是有區別的。我們所說的革命的浪漫主義和革命的現實主義，其中都包含有一個馬克思列寧主義的世界觀。我們所說的革命浪漫主義和革命現實主義並不簡單是指它帶有進步傾向和積極意義，而是指它是具有表現工人、農民、士兵和無產階級知識分子反對資本主義、封建主義，積極從事社會主義運動和社會主義建設的偉大

〔註 18〕毛澤東：《在延安文藝座談會上的講話》，《毛澤東選集》第三卷，北京：人民出版社，1991 年版。

〔註 19〕賀敬之：《漫談詩的革命浪漫主義》，1958 年 5 月 11 日《文藝報》1958 年第 9 期。

〔註 20〕邵荃麟：《插紅旗，放百花》，《長江文藝》1958 年 7 月號。

理想、熱情和鬥爭的思想，即或描寫歷史，也是以社會主義思想作爲指導去進行分析和評斷的。」〔註21〕

但是無論如何，「兩結合」必須要以社會主義現實主義和馬克思列寧主義的世界觀爲基礎，這是不可動搖的原則。舉例來說，茅盾撰文指出：

> 社會主義現實主義包括革命浪漫主義，這一點我們深信不疑，可是，能否這樣說：現實主義的創作方法加上革命浪漫主義創作方法，就等於社會主義現實主義創作方法呢？據我看來，不能這樣說。因爲社會主義現實主義作爲一種創作方法，是以馬列主義世界觀爲基礎的，而舊現實主義和革命浪漫主義都不是這樣的。我們不能輕輕忽略了這樣一個事實，沒有馬列主義世界觀作爲思想基礎，儘管你有潑厚的革命浪漫主義，也是不能夠正確地反映現實的。……這樣看來，問題的提法，似乎可以是這樣的：在一個具有馬列主義世界觀的作家或藝術家的藝術是實踐中，現實主義和革命浪漫主義的結合，是到達社會主義現實主義的道路。〔註22〕

對邵荃麟來說，社會主義現實主義是社會主義文學必須肯定的基本方法。因而革命浪漫主義應該成爲社會主義現實主義的一部分。

> 在我們的時代，現實與理想是相結合著發展的，理想建立於現實基礎之上，而又引導現實前進進。因此，一個革命的現實主義者也必然是一個革命的理想主義者。在文學上提出這個問題，是爲了更好地去探討和闡明社會主義現實主義方法中現實主義與浪漫主義的相互關係。社會主義現實主義是社會主義文學的基本方法，這是必須肯定的。它繼承著古典文學中一切優良傳統而予以革新和創造。所以革命浪漫主義應該是社會主義現實主義的組成部分也是早肯定了的。〔註23〕

郭沫若在《浪漫主義和現實主義》一文中說：「從文藝活動方面來說，馬克思列寧主義爲浪漫主義提供了理想，對現實主義賦予了靈魂，這便成爲我們今天所需要的革命的浪漫主義和革命的現實主義，或者這兩者的適當的結合──社會主義現實主義。」〔註24〕郭沫若認爲，「兩結合」就是社會主義現

〔註21〕《座談會記錄》，《處女地》1958年8月號。
〔註22〕茅盾：《關於革命浪漫主義》，《處女地》1958年8月號。
〔註23〕邵荃麟：《文學十年歷程》，1959年9月26日《文藝報》1959年第18期。
〔註24〕郭沫若：《浪漫主義和現實主義》，1958年7月1日《紅旗》1958年第3期。

實主義，他對「兩結合」的評價，與茅盾或邵荃麟相比還是高出一籌。

藝軍也支持郭沫若的看法，認為「社會主義現實主義是革命現實主義與革命浪漫主義的結合。」可是另一方面，他也認同邵荃麟的觀點，認為「革命浪漫主義是社會主義現實主義的一部分」〔註25〕。藝軍把郭沫若和邵荃麟的觀點糅合到了一起。他說，雖然在理論上承認革命浪漫主義是社會主義現實主義的一個有機的組成部分，但卻似乎是一個次要的組成部分。同時，對革命浪漫主義的理解上，也不是很明確的。在創作實踐中，革命浪漫主義往往被當作可有可無的部分而被捨棄了，或者是被當成一種外加的東西而被表現得膚淺和單純化。

劉芝明則認為，革命浪漫主義雖然屬於社會主義現實主義範疇之內，但是在創作過程中將其獨立開來，卻對作品大有裨益。他把浪漫主義和現實主義看作相互聯繫而又相互獨立的關係，認為二者的結合更有利於創作：「我們總想在創作方法上將社會主義現實主義看成無所不包的總的方法，這一點也是可以考慮的。比方說革命的浪漫主義，是可以把它包括在社會主義現實主義裏邊，但是否也可以把它作為一種獨立的創作方法而存在呢？這樣講有好處，可以活躍創作，浪漫主義與現實主義有關係，但不是一個方法，兩者結合比互相排斥更有利於創作。」〔註26〕

三、作為應對方針的「兩結合」

「兩結合」和社會主義現實主義之間的不平衡關係，是由井岩盾提出來的。他認為，「兩結合」是社會主義現實主義的核心，同時也是提高社會主義現實主義的結果：

> 革命的現實主義和革命的浪漫主義相結合，這個說法和「社會主義現實主義」這個創作方法之間的關係……和現實主義相對待，浪漫主義，它是「社會主義現實主義」這個創作方法兩個方面之一，但是，雖然如此，在文學運動的新形勢下，毛主席給我們的這個指示，還是有其偉大的意義。「革命的現實主義和革命的浪漫主義相結合」，這是「社會主義現實主義」這個創作方法的核心所在，同時也

〔註25〕藝軍：《電影與革命的浪漫主義》，《中國電影》1958年9月號。
〔註26〕劉芝明：《在全國藝術科學研究座談會上的總結發言》，《戲劇論叢》1958年第2輯。

是對全部文學歷史經驗的科學概括,更明確地指明了前進的道路。我想可以這樣說,毛主席的這個指示,是把「社會主義現實主義」這個創作方法提得更高了,把這個創作方法更加豐富了、發展了。這個指示,對於我們的文學運動,一定會起極大的促進作用,徹底破除自然主義的傾向,使我們飛躍地前進一步,開闢一個文學運動的新階段。〔註27〕

井岩盾為何發表上述觀點,我們不得而知,但是從1958年8月號《處女地》刊登的這篇文章中可以看出,在這一時期,主流意識對「兩結合」和社會主義現實主義關係的定向已經顯露出來了。

華夫(張光年)將井岩盾的觀點具體應用於主流意識形態上。他指出:

共產主義的文學藝術要求相應的創作方法。革命的現實主義和革命的浪漫主義相結合的方法,最有利於共產主義文學藝術的創造。……革命的現實主義和革命的浪漫主義相結合的方法引導我們深刻地理解展翅下的現實,引導我們看出、寫出共產主義理想照耀下得現實,看出、寫出現實中間的共產主義理想和趨向。不可以把革命的浪漫主義僅僅看成是藝術上的誇張和幻想的手法,從而把它的意義大大減低了。……我們贊成社會主義現實主義,現在也還是贊成的。為了保衛社會主義現實主義不受修正主義分子的誣蔑和歪曲,我們曾經進行了一系列的鬥爭。但是生活向我們提出了更進一步要求,要保衛社會主義現實主義就不能不發展它。〔註28〕

但實際上,利用1956～1957年間有關修訂社會主義現實主義定義或口號的論爭及在創作上提出「寫真實」的事件所引發出來的所謂「修正主義」思潮,故意把社會主義現實主義創作方法與修正主義相提並論,並把革命現實主義與革命浪漫主義的結合,說成為反攻修正主義的有利武器。〔註29〕

1960年1月,《文藝報》第1期刊登社論《用毛澤東思想武裝起來,為爭取文藝的更大豐收而奮鬥!》,及林默涵的文章《更高地舉起毛澤東文藝思想的旗幟》,文藝界對修正主義文藝思想的批判拉開了序幕。1949年以後,中國文藝的基本方向是以蘇聯為典範,以社會主義現實主義為創作方法的無產階

〔註27〕《座談會記錄》,《處女地》1958年8月號。
〔註28〕華夫:《文藝放出衛星來》,1958年9月26日《文藝報》1958年第18期。
〔註29〕陳順馨:《社會主義現實主義理論在中國的接受與轉化》,合肥:安徽教育出版社,2000年,第335頁。

級文藝思想。但是反蘇反修開始之後，毛澤東文藝思想就取代了它的地位。《文藝報》的社論《用毛澤東思想武裝起來，爲爭取文藝的更大豐收而奮鬥！》中指出：「毛澤東文藝思想是馬克思列寧主義美學在新的歷史條件下的系統化的體現，是馬克思列寧美學的新發展。」林默涵認爲：「列寧提出了文學藝術必須是黨的事業的一部分，必須爲工農大眾服務。但是，如何才能眞正成爲黨的文學藝術，如何才能眞正做到爲工農大眾服務，列寧卻沒有來得及加以詳細地闡明。徹底地解決這些問題，是毛澤東同志的偉大貢獻。」〔註 30〕社論還進一步對懷疑毛澤東文藝思想的看法，做了徹底的批判。「文藝上的修正主義，是政治上哲學上的修正主義在文學藝術上的反映。它的主要表現是：宣揚資產階級的人道主義、人性論、人類愛等腐朽觀點來模糊階級界限，反對階級鬥爭；宣揚唯心主義來反對唯物主義；宣揚個人主義來反對集體主義；以「寫眞實」的幌子來否定文學藝術的教育作用；以『藝術即政治』的詭辯來反對文藝爲政治服務；以「創作自由」的濫調來反對黨和國家對文藝事業的領導。」〔註 31〕

　　批判修正主義的關鍵，不是反蘇聯文學藝術傾向，而是瞄準國內反對毛澤東思想的意見。1960 年 1 月，《文藝報》1960 年第 1 期刊載李何林的文章《十年來文學理論和批評上的一個小問題》，他認爲「思想性和藝術性是一致的，思想性的高低決定於作品『反映生活的眞實與否』；而『反映生活眞實與否』也就是它的藝術性的高低。」〔註 32〕。這篇文章引起廣泛的反響。張光年在《駁李何林同志》一文中批判李何林的觀點，指出按照李何林的結論，「可以歸納爲這樣的一個公式：思想性＝眞實性＝藝術性。這似乎是『政治即藝術』的教條主義公式。但是反過來說：沒有藝術性＝沒有眞實性＝沒有思想性。就是說：藝術性＝眞實性＝思想性。這就是『藝術即政治』的修正主義公式了。」〔註 33〕

　　這篇文章立足於命題與名命題之間的統一性，顯然是爲批判而批判。無論如何，李何林認爲思想性和藝術性是一致的，可以說是推翻了主流意識形

〔註 30〕林默涵：《更高地舉起毛澤東文藝思想的旗幟！（在一個學習會上的發言）》，
　　　　　1960 年 1 月 11 日《文藝報》1960 年第 1 期。
〔註 31〕社論《用毛澤東思想武裝起來，爲爭取文藝的更大豐收而奮鬥！》，1960 年 1
　　　　　月 11 日《文藝報》1960 年第 1 期。
〔註 32〕李何林：《十年來文學理論和批評上的一個小問題》，1960 年 1 月 11 日《文藝
　　　　　報》1960 年第 1 期。
〔註 33〕張光年：《駁李何林同志》，1960 年 2 月 11 日《文藝報》1960 年第 3 期。

態的基本觀點。當時意識形態相信，只要保持政治對藝術的優勢地位，就能克服大躍進時期的危機。在要確保邏輯蓋然性的論戰過程中，互相尊重的態度逐漸消失，權術滲透到無拘無束，肆無忌憚的論戰氛圍中去。

　　1957 年 1 月，《新港》刊載了巴人的《論人情》，同年 7 月刊載王淑明的《論人情與人性》，這兩篇文章可以說是為營造批判氣氛提供了絕好的素材。他們主張，文學應該表現人情，階級之外，還有人性存在。但是依照毛澤東和魯迅的觀念來說，「沒有抽象的人性，沒有超階級的人性」〔註34〕，因此在「反右派鬥爭」中，他們自然而然地被打為批判的對象。時隔三年之後，《文藝報》1960 年第 2 期刊出姚文元的文章《批判巴人的「人性論」》，將巴人定性為資產階級人性論的魁首。1960 年 6 月 25 日，王淑明在《文學評論》第 3 期發表《關於人性問題的筆記》一文，為自己辯白。他主張，文學必須為階級鬥爭服務，其終極目的則是解放全人類。階級社會成員具有的階級性，以及普遍存在的共通的人情，是消滅歪曲的社會關係的最有力的手段。人性是向上的，是對幸福生活與美好願望的追求。無產階級為了實現共產主義而不懈奮鬥，終極目標也是實現人性的圓滿。巴人認為：「當前文藝創作停滯不前，正是因為文學作品中缺乏『人性美』，難以引發讀者的共鳴。」王淑明試圖擴大討論的範圍，從更廣泛的意義上，更具體地探索文藝創作過程中應該如何處理「人情」與「人性」，文藝的方向，人物描寫，甚至理論批評等種種問題。他還論及 16 世紀文藝復興時期，18 世紀啟蒙時期的人道主義文學，以及 19 世紀批判現實主義的人道主義文學，並且詳細闡述了它的歷史發展過程。王淑明及巴人的觀點，都以文學史上人性論的脈絡及客觀史料為基礎，但卻不符合大躍進時期媒體所指向的意識形態，有些部分甚至與主流意識形態對立。

　　這一時期的文學，把人性論當作階級論的對立項，以謀求與資產階級文學理論劃清界線；把修正主義文學與立足於毛澤東思想的文學之差異，當作「兩結合」創造的社會主義現實主義的提高。在這種形勢下，當時的文壇為了「兩結合」的文學史任務，倒退至反右鬥爭之前。由此可以看出其以實踐二元對立為手段掌握政治霸權的意圖。

　　1960 年 7 月，全國第三次文代會召開，周揚在大會主題報告《我國社會主義文學藝術的道路》中指出：「我們今天所倡導的革命現實主義和革命浪漫主義的結合，批判地繼承和綜合了過去文學藝術中現實主義和浪漫主義的優

〔註34〕毛澤東：《在延安文藝座談會上的講話》，《毛澤東選集》第 3 卷，第 870 頁。

良傳統，在新的歷史條件下，在馬克思主義世界觀的基礎上將兩者最完美地結合起來，形成一種全新的藝術方法」〔註35〕之後，「兩結合」便取代社會主義現實主義而成為指導中國文藝創作的基本方法。在這一討論過程中，基於革命現實主義而以革命浪漫主義為主的理論擡頭，這是把革命現實主義比作社會主義現實主義，把革命浪漫主義認作中國的民族形式的結果。

四、跨越社會主義現實主義

　　為了實現政治目的，大躍進民歌與中國的對內對外課題，都要求工農兵親自創作新民歌樣式。在這種形勢下，新民歌必須要跨越的關口，就是「社會主義現實主義」。現實鬥爭即為立足於科學世界觀追求未來，以及連接未來與現實的目的意識，這一過程，必須明確要繼承還是要揚棄。社會主義現實主義的現實戰略及文學理論權威性得到繼承，面臨的具體課題，是要以「革命現實主義和革命浪漫主義兩結合」代替伴隨社會主義現實主義這一用語而浮現的知識分子文學的影響力。許多人將「兩結合」與社會主義現實主義混為一談，或者認為「兩結合」才是社會主義現實主義的核心，議論紛紛，各持己見。大躍進時期的首要任務是創出一條獨立於蘇聯的社會主義建設路線。但是，列寧主義和布爾什維克主義的正統地位不容否認，中國知識分子面臨著一個文學史性的課題，那就是必須要在堅持「兩結合」的基礎上繼承發揚社會主義現實主義。

　　眾所周知，「革命浪漫主義」原本是作為社會主義現實主義創作方法的要素之一而提出的文藝概念。它在文藝領域部分地貫徹了黨的意圖，它是一種理論工具，其作用就是為了加強人民群眾思想教育的效果。儘管黨對文藝的支配因此成為可能，但毋庸置疑，它是屬於創作方法論範疇的概念。蘇維埃的正統創作方法論是社會主義現實主義，承認並引入革命浪漫主義是一種理論上的應對，目的是從一個全新的角度出發，解決現實主義理論的核心問題，即「世界觀與創作方法間的矛盾問題」。它首先承認創作方法與世界觀之間存在矛盾，〔註36〕強調科學世界觀的指導作用和重要性，並力證這種矛盾最終能夠被克服，由此可以把握其主要的理論特徵。重點並不在於作家所運用的

〔註35〕1960 年 7 月 26 日《文藝報》1960 年第 13、14 期。

〔註36〕社會主義現實主義的概念出臺以前，辯證唯物主義的創作方法是拉普（俄羅斯無產階級作家聯合會）的主流，它強調世界觀與方法論的同質性，與社會主義現實主義概念有著本質性的區別。

現實主義創作方法，作家的世界觀相對來說更加受到重視。乍一看去，貌似與恩格斯的「現實主義勝利論」背道而馳。但是社會主義現實主義強調世界觀在文藝創作中的作用，不能單純理解為是對「現實主義勝利論」的否定，因為還有列寧關於「自然生長性」和「目的意識性」的哲學命題作背景。根據社會主義現實主義理論家們的普遍意見，現實主義勝利論，只有在世界觀處於自然生長階段，或者世界觀不完整的情況下才有可能成立。也只有在這種情況下，現實主義創作方法才能起到有效的彌補作用。但是，由於科學社會主義的發展，社會主義者樹立了具有明確目的意識性的科學世界觀，即掌握了「理論」。恩格斯所支持的現實主義創作方法的核心，即馬克思的唯物主義世界觀已經被系統地吸收，這種世界觀已經克服了與現實主義創作方法之間的矛盾。因此，現實主義勝利論不是被廢止了，而是被歷史性地消解了。

毛澤東與列寧對於文學藝術的不同見解，源於他們對藝術規律特殊性的不同認識。毛澤東在《講話》中著重引述的，是列寧《黨的組織與黨的文學》關於文學藝術事業應該成為整個「革命武器」中的「齒輪和螺絲釘」的論述，卻沒有涉及作品傾向性與藝術性、作家「世界觀」和「創作方法」矛盾等問題，對列寧在同一篇文章中講道的——「文學事業中最小能忍受機械平均、水準化、少數服從多數」、文學事業「無條件地必須保證個人創造性、個人愛好的廣大原野，思想與幻想，形式與內容的原野」——卻避免做出解釋。〔註37〕

提出革命現實主義與革命浪漫主義的兩結合，既是對社會主義現實主義的繼承，也是為了克服社會主義現實主義的蘇聯特殊性。焦點在於，革命浪漫主義與立足於科學世界觀的歷史樂觀主義具有何種異同關係，革命現實主義與社會主義現實主義有何差別。實際上，大躍進時期使用的革命浪漫主義概念，與社會主義現實主義從科學世界觀出發，著眼未來改造現實的樂觀，有相當多的不同的要素。社會主義現實主義以社會內部矛盾關係發展整體的必然性為前提，即使是革命現實主義，在戰略意圖上也與之有所不同。

無論是浪漫主義，還是現實主義，都沉澱了毛澤東思想與實踐，「兩結合」本身呈現出與社會主義現實主義和而不同的狀態。最重要的是，從「兩結合」角度來看，沒有必要依據科學世界觀追求未來。因為我們追求的未來已經成為了現實。舉例來說，郭沫若主張，

〔註37〕洪子誠：《中國當代文學史》第 11 頁。

目前的大躍進的時代應該説就是革命的浪漫主義時代，也應該
就是革命的現實主義時代。現實已在前頭，只等文藝作家們去反映。
我到張家口地區去，自然而然地寫了幾十首詩，……。那些詩不是
我作的，是勞動人民做在那裡，通過我的手和筆寫出來的。人與人
的關係是多麼親切！……。人到了這樣的環境，哪能不變？〔註38〕

夢寐以求的未來已經成為現實，我們已經生活在理想社會中，這也意味
著沒有必要再去認識從科學世界觀角度出發的種種現實矛盾。在現實矛盾中
仍然對科學世界觀選擇的未來保持樂觀，這是社會主義現實主義，而現在需
要的只是理想實現後的狂歡。周揚的一番話就是很好的例子。

我們處在一個社會主義大革命的時代，勞動人民的物質生產力
和精神生產力都獲得了空前解放，共產主義精神空前高漲的時代。
人民群眾在革命和建設的鬥爭中，就是把實踐的精神和遠大的理想
結合在一起的。沒有高度的革命浪漫主義精神就不足以表現我們的
時代，我們的人民，我們的工人階級的、共產主義的風格。〔註39〕

周揚所説的真實，「沒有高度的革命浪漫主義精神」，「就不足以表現共產
主義」。也就是説，為了以共產主義既經實現的狀態來表現大躍進時期的現
實，需要高度的革命浪漫主義精神。「人民群眾在革命和建設的鬥爭中，就是
把實踐的精神和遠大的理想結合在一起的」「我們目睹的時代，是革命浪漫主
義時代，同時也是革命現實主義時代。」革命浪漫主義源於現階段共產主義
已經實現的認識。而革命現實主義的唯一任務，就是將現實美化為理想，鼓
吹人民生活在天堂。

出於同樣的思路，1960 年 7 月 22 日，周揚在中國文學藝術工作者第三次
代表大會上發言指出，「我們馬克思主義者和機械唯物論者根本不同之點就在
於：我們在對客觀現實的正確認識的基礎上充分地重視主觀能動性，重視先
進思想和科學預見，重視革命幻想的巨大意義。」〔註40〕這裡説的「客觀現
實」指的是大躍進的「客觀現實」，即實現理想後只需一味狂熱的現實。他不
是為真實而真實論者，而是帶著某一定階級的傾向性來觀察和描寫現實的文

〔註38〕郭沫若：《浪漫主義和現實主義》，1958 年 7 月 1 日《紅旗》1958 年第 3 期。
〔註39〕周揚：《新民歌開拓了詩歌的新道路》，1958 年 6 月 1 日《紅旗》創刊號。
〔註40〕周揚：《我國社會主義文學藝術的道路——1960 年 7 月 22 日在中國文學藝術
　　　　工作者第三次代表大會上的報告》，1960 年 7 月 26 日《文藝報》1960 年第 13
　　　　～14 期。

藝家。並且堅信只有這樣才能夠認清現實。此時，真實雖被描寫作對人民有益，實則是代表主流意識形態，因此，真實性與革命傾向性的統一在主流話語內部並不必要。「但是我們卻不是『為真實而真實』論者。在階級社會中，文藝家總是帶著一定階級的傾向來觀察和描寫現實的，而只有站在先進階級和人民群眾的立場，才能最深刻地認識和反映時代的真實。人民的作家選擇和描寫什麼題材，首先就要考慮是否於人民有益。真實性和革命的傾向性，在我們是統一的。」〔註41〕

即使周揚承認「兩結合」繼承了文學思想的現實主義與浪漫主義的優秀傳統，但標榜它是立足於馬克思主義世界觀的新的藝術方式，卻不過是強要將理論上的合理性與社會政治效用相結合。社會主義現實主義被比喻為「必然的王國」，而二革的兩結合則是「自由的王國」，社會主義現實主義應該向著「兩結合」的方向發展。社會主義現實主義只適用於社會主義階段，而「兩結合」則是為共產主義階段量身打造的。周揚指出，人民群眾認識並改造現實的能力是無窮無盡的，這是「兩結合」賴以成長的肥沃的土壤。這種看法也無非是提前設定的觀念的演繹。

> 我們今天所提倡的革命現實主義和革命浪漫主義的結合，批判
> 地繼承和綜合了過去文學藝術中現實主義和浪漫主義的優良傳統，
> 在新的歷史條件下，在馬克思主義世界觀的基礎上將兩者最完滿地
> 結合起來，形成為一種完全新的藝術方法。我們正處在社會主義、
> 共產主義勝利的時代，正在從「必然的王國」向「自由的王國」飛
> 躍。解放了的我國人民已開始成為自己命運的主人；他們具有遠大
> 的理想，又具有豐富的革命鬥爭和生產鬥爭的經驗；他們認識和變
> 革現實的能力是無窮無盡的。這就為革命現實主義和革命浪漫主義
> 的結合提供了最肥沃的現實的土壤。〔註42〕

周揚認為，當前的現實就是孕育「兩結合」的土壤。如果大躍進時期的中國不是自由王國，如果這一時期的人民群眾不具備認識並改造現實的無窮潛力，「兩結合」也就失去了存在的現實依據。

現實認識本身並沒有與現實構造總體和必然發展過程相結合，犯了觀念性的錯誤。馬克思列寧主義理論、人民群眾的願望與反映、社會主義建設的

〔註41〕同上。

〔註42〕同上。

遠景規劃等也陷入觀念主義的泥沼。換句話說，理想本身代替了排除對現實構造及潛藏於其中的問題的認識、解決問題的方案等的理念。「真正的理想應該有三個條件；第一個是馬列主義得立場和觀點，第二個是集中地反映廣大勞動人民的願望，第三個是黨和國家對社會主義建設的前景規劃。」〔註43〕

邵荃麟至少為「兩結合」與社會主義現實主義相結合做出了努力，他先是把詩人定為理想主義者，認為詩人應該善於發現新的萌芽，並以列寧式的幻想將其歌唱出來。但是，他將科學的預見交給政治家，將豐富的幻想力交給詩人，儘管承認幻想必須建立在現實的基礎上，卻又得出了沒有幻想力就不是詩人的結論。他的文學理論也是在呼應主流意識形態。

> 革命的詩人應當是一個理想主義者。他善於發現出現實生活中新的萌芽，善於歌唱出人民心裏還沒有想到或正在想到的東西，善於感察到正在起來的東西，善於幻想。列寧說過：一個共產主義者應當善於夢想。對於一個共產主義者的詩人，尤當如此。我們的政治家要有科學的預見，我們的詩人便要有豐富的幻想力。當然，這種幻想是建立於現實的基礎之上，而不是反動的浪漫主義者那種脫離現實基礎的空想。一個詩人沒有這種幻想力，不會是一個好的詩人。〔註44〕

治芳援引高爾基的文章，「浪漫主義的主要任務就在於：如何保持原有的那種熾烈的感情、奇妙的想像和「對新事物的期待、對未來的憧憬」（高爾基：《俄國文學史》），去為社會主義的新生活歌唱，去把人民引向為明天——為共產主義而鬥爭的道路。」〔註45〕指出正是浪漫主義發動廣大人民群眾，滿懷對未來的憧憬，為了明天，為了共產主義而鬥爭。這是治芳對主流意識形態的誤讀。

晴空認為，浪漫主義脫離現實，不可能是現實的真實反映。他不是在批判對浪漫主義的通俗理解，而是在預言革命浪漫主義的結局。「有些人還以為浪漫主義是純粹的作家主觀的想像，是和現實脫離的；以為浪漫主義手法創造出來的形象是非現實的，是現實生活中所不可能有的、空想、幻想的。他們認為浪漫主義創作方法不可能反映現實的真實，不可能創造出深刻的典型

〔註43〕陳亞丁：《滿懷期望話「結合」》，1959年1月11日《文藝報》1959年第1期。
〔註44〕荃麟：《門外談詩》，《詩刊》1958年4月號。
〔註45〕治芳：《略談我們時代的革命浪漫主義》，《詩刊》1958年6月號。

形象。」〔註46〕

在運動的方向與理論的正當合理性之間徘徊，當然不是新民歌運動的最終目標。新民歌作爲大躍進運動的一環，最重要的任務就是通過創作，爲運動的政治目的服務。郭沫若的意見爲爭論打開了一個出口。

> 不管是浪漫主義或者是現實主義，只要是革命的就是好的。革命的浪漫主義，那是以浪漫主義爲基調，和現實主義結合了，詩歌可能更多地發揮這種風格。革命的現實主義，那是以顯示注意爲基調，和浪漫主義結合了，小說可能更多地發揮這種風格。〔註47〕

即使袁水拍沒有振臂高呼「詩和社會主義是同義語」〔註48〕，從根本上來說，「兩結合」也與詩歌有著親緣關係。對於脫離現實的誇張，詩歌的抒情顯然比敘事體更爲有利。關於新民歌創作與「兩結合」的討論，並沒有促成相互結合互相制約的局面，反而將話語權拱手讓給了創作。蘇維埃提出的社會主義現實主義，不僅僅局限於小說，強調理論與創作並重。而中國走上了一條截然不同的實踐道路。

有趣的是，大躍進民歌自誕生之日起，就充斥著脫離現實的虛誇。詩歌淪爲實現政治目標的工具，脫離歷史，熱衷自我改造，就像一齣精心編排的劇目，誇張地跳躍在現實與自我兩個方向之間。郭沫若的《月裏嫦娥想回中國》作於反右派鬥爭之後，大躍進運動之前，打響了「兩結合」的第一炮。詩中鼓吹偶然凌駕於必然之上，這不能不說是新民歌出現的徵兆。

> 月裏的嫦娥突然又吃一驚，／蘇聯又射出了第二個衛星。／月裏的嫦娥，她是后羿的愛姬，／對這個衛星動了新的感情。／／衛星在發著光，又在不斷歌唱，／嫦娥在月桂下盡情地觀賞；／引起了她的說不盡的鄉愁，／她的心聲通過衛星傳到地上。／／「我離開中國已經有四千多年，／我的故鄉呵有了天大的改變，／第三個月亮，你又從蘇聯飛來，／我見到你，猶如見到我的親眷。／／……／／飛回中國我想進紡織工廠，／成爲一個女工是我的理想。／或者把我帶到哪兒的鄉下，／讓我去參加一座集體農場。／／如果參加文工團，我也高興，／表演霓裳羽衣舞，我倒還行；／但很遺憾的是我不懂

〔註46〕晴空：《我們需要浪漫主義》，《詩刊》1958 年 6 月號。
〔註47〕郭沫若：《浪漫主義和現實主義》，1958 年 7 月 1 日《紅旗》1958 年第 3 期。
〔註48〕袁水拍：《在中國作家協會第二次理事會會議（擴大）上的發言》，1956 年 3 月 26 日《文藝報》，1956 年第 5～6 期。

科學，／我恐怕不能夠向科學進軍。／／我知道我已落後了四千多年，／我和姊妹們的知識相差天遠；／我要誠心誠意地改造我自己，／我要努力學習，一點也不厭倦。」／／嫦娥站在月桂下懷念故鄉，／新中國引起了她無限的嚮往。／她沒有忘記我們六億同胞，／我們也應該滿足她的希望。／／我們要努力學習蘇聯的經驗，／再隔幾年也能放出星際火箭，／到月球裏去把嫦娥接回國來，／讓她能愉快地從事和平生產。（1957 年 11 月 3 日在莫斯科）〔註 49〕

　　這種「浪漫主義」的提倡，實際是對前此很長時期中宣傳並加以大力地貫徹的「現實主義」精神的否定。1957 年後，詩歌（整個文學）有了一個明確的「轉向」，即它不再熱衷於宣揚現實主義（甚至於把現實主義的某些提倡歸結為爬行的寫實和自然主義等）。儘管在談「二革結合」的時候把它作為一種「成分」，但業已對它的單獨存在的價值產生了懷疑。在「大躍進」的形勢下，借「二革結合」的提出，實際上掀起了一個「浪漫主義」的運動。新民歌「實際上指的是詩歌對於共產主義的到來的歌頌」，詩人的任務在於「把完美的共產主義精神食糧送到讀者手裏」。〔註 50〕

第二節　「兩結合」理論的實踐

　　在文學理論整體構架宣告完工之時，理論本身是否統合了必要性與可能性並不重要，關鍵在於這種創作方法的實踐是否與當時社會所需要的實際創作相契合。處於過去、現在、未來的交匯點上，最迫切的任務，是以「兩結合」的觀點重新認識整個中國文學史。因為沿用以前的觀點，難以合理地說明當下的新民歌現象。而且，也有必要證明新民歌的創作成果，就是革命浪漫主義在「兩結合」中處於優勢地位。共產主義社會即將到來的堅定信念，造就了新民歌獨特的浪漫性格，而這種浪漫性格，正是反映現實本質的藝術成果。

一、從「兩結合」角度再解釋

　　「兩結合」是浪漫主義和現實主義的結合問題。處於這種氛圍下的中國人民，要以一貫的整體性來重新構築認識、價值及實踐的體用關係。更進一

〔註 49〕郭沫若：《月裏常娥想回中國》，《詩刊》1957 年 11 月號。
〔註 50〕謝冕：《浪漫星雲──中國當代詩歌札記》第 197～198 頁。

步來說，有必要整理整個文學史。這是與社會主義現實主義的關係中應當考慮的問題。對於文學史上的浪漫主義的價值重估，是以現實為前提的。賀敬之在《漫談詩的革命浪漫主義》一文中，主張將文學史與現實路線統一起來。他指出：

> 值得驕傲的我們民族的詩歌，從屈原、杜甫、到毛澤東、郭沫若，給我們劃出了深刻的現實主義發展的一條紅線，同時也劃出了壯麗的積極的、革命的浪漫主義發展的一條紅線。可是，有些遺憾，我們的文學史家和文學批評家常常把這兩條同時發展的紅線只當作一條紅線介紹給我們。他們彷彿不大理睬積極的、革命的浪漫主義這條紅線、至多只當做一個小小的線頭而已。〔註51〕

賀敬之認為，「兩結合」象徵著大躍進路線的整合性，而此前一直偏重現實主義的文學史觀，應該將重心適當地向著浪漫主義轉移。即要求路線的確立與文學史觀達成一致，這一觀點真可謂是完全契合革命浪漫主義精神。他認為這種糾偏不但必要，而且完全具有可操作性，反倒印證了當時的文學史編纂並沒有立足於客觀史料，而是根據現實的需要來修改過去。緊跟當前的路線變化，全盤調整過去的整個文學史，這不能不說是一種過度的浪漫。這種浪漫帶有誇張、偏離歷史事實的傾向，而問題出現的關鍵在於外部氛圍，特別是知識分子階層的氛圍。

1958年7月27日，邵荃麟在西安文藝工作者座談會上發言，列舉了一些文學史上浪漫主義與現實主義結合的典型例子，包括《楚辭》、《項羽本記》，李白和杜甫的作品等。

> 浪漫主義與現實主義的結合在我國古典文學和民間文學有悠久的傳統，例如：屈原的《楚辭》是古典文學中浪漫主義與現實主義結合的典範，這和他政治上強烈的反抗精神分不開的。老百姓就喜歡他，每年五月端陽劃龍舟就為了紀念他。司馬遷寫了銀一部《史記》，其中《項羽本記》是我們大家最熟悉和喜愛的，就因為他生動地描寫出那種叱吒風雲的英雄氣概。古樂府中，有一些詩歌也充滿這種精神。唐詩中李白以及杜甫某些詩中，都有這種精神。到了後來小說和戲曲中，更創造出一系列的人民英雄人物，如武松、李逵、

〔註51〕 賀敬之：《漫談詩的革命浪漫主義》，1958年5月11日《文藝報》1958年第9期。

諸葛亮、關雲長、張飛、孫悟空、白蛇、穆桂英、花木蘭……這些
人物是每個中國人民所熟悉和喜歡的。〔註52〕

　　邵荃麟認為，文學史中大部分作品和人物形象都是浪漫主義與現實主義
結合的結果，硬要在古典文學中找出「兩結合」文化心理的依據。

　　眾所周知，過去、現在、未來是人類發展的三個必經階段，思維和情感
的現實指向和浪漫指向，是人類的內在本質。如果把現實指向看做儒家，把
浪漫指向看做道家，那麼，儒家和道家不是在人界外的獨立思想或意識形態，
而是顯現人與人之間互相依靠、互相對立的方法的思想根基。李澤厚認為，
儒家與道家是互相補充的關係，是「儒道相補」的關係，因為人生的過程是
這兩個傾向運用和統一的過程。〔註53〕

　　但是，賀敬之在談到中國文學史上現實主義和浪漫主義的關係時，舉杜
甫的詩為例，把他身上帶有的浪漫主義傾向看作是迥異於現實批判一種創作
方法。在人類而言，現實主義與浪漫主義是統一的、集成的，同時人類又會
隨機應變，在不同形勢下選擇不同的創作方法。而所謂「兩結合」文化心理
的基礎，則是否定這一命題，為此前一直受到忽視的浪漫傾向平反。他說道：
「每次當我讀到他的『安得廣廈千萬間，大庇天下寒士俱歡顏』的響亮呼喚
的時候；」「我不能不感到這是和「朱門酒肉臭、路有凍死骨」的表現方法不
同的另一種方法，另一種精神。」〔註54〕

　　馮至認為，現在和未來是統一的概念，對未來的展望和對現在的體驗不
能截然分開。他說：「詩人對於現在，應該是個歌頌者，對於將來，應該是個
預言者。但是現在的生活若是體驗不深，預言的將來必流於空疏、抽象；將
來的遠景若是看得不廣，對於現在的歌頌也要有很大的局限性，流於拘泥。」
〔註55〕「對現實的歌頌和對未來的預言應當結合」，這是一種無理的觀點。現
實是已被體驗或正在體驗的。我們通過對過去的體驗來展望，判斷體驗中的
現實。個人的體驗不能預言未來，也不能實現對未來的展望。這是時空之於
人生的的普遍限制。馮至這種類似於宗教的認識，先把未來定義為浪漫、把

〔註52〕邵荃麟：《民歌、浪漫主義、共產主義風格——7月27日在西安文藝工作者座
　　　　談會上的發言》，1958年9月26日《文藝報》1958年第18期。
〔註53〕李澤厚：《美的歷程》，《李澤厚十年集第一卷》，安徽：安徽文藝出版社，1994
　　　　年1月版，第54～59頁。
〔註54〕賀敬之：《漫談詩的革命浪漫主義》，1958年5月11日《文藝報》1958年第9
　　　　期。
〔註55〕馮至：《漫談新詩努力的方向》，1958年5月11日《文藝報》1958年第9期。

現在定義爲現實，然後按照「兩結合」創作方法來將未來與現在相結合。

二、革命浪漫主義精神的高揚

　　當未來完全脫離現實的掌控時，更準確地說，當未來的不可知性被否定，認爲完全可以站在未來的角度來觀察感受現實時，革命浪漫主義逐漸轉向不切實際的英雄氣概，以及關於未來的夢想。「浪漫主義，這裡當然指的是革命的浪漫主義，作爲藝術創作方法，它的意思大致是：不拘泥於細節的眞實，表現人民的英雄氣概和對於未來的夢想。」〔註56〕

　　對現實的誇張導致脫離現實的虛假（即幻想），但是，革命浪漫主義在文學作品中被描述爲對於社會主義和共產主義的堅定信念、英雄氣概、樂觀主義精神等等。「它是人民群眾在社會主義建設中對於社會主義和共產主義的信念和遠大理想，共產主義者的英雄氣概和樂觀主義精神，以及工人階級無窮的創造性、想像力和幻想在文學上的反映。」〔註57〕可是此時，革命浪漫主義壓倒革命現實主義，眞正的「兩結合」關係變質爲無意義的結合。

　　想像的「片斷使人脫離自身，尤其脫離現實。這種片斷因本身的游離狀態而把幻覺強加給眞理。瘋癲不過是想像的錯亂。換言之，瘋癲雖然從激情出發，但依然是靈與肉的理性統一體中的一種劇烈運動。這是在非理性層次上的運動。但是這種居然運動很快就擺脫了該機制的理性，並因其粗暴、麻木和無意義的擴散而變成一種無理性的運動。正是在這個時候，虛幻擺脫了眞實及其束縛而浮現出來。」〔註58〕下面列舉的這封信，就是「兩結合」從誇張進入虛幻的寫照。

> 　　近些時期來，我對郭沫若同志的喜愛越來越強烈，簡直到了狂熱的程度。這固然是由於他積極參加政治社會活動並對世界和平有卓越的貢獻，但主要的還是由於他的詩的力量。每當我讀著他的《女神》中的詩篇的時候，我的熱血多麼沸騰，就好像騎在一匹蒙古的駿馬上，不管前面有高山大海，也不管前面有牛鬼蛇神，只顧向前，向前，向前！我認爲他的詩所以有這股強大的力量，正是由於他的

〔註56〕郭小川：《我們需要最強音》，1958 年 5 月 11 日《文藝報》1958 年第 9 期。
〔註57〕邵荃麟：《民歌、浪漫主義、共產主義風格——7 月 27 日在西安文藝工作者座談會上的發言》，1958 年 9 月 26 日《文藝報》1958 年第 18 期。
〔註58〕米格爾・福柯著，劉北成、楊遠嬰譯：《瘋癲與文明》，北京：生活・讀書・新知　三聯書店，2007 年 4 月版，第 84～85 頁。

詩是革命的浪漫主義與革命的現實主義相結合的緣故。同樣,當我
讀到「忽報人間曾伏虎,淚飛頓作傾盆雨」的時候,我幾乎要飛了;
而當我讀到:「我就是龍王,我就是玉皇,喝令三山五嶺開道——我
來了」的時候,就彷彿如果天塌下來我也頂得住似的。所以我認為
單純的現實主義能深刻的反映現實,激起人們憎恨舊的,響往新的,
但缺乏那股「向前,向前,向前」的力量,而浪漫主義就具有這股
力量,因此現實主義與浪漫主義相結合,是新詩的最好的創作方法。
〔註59〕

　　理性會使人民瞭解到現實中的二元對立,以及中國在國際關係上的不利
處境,因此革命浪漫主義是必不可缺的。要求「兩結合」,提倡新民歌,正是
出於對革命浪漫主義的需求。不是先有「兩結合」,然後才創作新民歌,喚起
革命浪漫主義的。從這種意義上來說,邵荃麟的觀點顛倒了因果關係。「我們
所說的革命浪漫主義,據我個人的粗淺理解,是包括人們對於社會主義和共
產主義的遠大理想和信心,共產主義者一往無前的英雄氣概和樂觀主義精神
以及工人階級無窮的創造性和想像力在文藝上的反應。用簡明的話說,也就
是鼓足幹勁力爭上游的精神在文藝創作上的反應。……這種革命浪漫主義精
神,鼓舞了讀者,鼓足幹勁去為社會主義服務。我們文藝之所以被群眾所重
視,就在於它具有這樣一種強烈的鼓舞和教育作用。」〔註60〕

　　他指出,對實現共產主義的信心,共產主義者的英雄氣概以及工人階級
無窮的創造性,在文藝上的反映就是革命浪漫主義。其最終目的,是用這種
創作方法在工農兵當中貫徹毛澤東思想路線。為了達到這個目的,必須要著
眼未來,立足未來,從而引導人民樂觀面對現實。這就是革命浪漫主義的本
質。

　　　　社會主義時代的浪漫主義的特點是:把今天的勞動和鬥爭看成
　　是明天的更大幸福的基礎,闡明今天的建設就是通往明天的更美好
　　更誘人的生活的必不可少的橋梁;它的任務是:塑造更新的新人形
　　象、理想的正面英雄,用真正的戰鬥的樂觀主義精神鼓舞人們懷著
　　更強的信念和更大的決心建設共產主義;它的意義是:使人更加相
　　信自己的創造力,更加相信偉大的明天,並且把個人的命運跟偉大

〔註59〕北大葉廷芳的來信,1958 年 7 月 10 日《文藝報業務通報》第 5 期。
〔註60〕邵荃麟:《插紅旗,放百花》,《長江文藝》1958 年 7 月號。

的共產主義連結在一起。〔註61〕

因此，在革命浪漫主義和革命現實主義的關係上，浪漫主義應該更加受到重視。東西方陣營矛盾滲透於大躍進時期的二元對立結構中，革命浪漫主義的優勢是難以動搖的。「提出革命的浪漫主義和革命的現實主義結合這個口號，跟我們大躍進的時代情勢有密切的關係。這個口號，特別強調了浪漫主義，這一點非常重要。」而且，革命浪漫主義要描寫未來的共產主義。這意味著「兩結合」本身是爲未來而存在。「強調革命浪漫主義，在今天的意義上是強調什麼東西呢？我認爲應該是強調今天的共產主義思想。革命的浪漫主義要寫我們的願望、理想和未來，而我們的願望、理想和未來就是共產主義。有這樣一種意見，認爲革命浪漫主義和革命現實主義結合，只是一種創作方法，而不是宇宙觀的問題。當然，這並沒有錯，但必須指出，特別是在今天，藝術上的表現方法跟我們的宇宙觀和主導思想是分不開的。一般說來，只有具有了共產主義思想，即建立了共產主義的宇宙觀之後，才能眞正掌握好革命浪漫主義和革命現實主義結合的方法。」〔註62〕

問題在於現實。現實總是與未來存在距離，所以現實與未來之間需要幻想。而幻想帶有「提前進入共產主義」的理想，這就是「兩結合」創作方法需要浪漫的原因。現實一定要提前進入共產主義。臧克家說：「毛主席爲什麼提出革命浪漫主義和革命現實主義結合這個口號呢？我覺得他首先是從大躍進以來的形勢著眼的。廣大人民在建設社會主義、向共產主義邁進中的忘我勞動、衝天幹勁，本身就充滿了英雄氣概和偉大的浪漫主義精神。毛主席總結了這個偉大的現實，在文藝上提出了革命浪漫主義和革命現實主義結合的創作方法。人民大眾的一天等於二十年的幹勁，正在促使共產主義的早日到來，他們本身的共產主義思想就很濃厚，他們善於浪漫主義和現實主義很好地接起來。」〔註63〕

既然現實需要浪漫或幻想，那麼革命浪漫主義也就需要脫離眞實的誇張和虛幻。臧克家認爲「眞正以革命浪漫主義的創作方法來表現轟轟烈烈偉大現實和共產主義理想也是好的。」他舉毛澤東的作品作爲「兩結合」的典範，說道：「像主席的《蝶戀花》《十六字令》這樣的作品，我覺得，可以說是革

〔註61〕治芳在：《略談我們時代的革命浪漫主義》，《詩刊》1958 年 6 月號。

〔註62〕臧克家：《新的形勢，新的口號》，1958 年 11 月 26 日《文藝報》1958 年第 22 期。

〔註63〕同上。

命浪漫主義的東西。賀敬之同志的《仿聲歌唱》，郭小川同志的《向困難進軍》，也是革命浪漫主義的東西。」〔註64〕

「毛澤東就是提出這理論的正身」這一事實暫且放下不談，以毛澤東和及與毛澤東相契合的政治地位為標準選定革命浪漫主義的實例，是在為毛澤東與新民歌的統一奠定基礎。工農兵創作和毛澤東路線的一致是「兩結合」的實踐過程。《詩刊》1958 年 7 月號刊出高歌今的《革命的現實主義和浪漫主義需要結合》一文，文中指出，毛澤東的幾首詩詞就是革命的現實主義和浪漫主義高度結合的典範。比如，《念奴嬌》中把「安得倚天抽寶劍，／把汝裁為三截，／一截遺歐，／一截贈美，／一截留中國。／太平世界，／環球同此涼熱。」這句子為例子說明：「沒有以共產主義的壯麗理想改造整個世界的偉大胸襟的政治家，是根本想像不出這樣宏偉、新穎的意境和形象出來的。至於我們的廣大農民群眾新近創作的反映大躍進的民歌裏，革命的現實主義和浪漫主義結合得好的例子，也是俯拾即是的。」

「相結合」的現實主義違背了應真實地刻畫現實的任務，以致只能強調浪漫主義。「寫真實」這個概念已經越來越失去反對「無衝突論」、反對「粉飾現實」的含義，而變成一種要超越現實和改造現實的革命浪漫主義理想。與此同時，大躍進時期不合常規的或充滿虛幻想像的生活，的確也模糊了現實與理想／幻想、生活與神話、現時與未來之間的界限，而大躍進所製造的「神話」化、「神奇」化或「理想」化的現實生活是「相結合」創作方法的最佳注腳；反過來，文藝界對「相結合」的闡釋也強化了對現實生活的不真實理解，這為浪漫主義與現實主義的「幸福結合」提供了最有力的現實基礎。〔註65〕

在這種情況下，缺乏革命浪漫主義的「兩結合」轉向自然主義，因為自然主義往往講究歷史的真實。臧克家對於蔡其矯的批判，源於否定歷史真實的必要性：

> 周揚同志又說：光有革命現實主義沒有革命浪漫主義，搞不好容易形成自然主義。記得幾個月以前，蔡其矯同志寄來一篇詩，是寫福建前線的對敵鬥爭的，其中有個地方寫一個軍官回憶過去的一次失敗，情調很不對頭。革命戰爭中可能有挫折，但在這裡沒有必

〔註64〕同上。
〔註65〕陳順馨：《社會主義現實主義理論在中國的接受與轉化》，合肥：安徽教育出版社，2000 年，第 340 頁。

要這樣寫，硬要這樣寫，就不免有點自然主義的味道。〔註66〕

臧克家忽視了思想權威與詩歌間的批判關係，他將革命浪漫主義與未來結合起來，運用誇張的手法，試圖藉此擺脫現實中的種種問題，講：「我覺得革命浪漫主義主要是寫理想、願望和未來，因而就比較富有激情，在表現方法上，則較多的採用神話故事和誇大的手法。」〔註67〕

林默涵把革命浪漫主義當成社會主義現實主義的構成部分，也就是從現實中發現的一種必然的理想。他說：「革命浪漫主義的精神，就是既能看到星星之火，又堅定地相信它可以燎原，並且積極地促進它的燎原。因此，我認為革命浪漫主義的精神所要表現的理想，不能是脫離現實的，它是從現實中來的，它是現實生活發展的必然的趨勢。作者首先從現實中看到了理想，否則，他的理想就是空洞的幻想。」〔註68〕所以要發現必然的胚芽，懷抱熱情，具有鼓舞力量。只有具備了這些條件，才能運用誇張、幻想和神話等創作手法。

我認為革命現實主義和革命浪漫主義相結合，主要的包括三個方面：第一，要看到和反映生活中的新生的、革命的、有生命力的事物；第二，作者對這種事物要有高度的熱情；第三，因此作品就能具有高度的強烈的鼓舞力量。……浪漫主義的作品往往採用更多誇張，更多幻想成分，更多神話色彩等等的表現手法。但不是說只是這些才是革命浪漫主義。一個作品如果沒有革命浪漫主義的精神，即使怎樣誇張，用多少神話，也不算革命浪漫主義。〔註69〕

此時，詩人的精神一定要與革命的世界觀、革命人民相結合。為了實現這一目標，要學習馬列主義、毛澤東思想，與人民群眾結合。他指出，要真正具有革命浪漫主義精神，最根本的問題還是要有革命的世界觀，要有和革命人民的密切結合，只有這樣，才能夠看到人民生活中的革命浪漫主義的精神，並且把這種精神充分地體現到自己的作品中。而要做到這樣，根本的方法是學習馬克思列寧主義，學習毛澤東同志的著作，同時要到群眾中去，同

〔註66〕臧克家：《新的形勢，新的口號》，1958年11月26日《文藝報》1958年第22期。
〔註67〕同上。
〔註68〕林默涵：《更高地舉起毛澤東文藝思想的旗幟！（在一個學習會上的發言）》，1960年1月11日《文藝報》1960年第1期。
〔註69〕林默涵：《更高地舉起毛澤東文藝思想的旗幟！（在一個學習會上的發言）》，1960年1月11日《文藝報》1960年第1期。

群眾結合，這兩個方面缺一不可。不到群眾中去是不行的。但是，只到群眾中去而不學習馬克思列寧主義，也是不行的，那樣並不可能自然而然地產生馬克思列寧主義的世界觀。問題是如何發現和定義立足於歷史必然性的未來的胚芽。如果在此過程中否定主體性，也就沒有了創作的自由。

共產主義的萌芽及其反對傾向取決於毛澤東路線。在這種情況下，按照路線指示，脫離現實的虛幻和誇張不可避免。1959 年 3 月 11 日，《文藝報》1959 年第 5 期刊出茅盾的《創作問題漫談——在中國作家協會創作工作座談會上的發言》，文中說道：「去年下半年以來，出現了一些把革命浪漫主義誤解爲浮誇、空想的作品；小說方面比較少，戲曲方面就比較多些，民歌方面就更多了。」

由此可以看出，經過 1958 年的討論和探索，到了 1959 年，新民歌最終走上誇張和虛幻的道路。2003 年，王曉明爲被歪曲的新民歌實踐作出了總結。

> 1958 年，毛澤東提出了「兩結合」的口號。一般來說，人們都把它看成是與「社會主義現實主義」同屬於一個體系，或稱它爲後者的「發展」。提出者本人對這一「創作方法」並未作出任何進一步的闡釋，但最明顯的特徵是，不管是文學表述上，還是精神實質上，「浪漫主義」都被置於顯著的、甚或可以說是主導性的位置上。這一點，應該說是毛澤東的文學觀點的合乎邏輯的發展。……到了「兩結合」的提出，文學目的性、浪漫主義、文學的主觀性因素，就成爲主導的、決定性的因素了。〔註70〕

〔註70〕 王曉明：《二十世紀中國文學史論》（下卷），上海：東方出版中心，2003 年版，第 141 頁。

第六章　大躍進民歌的精神內涵與藝術特徵

　　如果說大躍進生產鬥爭的節奏感決定了新民歌的形式，那麼大躍進的政治意圖和氛圍也就決定了新民歌的內涵與表現方法。新民歌最大的特徵，就在於它不是反映現實，而是追求與主流意識形態達成一致，與黨和國家領導人在立場及觀點上達成一致，也將創作主體的自我拔高到了國家層次，從而使得新民歌創作中呈現出「自我膨脹」這一獨特現象。自我與國家領導人幾乎達到合而爲一的境界，但這卻並不是爲了客觀認識現實，而是爲了普及共產主義社會即將到來的堅定信念，這也使得工農兵在面對現實時持一種盲目樂觀的態度。這種氛圍，毫無疑問也導致了集體勞動逐漸發展成爲自豪感與熱情驅使下的過度勞動。問題在於，對未來的信念，衍生出自我與現實關係的不平衡。自我已經壓倒了現實，誇張，甚至弄虛作假泛濫成災。這一時期的新民歌中，以「賦」的方式反映勞動形式和意識形態的前近代特徵，按時間順序展開內容，以及大量運用比喻突出效果等手法，是與誇張交織並行的。新民歌幻想曲脫離了社會現實，而知識分子文學中司空見慣的寄情山水，歌頌黨和領導人，也絕不是對新民歌的撥亂反正，只不過是這一時期文學所能選擇的另一條逃生之路。

第一節　走與政治一元化道路

　　新民歌借政策的東風上昇爲一場運動。它是號角，歌頌毛澤東、共產黨及黨的政策，也是武器，批判黨和毛澤東的反對派。爲了完成使命，必須要

建立以黨性為基礎的絕對信任。

對未來的樂觀與幻想紮根於工農兵的黨性，在當時而言，就是要與毛澤東達成一致。共產黨以及黨的一切政策，都是為毛澤東代言，因此也都成為工農兵歌頌的對象。對毛澤東的神化，以及堅信共產主義即將實現造成改造現實的過程中生成了一種類似於宗教的狂熱，這就是新民歌轉向假大空的根本原因。儘管新民歌運用了多種多樣的表現手法，內容卻是老生常談，三句話不離政治。詩人的個性，取決於通過何種途徑將毛澤東與自己的關係導向單純的公式化。

一、宗教熱的發動

強調國家集體高於個人、高於家庭，是這一時期中国共產黨的顯著特徵。新民歌運動期間國家權力對工農兵的支持，雖然也是為了獲得更多的權利，更重要的目的，則是更有效地統籌黨對全體人民的統治，更強力地推行國家主義。正因為如此，歌頌人民領袖毛澤東的歌謠《東方紅》早在三四十年代就已經創作完成。毛澤東就是國家的代名詞。新民歌中對毛澤東的歌頌，其特點就在於它已經超越了《東方紅》，達到了「神化」的程度。新民歌廢黜了理性與科學精神，建立了最具威嚴最權威的「一神崇拜」，以期克服危機，剷除異端。於是，新民歌中的毛澤東無所不在、無所不能，被奉為中國人民的救世主。

> 毛澤東，／毛澤東，／插秧的雨，／三伏的風，／不落的紅太陽，／行船的順帆風，／要想永世不受窮，／永遠跟著毛澤東。（湖北：《歌唱毛澤東》）〔註1〕

> 毛主席像紅太陽，／明明亮亮照四方。∥春天有你百花香，／小麥青青油菜黃；∥夏天有你秧苗長，／農民心裏樂無疆；∥秋天有你收成好，／金黃穀粒堆滿倉；∥冬天有你冰雪化，／農民身上暖洋洋。∥敬愛領袖毛主席，／你的恩情永不忘。（四川：《毛主席像紅太陽》）〔註2〕

這些民歌全都在神化，歌頌毛澤東的無邊法力。他們頂禮膜拜神壇上的毛澤東，對領袖之忠甚至超越了父子倫常之孝。「世間什麼人最親呢？／老話

〔註1〕 周揚、郭沫若編選：《紅旗歌謠》，北京：紅旗雜誌社，1959年，第5頁。
〔註2〕 《紅旗歌謠》第3頁。

說：只有爺娘最親‧／喲，過時的黃曆怎麼能用呢？／爺娘怎能比得上毛主席親啊！（湖北麻城農民歌謠）」〔註3〕毛澤東和工農兵的關係已經凌駕於「父子有親」之上，儒家講究的是忠孝兩全，而如今「孝」已失勢，只留「忠」字大旗迎風招展。

爸爸！您回去吧／共青團員知道保持光榮／小組的錦旗不會褪色／我用兒子的名義向您保證。（北京第一機床廠工人‧溫承訓：《不老松》）〔註4〕

兒子不得不「用兒子的名義」走出家庭，為的是「保持毛主席的光榮」。忠孝不能兩全，則取忠捨孝，這種例子比比皆是。走出家庭，不是因為醍醐灌頂，而是一種要參加社會歷史實踐的跟隨集體感情的行為。他們的集團感情近於披著黨性外皮的宗教性狂熱。即將到來的共產主義未來在他們生活的現實中已經是被實現了的狀態，而這一切因為有毛澤東的存在才有可能。

天上有個太陽星，／地上有座北京城，／毛主席站在天安門，／金光閃閃是紅星。／／金光照到草原上，／花紅草綠水清清，／牛羊肥來馬兒壯，／我們的生活向上昇。／／千座山萬條河，／越過山河到北京，／去見敬愛的毛主席呀，／獻上我們礦工的心。（門頭溝煤礦‧基建段鑽工‧孫長春：《金光閃閃是紅星》）〔註5〕

主席走遍全國，／山也樂來水也樂，／峨眉舉手獻寶，／黃河搖尾唱歌。／／主席走遍全國，／工也樂來水也樂，／糧山棉山衝天，／鋼水鐵水成河。（河北：《主席走遍全國》）〔註6〕

天上有顆星星叫太陽，地上有顆紅星叫毛主席。毛主席不但代表中國，而且代表全人類，他令萬物生長，他令人民生活豐衣足食。一言以蔽之，「只要有了毛主席，現實就會變天堂」。更準確地說，「哪裏有毛主席哪裏就是天堂」。在他們看來，大躍進的未來取決於毛主席本身，而不是工農兵的實踐。新民歌這種透過未來看現實的特點徹底地暴露出來。為了能夠樂觀面對現實，對於領導人民生活的毛主席，一定要大唱頌歌，並將其奉為神祇，頂禮膜拜。工農兵的實踐過程，也必將轉向追求以崇拜為媒介的，對象與自我的

〔註3〕　《湖北麻城農民歌謠──民歌四首》，《詩刊》1958年3月號，第5頁。
〔註4〕　《詩刊》1958年4月號，第13頁。
〔註5〕　北京出版社編：《北京新民歌選》，北京：北京出版社，1960年2月版，第12～13頁。
〔註6〕　《紅旗歌謠》第8頁。

一致。也就是說,大躍進的美好未來只有在工農兵的黨性與毛澤東達成一致的基礎上才有可能實現。「一對喜燭結紅花, /毛主席幾時來我家, /看看我們的紅日子, /說說心裏翻身話。(江西)《一對喜燭結紅花》」〔註7〕現實與未來的模糊界線演變成為現實,毛澤東,自我三位一體,工農兵才能成為現實的主人。

> 茶山青青呵,梯田層層; /苗家寬心呵, /沒有人逼租也沒人抓丁。 /昨日是奴隸, /今日是主人, /青天呵——毛主席, /你的恩情像水長流不盡。(湘西苗族:《今日是主人》)〔註8〕

工農兵投身大躍進,就是在營建人間天堂。這一過程中,不僅是毛做東和工農兵,就連現實本身也成了主人翁。因此出現了大量的民歌,歌頌毛澤東與人民的緊密聯繫。

> 永遠跟著毛主席, /像泉水一樣清清楚楚, /像珍珠一樣亮亮晶晶。(湘西苗族:《永遠跟著毛主席》)〔註9〕

「毛主席活在咱心裏頭」、「永遠跟著毛主席」,這樣的文句,將毛澤東塑造為超越時空,與人民群眾同呼吸共命運的一尊神。他不再是游離於「我」之外引導「我」,教育「我」,而是進駐「我」體內與「我」合而為一。

> 廠房門口一幅毛主席像, /上班下班總要向他望一望。//望一望他安祥的笑容, /望一望他滿面的紅光。//每天,每天…… /這樣,這樣…… //望一望他周身充滿力量, /精神百倍地操縱機器歌唱。(工人·傅占元:《毛主席像》)

力揚感歎道:「每天望一望毛主席的像,都會產生這樣大的鼓舞力量」〔註10〕。表面上是在強調毛主席像能夠激發個人的生產意志,但是透過表象看本質,我們感到的不是「生氣蓬勃」,而是「意志消沉」,以及面對毛澤東頌歌與悲慘現實之間的鴻溝,勞動人民心中的怨氣和猶豫。

下面是一首藏族民歌。

> 金瓶似的小山啊! /山上雖然沒有寺, /美麗的風景已夠我留戀。//明鏡似的西海啊!海中雖然沒有龍, /碧綠的海水已夠我

〔註7〕 《紅旗歌謠》第12頁。
〔註8〕 《紅旗歌謠》第31頁。
〔註9〕 《太陽的光芒萬萬丈——歌頌黨的新民歌四十首》,《詩刊》1958年6月號,第3頁。
〔註10〕 力揚:《生氣蓬勃的工人詩歌創作》,《文學評論》1958年第3期。

喜歡。//北京城裏的毛主席啊！/我雖然沒有見過你，/你給我的
幸福，/卻永遠在我身邊。（藏族：《毛主席永遠在我身邊》）〔註11〕

　　抒情主體與遠在北京的毛主席雖然無從相見，但是毛主席卻帶給了他幸
福，永遠在他身邊。「永遠」一詞說明毛主席已經超越了人類的極限，獲得永
生。毛澤東就是現世佛，他主宰宇宙萬物，哪怕隔著萬水千山，仍然堅信他
「永遠在我身邊」。這種堅定的信念，反而起到了為工農兵的自我膨脹推波助
瀾的作用：毛澤東能做到的，「我」也一樣能做到。

　　新中國成立後成長起來的的農民詩人代表王老九，雖然是農民出身，政
治觸覺卻異常靈敏。他幾乎做到了與作協核心人物情報共享，對黨性的走向
把握得毫釐不差，並且積極配合黨的意圖進行創作，成為寵極一時的御用詩
人。《想起了毛主席》一詩作於 1951 年，憑藉通俗的用詞，以及對農民現實
生活的生動描寫而廣受歡迎，但這首作品更重要的意義，則在於其中包蘊著
當時社會所要求的政治含義。

　　　　夢中想起毛主席，半夜三更太陽起。//種地想起毛主席，周身
　　　　上下增力氣。//走路想起毛主席，/千斤擔子不知累。//吃飯想起
　　　　毛主席，/蒸饃拌湯添香味。//開會歡呼毛主席，/千萬拳頭齊舉
　　　　起。//牆上掛著毛主席，/一片紅光照屋裏。//中國有了毛主席，
　　　　/山南海北飄紅旗。//中國有了毛主席，/老牛要換拖拉機。〔註12〕

　　王老九介紹了這首詩的創作過程，「有一天晚上迷迷糊糊的想，一直想到
快天亮時，忽然看見太陽紅得很，毛主席來了！這也不知是做夢還是在思想，
我一驚就醒了，心想從前做夢常是洞洞的，現在做夢咋這樣紅，原來是想起
了毛主席。這一下我的詩就開了頭：『夢中想起毛主席，半夜三更太陽起。』」
〔註13〕該如何解釋這一近似於宗教體驗的告白呢？至少有一點是明白無誤
的，那就是早在大躍進之前，他就已經在實踐工農兵和毛主席的一致。到了
大躍進時期，他的作品更加明確地體現出詩和權力之間的關係。

　　　　毛主席和我握了手，/我心變黃金永不鏽，/心窩裏飛出五彩
　　　　鳳，/貼心的歌兒唱出口。〔註14〕

〔註11〕《紅旗歌謠》第 27 頁。
〔註12〕王老九：《王老九詩選》，北京：通俗讀物出版社，1954 年版，第 5 頁。
〔註13〕王老九：《我是怎樣寫詩的》，《詩刊》1959 年 10 月號。
〔註14〕王老九：《偉大的手》，《人民文學》1958 年 10 月號。

抒情主體無須再「想起毛主席」，他們似「黃金永不鏽」的「心窩裏」就能「飛出五彩鳳」，「貼心的歌兒」自然而然地「唱出口」。總路線一經確立，王老九就開始歡呼中國農民翻身作主人。他在《毛主席指出總路線》中這樣寫道：

> 毛主席指出總路線，／天搖地動海浪翻；／人民響應心花放，／騎上飛龍手加鞭。／／山南海北總動員，／工農攜帶上陣線；／雙手就是金鑰匙，／扭轉乾坤破寶山。〔註15〕

工人詩人黃聲孝也是在生產第一線歌頌毛主席，在他的作品中，我們能夠看出，工農兵與毛澤東合體後，神通廣大，無所不能的自我定位。

> 生產想起毛主席，渾身陡增無窮力，／輪船敢用肩膀扛，倉庫敢用手來提，／學習想起毛主席，文盲拿起英雄筆，／錦繡江山能描畫，萬言文章不費力。（《日夜想念毛主席》）

> 我親眼看見毛主席，渾身不知大力，／要是泰山碰著我，不碎也要化成泥……（《我親眼看見了毛主席》）〔註16〕

新民歌迅速跨越了毛主席和工農兵的一體關係，開始自我擴張。毛主席指導總路線，抒情主體變身為毛主席改造世界。毛主席和「我」成為一體，「你」與「我」也是一體。

> 六億人民一條龍，／龍頭就是毛澤東，／節節龍身隨頭走，／飛天跨日舞東風。〔註17〕

6億人民以毛澤東為龍頭，化為一條巨龍，帶動中國騰飛。他們要飛向哪裏？隨毛澤東走就是創造「東風」意識形態的過程。在全國人民團結一致「飛天跨日舞東風」的感人場面中，我們能夠再一次確認新民歌是意識形態權威化過程的產物這一事實。

> 天上紅雲擠烏雲，／世上東風壓西風，／資本主義寒冬到，／社會主義滿堂紅。（江西・賀一清：《東風歌》）

> 東風是福，／西風是禍。／東風壓到西風，／人民生活好過。／帝國主義摔盆砸鍋，／社會主義開花結果。（河北沙河・武治綱搜

〔註15〕轉引畢革飛：《快板詩人王老九》，1958 年 10 月 11 日《文藝報》1958 年第 19 期。

〔註16〕黃聲孝：《黃聲孝詩選》（新國風第一集），宜昌市人民出版社，1958 年 12 月版。

〔註17〕轉引路工：《創造春天的歌》，《詩刊》1960 年 6 月號。

集：《東風是福》）〔註18〕

「東風」是戰勝資本主義和帝國主義，實現共產主義的主要力量，也正是那個時代要求的意識形態。哪裏是歌頌的彼岸？是黨，而黨的中心又是毛澤東。這是意識形態命中注定要走的道路。

> 樹上喜鵲喳喳的叫，／老漢咧嘴忍不住地笑。／農業發展綱要四十條，／好像四十顆太陽當頭照。／太陽比不上它溫暖，／處處地方它都照到。／／放近耳邊聽一聽，／莫不是毛主席的說話聲？／回頭再往胸口上貼，／句句話兒暖人心，／沒閉住的嘴巴笑出了聲，／咱社員們有了指路的大明燈。（江蘇：《指路明燈》）〔註19〕

遠千里指出：「人們歌頌勞動，歌頌各種偉大的建設，必然要聯想到給自己以力量的共產黨和毛主席。因而歌頌黨、歌頌毛主席的詩篇，在群眾創作中占很大的比重，而且幾乎都是獨出心裁的。」〔註20〕是毛主席，為人民注入了歌頌的力量。因此他們歌頌的對象－黨、大躍進政策、人民公社等，都是毛主席的代名詞。一個明顯的事實是，無論他們的歌頌是被逼無奈，還是出於競爭心理，除了跟著毛主席和黨走，再沒有第二條路可供選擇。而且只有這樣，才能懷著對美好未來的信心，克服困窘的現實。更何況，黨的方針政策重集體不重個人，工農兵更是信心暴漲，不能接受一絲一毫的批判。毛澤東主義者為了同時實現經濟革命和社會革命，組織建立了人民公社。工農兵乘著這隻方舟，駛向天堂。

> 公社好比一隻船，／東風吹起船上帆，／舵手是咱毛主席，／趕船的人六萬萬。（河北平谷：《公社好比一隻船》）〔註21〕

二、對未來共產主義的狂熱

如果說毛主席是為人民照亮前程的燈塔，那麼黨就是指導人民建設人間天堂的具體實體。沒有毛主席，就沒有工農兵，如果沒有黨和黨制定的政策，那麼勞動實踐過程必然會失去具體性。內蒙詩人孟三談到自己的創作過程：「我寫時，無論是過去為民校的教學工作，或是在大躍進以來直接為政治、

〔註18〕《太陽的光芒萬萬丈──歌頌黨的新民歌四十首》，《詩刊》1958年6月號，第7頁。
〔註19〕《紅旗歌謠》第53頁。
〔註20〕遠千里：《文學新紀元的開始》，《詩刊》1960年1月號。
〔註21〕《紅旗歌謠》第65頁。

爲生產服務，都是爲了社會主義和共產主義。這十多年來，黨對我的關懷和培養，說重重如泰山，說親親如父母，我怎麼能不時時刻刻想著爲黨多做一點工作？」「我寫詩的經驗是：黨號召的事我寫，群眾做的事我寫，眼看的事我寫，大家議論的我寫。因爲凡是耳聞眼見，群眾議論的事情，有枝有葉，寫起來好寫，順手，目的明確，寫得也快，用群眾自己的話，說出他們自己做了的和心理盼望的，群眾容易懂、容易記、高興唱。黨號召的，我寫出來，群眾唱起來，在群眾心裏能紮根。」〔註22〕這位農民詩人將黨的口號和日常生活原原本本地用詩來表現的告白，一方面說明了民歌創作具有的普遍性，另一方面也證明了工農兵創作全過程的意識形態化。

> 根連樹枝枝連根，／人民和黨一條心。／黨是我們的指路燈，
>
> ／黨是我們的救命人。／海枯石爛心不變，／千年萬載不離分。（門
>
> 頭溝煤礦：《一條心》）〔註23〕

忠於毛澤東，被置換爲忠於黨，「人民和黨一條心」，「千年萬載不離分」，毛主席至於工農兵。就像太陽之於向日葵。

> 朵朵葵花向太陽，／戰士的赤心向著黨，／葵花越曬籽越實，
>
> ／戰士越練武藝越強。（王冶：《葵花》）〔註24〕

「戰士把自己比作葵花，把黨比作太陽；葵花永遠跟著太陽轉，承受了陽光的撫育，所以才結出了豐滿的籽粒。」〔註25〕這些籽粒是什麼呢？那就是集體力量的具體成果。隨著歌頌的對象從毛澤東。到黨、人民公社和政策，抒情主體便開始顯現出偉大的集體力量。

> 幹勁真是大，／碰天天要破，／跺地地要塌；／海洋能馴服，
>
> ／大山能搬家。／天塌社員補，／地裂社員納。／黨的好領導，／
>
> 集體力量大。（河南登封：《幹勁真是大》）〔註26〕

在勞動和黨的一元性關係中，天堂建設正在如火如荼的進行。搬山填海，補天納地，「集體力量之大」是由於以毛主席爲首的「黨的好領導」。工農兵

〔註22〕 內蒙農民詩人，孟三：《我是怎樣寫詩的——在全國文教群英會上的發言》，《詩刊》1960 年 7 月號。

〔註23〕 《北京新民歌選》第 4 頁。

〔註24〕 《戰士詩歌一百首》，《詩刊》1958 年 7 月號。

〔註25〕 易莎：《評介戰士詩歌一百首》，《詩刊》1958 年 8 月號。

〔註26〕 《太陽的光芒萬萬丈——歌頌黨的新民歌四十首》，《詩刊》1958 年 6 月號，第 7 頁。

紮穩了馬步，「主意黨拿定，天塌我們頂」。鄒獲帆這樣解釋人民的熱情「群眾找到了一條眞理，行動得好就是生活幸福。沒有行動，沒有幸福。行動的速度決定幸福到來的迅速或遲緩，人們爲什麼不要大躍進呢？在這種大躍進中，黨的群眾路線更是集中了群眾的智慧與力量，而制定總路線，推廣人民公社，這更啓發了人民的智慧，組織了人民的力量，因而更推動了大躍進。」〔註27〕眞理是什麼？不正是「我們無所不能」的信念嗎？毛澤東開展大躍進運動，依靠的就是人民群眾無窮的創造力，以及對社會主義火一般的熱情。而運動成功的關鍵，就在於是否能夠初始一貫地保持革命精神和意志，是否能夠將人民群眾武裝成運動的領袖並充分動員起來。現在雖然是一窮二白，經濟落後，但是十五年趕英，二十年趕美的宏偉目標，堅定信心，要求人民絕對信賴黨和毛澤東。必須堅信無論何時何地黨的方向都是正確的，非如此不能改變落後面貌。

　　安旗在《油海詩話》一文中，介紹了一部分井場詩，並且指出：「正是由於共產黨的正確領導，千千萬萬的職工們才找對了方向，才走上川中地臺，才找到了曾經是「踏破鐵鞋無覓處」的大油海，因此，貫穿著「井場詩」的歌聲是對黨的歌頌，對黨的感謝，給黨的獻禮，正像一首井場詩中所說的：二十口井，二十處戰場，／「大戰川中」的歌聲飄揚，／一片碧藍的油海，萬顆火熱的心，／呈獻給偉大、光榮、正確的共產黨。」〔註28〕生產勞動第一線就是戰場，誕生於此間的「井場詩」歌頌的是黨的正確領導。不管勞動強度有多大，一顆不變的紅心永遠呈現給「偉大、光榮、正確的共產黨」。

　　　　小革新如珠，／大革新如寶，／鬧革新不論大小，／小卒過河能吃車馬炮。／／總路線光芒萬丈，／鼓幹勁指標直上，／搞革新日日新創，／破關鍵橫衝直闖，／爭時間秒秒似鋼，／好英雄赤心向黨。〔註29〕

　　對黨，對毛主席，同樣都懷著一種超越血緣關係的強烈感情。

　　　　唱支山歌給黨聽，／我把黨來比母親：／母親只能生我身，／黨的光輝照我心。／／舊社會鞭子抽我身，／母親只會淚淋淋：／黨

〔註27〕鄒獲帆：《大躍進的號角，新詩歌的紅旗──讀《紅旗歌謠》》，1959年10月26日《文藝報》1959年第19～20期。

〔註28〕安旗：《油海詩話》，1958年10月26日《文藝報》1958年第20期。

〔註29〕轉引聞山：《科學技術革命的進軍號》，1960年6月26日《文藝報》1960年第12期。

號召我們鬧革命，／奪過鞭子揍敵人！／／母親給我一顆心，／好像
浮萍沒有根；／億萬紅心跟著黨，／乘風破浪齊躍進。（陝西宣君焦
坪煤礦・蕉萍：《唱支山歌給黨聽》）〔註30〕

被稱爲「人民戰線」的毛澤東主義革命戰略，建立在國家「一窮二白」，
人民群眾對革命鬥爭絕對信賴的基礎上，而群眾的反應大大超過了預期的目
標。在黨愛面前，甚至母愛都變得黯然失色。「要問力量從何來？／力量源泉
就是黨。」〔註31〕所以，「人民要走幸福路，／永遠跟著共產黨。」〔註32〕當
然是顛撲不破的真理。

乘著躍進風，／張開信心蓬，／有黨來把舵，／勿怕勿成功。

（常熟・曾守清：《有黨來把舵》）

有了共產黨，／歲歲慶豐年，／要想更富裕，／靠黨不靠天。

（浙江・剛草：《靠黨不靠天》）〔註33〕

大躍進一定會成功，生活一定會越來越美好，工農兵的這種堅定信念來
自於共產黨，他們的視線永遠投向「未來」。或許這是忘卻現實的唯一方法。
「靠黨不靠天」，等於完全否定了農民世世代代積累的生產勞動經驗。從這種
意義上來說，詩歌創作行爲本身只能一種是意識形態化過程。而「群眾靠黨
來領導，／黨靠群眾把事辦。」則簡明扼要地總結了黨和人民的關係。

大躍進時期，由於作品「富有共產主義風格」，將「革命現實主義與革命
浪漫主義生動的結合」起來，以「大自然的主人的姿態」，表現「社會主義和
共產主義建設的樂觀精神」〔註34〕，青年農民詩人劉章嶄露頭角，獲得如潮
好評。他作詩對黨表忠心：

燕山山坡百花開，／幸福果子結起來，／口唱山歌心裏想，／
棵棵都是黨來栽。（《幸福果樹黨來栽》）〔註35〕

「正是植根在有著光榮革命鬥爭傳統的燕山沃土中的一朵花蕾，受著黨

〔註30〕詩刊社：《新民歌三百首》，北京：中國青年出版社，1959年，第34頁。
〔註31〕《北京新民歌選》第5頁。
〔註32〕《北京新民歌選》第6頁。
〔註33〕《太陽的光芒萬萬丈——歌頌黨的新民歌四十首》，《詩刊》1958年6月號，第4頁。
〔註34〕丁力：《富有共產主義風格的詩篇——評介農民詩人劉章》，1958年12月26日《文藝報》1958年第24期。
〔註35〕劉章：《燕山歌》，天津：百花文藝出版社，1959年7月版。

的陽光和雨露的滋養，開始吐露出清馨的才華。」〔註36〕在揮灑辛勤汗水換來豐碩果實的勞動全過程中，作者始終懷著一顆「愛黨之心」。

歌頌黨的幹部也是出於相同的脈絡。如果說毛主席高居於神壇之上，可望而不可即，那麼基層幹部就是毛主席的象徵和化身。換句話說，通過幹部完全可以達到天人合一的境界。

> 幹部能拿梯，／我們能上天。／幹部能下海，／大海我們填。
> ／幹部能翻山，／我們把山翻。／村看村，戶看戶，／群眾看的是
> 好幹部。(江蘇沛縣：《大海我們填》)〔註37〕

幹部這一渠道，承擔著下達勞動實踐具體內容，上傳實踐結果報告的任務，在決定工農兵個人乃至一「村」一「戶」的命運時往往起到極為直接的作用。

> 國路來了新徒弟，／身體魁梧壯壯的，／吹塵通焰全都幹，／
> 全身汗水滿臉黑，／帶頭幹活不啃氣，／見人總是笑嘻嘻，／技術
> 操作學的快，／幹活就數他第一。／這個新徒弟，／爐火照得他紅
> 紅的，／活像一杆大紅旗，／仔細瞧一瞧，啊！／原來是黨委副書
> 記。(李庭訓：《新徒弟》)〔註38〕

這首詩描寫的是「深入基層車間的領導」。其中，「爐火照得他紅紅的，活像一杆大紅旗。」是核心部分。這位「新徒弟」就像耶穌受聖父的派遣降臨人間，忠實地充當著毛主席的替身。「黨委副書記」下到車間，勞動群眾感到既光榮又惶恐，歌頌他，其實就是歌頌毛主席。

政策也是歌頌的對象。而當時大躍進的主要政策就是集體經濟、合作化運動、人民公社等。尤其是在大躍進運動的全盛期，人民公社化運動被奉為中國從社會主義過渡到共產主義過程中必需的，理想的組織形式。在毛澤東及毛澤東主義者激進的烏托邦主義指導下，人民公社化運動與農村幹部及貧下中農的冒進傾向相結合，開始高速運轉。要消除體力勞動和腦力勞動、農業和工業、農村和城市的差距，人民公社必不可少，同時也是實現「又紅又專」的契機。通過1957年秋季開始的大規模水利灌溉設施建設運動，農民已

〔註36〕陳騄：《沐浴在陽光中的花蕾——讀劉章的詩集《燕山歌》》，《詩刊》1960年
　　　　1月號。
〔註37〕《紅旗歌謠》第60頁。
〔註38〕轉引張光年：《和首都工人業餘作家們談天》，1958年9月26日《文藝報》1958
　　　　年第18期。

經熟悉了集體組織，隨著公社的設立，他們開始在更為成型的單位裏生產生活。生活的這種廣範圍變化被視為是向著共產主義邁進，為了實現烏托邦式的未來，人民群眾甘願作出犧牲，並毫不猶豫地歌頌黨。

> 黨是春雨社是花，/春雨不降花不發，/春雨如油遍地流，/人民公社滿天下。（湖北興隆縣紅星人民公社‧劉章：《黨是春雨社是花》）〔註39〕

> 人民公社是枝花，/毛主席親手栽培它，/花開香氣飄萬里，/花落結出幸福瓜。（謝成：《人民公社是枝花》）

> 入了公社如上天，/一夜賽過幾千年，/利刀斬斷私有根，/開闢歷史新世紀。（河南‧徐長欣：《入了公社如上天》）〔註40〕

這些民歌顯示了人民公社的社會主義和共產主義精神。群眾對人民公社的信賴，與對毛澤東，對黨的信賴並無二致。人民公社附屬於黨和毛澤東，詩中用春雨和花，花和果實的關係作比喻。如了公社就好比入了天堂，「開闢歷史的新世紀」。很容易就能看出，大躍進政策並不具備合理性，與當時的社會經濟條件是完全背道而馳的。

> 人民一聽辦公社，/歡聲如雷震天下，/千萬婦女走出家，/老人笑得掉淚花。（周口店區琉璃河人民公社寶寶店生產隊：《如雷震天下》）〔註41〕

人民的反應或許是發自內心，但這幸福並不是他們自己選擇的。對他們來說，路只有一條，而且只有這條路才是生路。為了改造貧瘠的自然，克服經濟危機，實現共同富裕，只能相信這是正確的道路，只能奮力向前，除此之外被無他法。

> 共產黨比太陽明，/制訂出總路線，/光芒日夜亮晶晶。/照得山來笑彎腰，/照得白雲變紅雲，/照得田變聚寶盆，/照得白花怒放萬里香，/照得百鳥鳴出鳳凰聲，/照得五穀變黃金，/照得棉花變白銀，/照得車輪長翅膀，/照得黃河水變清，/照得萬物四季春，/照得老人變年輕，/照得多快好省比先進，/照得萬馬奔騰不留停。/照到哪裏哪裏好，/照得人人力氣增。（上海西郊：

〔註39〕《新民歌三百首》第 200 頁。
〔註40〕《新民歌五十首》，《詩刊》1958 年 10 月號，第 11 頁。
〔註41〕《北京新民歌選》第 33 頁。

《照到哪裏哪裏好》）〔註42〕

　　　　總路線是趕山鞭，／大山小山一起趕。／趕著大山去填海，／
　　趕著小山墊豬欄。∥總路線是劈河斧，／六億人民當大禹。／千河
　　萬水要服人，／又淌金子又淌銀。∥總路線是上天梯，／九重雲霄
　　半上天。／要把天堂般下來，／社會主義手中出。（山東：《總路線
　　是趕山鞭》）〔註43〕

　　我們來看看《想到四十條勁頭高》這首作品。「四十條像明燈照，／照得
農民勁頭高。／起身想到四十條，／耕完十畝雞未叫；／走路想到四十條，
／好跟火車來賽跑；／鋤地想到四十條，／掮起鋤頭插雲宵；／挑擔想到四
十條，／千斤重擔當燈草；／搖船想到四十條，／一櫓搖過幾座橋；／吃飯
想到四十條，／小菜味道特別好，／困覺想到四十條，／困夢頭裏也會笑。（江
蘇嘉定）」〔註44〕這首民歌歌頌「四十條」政策，結構節奏都與王老九的《想
起毛主席》相似。它體現了路線、人、政策的三位一體，並且是一元化，無
條件的。就算用毛主席代替共產黨，或是用共產黨代替總路線，也並無任何
不妥。

　　　　山也舞，水也笑，／人民公社建立了，／海能幹，山可倒，／
　　我們的決心不動搖。（劉章：《人民公社建立了》）〔註45〕

　　人民公社就像毛主席和共產黨一樣，能夠使得集體力量最大化。上述作
品發表時，陳驄評點道：「『人民公社建立了』——這旭日方升、光華耀眼的
時刻，這一將用金字寫上中國人民史冊的事件，以及六億人民迎接朝陽時的
欣喜若狂的心情，和奔向更加燦爛的共產主義的決心，這一切，被作者以鮮
明強烈的形象和熱情激蕩的旋律表現了出來。」〔註46〕深藏於 6 億人民之中
的個性，用一貫的語調，變換歌頌的對象。

　　路線、人、政策的一元化關係，具備把具體抽象化的威力。《一隻籃》是
一首河北民歌：

　　　　奶奶用過這隻籃，／領著爹爹去討飯。∥媽媽用過這隻籃，／
　　籃籃野菜度荒年。∥嫂嫂用過這只籃，／金黃窩頭送田間。∥我今

〔註42〕《紅旗歌謠》第 48 頁。
〔註43〕《紅旗歌謠》第 51 頁。
〔註44〕《紅旗歌謠》第 54 頁。
〔註45〕劉章：《燕山歌》，天津：百花文藝出版社，1959 年 7 月版。
〔註46〕陳驄：《沐浴在陽光中的花蕾——讀劉章的詩集《燕山歌》》，《詩刊》1960 年
　　　　1 月號，第 93 頁。

挎起這隻籃，／去到食堂領花卷。／／人民公社無限好，／黨的恩德
大如天。（河北：《一隻籃》）〔註47〕

　　詩歌中描寫了人民公社的大鍋飯生活。將過去和現在進行對比，歌頌黨
設立人民公社的恩德。用具體的力量來證明：過去飢寒交迫，如今衣食不愁
的簡單公式。所謂「誰用過」的「具體」及所謂「無限」的「抽象」，在這首
詩歌中形成了統一體。更準確地說，抽象壓倒了具體。看似用「一隻籃」的
具體歷史來表現人民公社的業績，最後卻引出「人民公社無限好，／黨的恩
德大如天」這一結論。利用「無限好」、「大如天」這些極致的讚美將具體的
歷史抽象化。

從前百人上鍋臺，／如今一人上鍋臺，／一人圍著鍋臺轉，／
百人帶笑走出來。（江城：《公共食堂》）〔註48〕

蘭高莊，前進社，／吵吵嚷嚷孩子多，／社裏建立托兒所，／
媽媽地裏去幹活，／媽媽放心孩子樂，／我跟阿姨學唱歌。（十三歲
小孩子‧劉旭田：《媽媽放心孩子樂》）〔註49〕

公社敬老院，／老人笑滿面，／吃穿有人管，／幸福過晚年。
（河北豐潤‧李賀英）《敬老院》〔註50〕交出的——巴掌大，／得到
的——滿天下，／人民公社好，／萬人合一家。（湖北‧大波水：《新
的家》）〔註51〕

　　所謂「民歌」，文如其名，其特徵就是盡可能真實地描寫人民生活。不過，
如果以民歌的這一本質為前提來看，雖然新民歌歌唱的是人民公社內部生活
的直接變化，或勞動的具體內容範圍，但僅僅因此就認為新民歌貼近生活，
還原真實，卻是極不恰當的。大躍進時期，為了實現共產主義目標，人民公
社施行女性自由參與勞動政策、設立公共食堂、育兒設施和養老院等，促進
家務勞動的社會化。獲得了一致好評。但是，勞動的任意分配、公共設施運
營的效率低下、勞動軍事化管理、不切實際地榨取勞動力等弊端，還有人民
的不滿和怨言，在民歌中絲毫沒有得到反映。人民公社反而被視為無產階級
專政機關，是社會主義向共產主義過渡時期的最佳組織形式。毛澤東主義者

〔註47〕《紅旗歌謠》第66頁。
〔註48〕《北京新民歌選》第183頁。
〔註49〕《河北豐潤縣萬詩鄉民歌選》，《詩刊》1958年12月號，第7頁。
〔註50〕《新民歌三百首》第216頁。
〔註51〕《新民歌三百首》第207頁。

們強調，人民公社不僅是生產組織，而是集經濟、文化、政治、軍事業務於一身，統合了社會基礎性經濟單位和國家權力基礎的組織。人民群眾的作用和力量，受到了前所未有的重視，因此他們不可能不支持這場運動。

> 爲什麼過去苦？／爲什麼今天甜？／只因農業社／成了「活龍王」／金水銀水引上了山。（遼寧：《過去和今天》）〔註52〕

> 單幹好比獨木橋，／走一步來搖三搖；／互助好比石板橋，／風吹雨打不堅牢；／合作社鐵橋雖然好，／人多車稠擠不了；／人民公社是金橋，／通向天堂路一條。（河南：《人民公社是金橋》）〔註53〕

這首作品對公社發展史作了總結，絲毫不吝惜溢美之詞，稱「公社是通向天堂的金橋」。按照集體化目標，過去總是被輕易否定，現在總是被無限美化。鄒獲帆點評道：「這些形象化的語言，確鑿地對各階段農業經濟組織和人民公社組織作了鑒定，說明了歷史發展的必然性，說明了人們的期望。」〔註54〕但是這種見風使舵式的歌頌方式。非但不能帶來感動，而且還會令人懷疑它的眞實性。

> 南山松柏青又青，／人人愛社莫變心。／莫學楊柳半年綠，／要學松柏四季青；／莫學燈籠千隻眼，／要學蠟燭一條心。（山西昔陽：《南山松柏青又青》）〔註55〕

儘管力揚指出：「『愛社莫變心』的思想，是普遍地在農民們的頭腦中存在著的先進思想」〔註56〕，但事實上，「愛社莫變心」必須遵循「社」高於「我」的原則，加深對「社」的依賴，向領導靠攏。不管工農兵原不願意，新民歌必然要帶有明顯的意識形態指向。

在詩歌成爲意識形態的化身後，詩歌本身就只能淪落爲制度或政策。對現實的判斷也依賴於這一過程，專注於政策制度的消化吸收，因此，絕不會再有批判或反對的聲音，它的最終目標是與黨和毛澤東達成一致，而勝利也

〔註52〕《紅旗歌謠》第73頁。
〔註53〕《紅旗歌謠》第85頁。
〔註54〕鄒獲帆：《大躍進的號角，新詩歌的紅旗——讀《紅旗歌謠》》，1959年10月26日《文藝報》1959年第19～20期。
〔註55〕《紅旗歌謠》第80頁。
〔註56〕力揚：《社會主義新時代的新國風——讀《紅旗歌謠》三百首》，1960年2月25日《文學評論》1960年第1期。

只能是達成一致後的結果。霍滿生曾在《我用詩歌打擊敵人，鼓舞人民——在中國作家協會第三次擴大理事會上的發言》一文中，表白自己的心境：

> 1958 年，黨的建設社會主義總路線公佈，它把我們的心照亮了，我就歌頌它說：「總路線，紅旗飄，光芒閃耀萬丈高。//六億人民齊歡笑，萬馬奔騰上金橋。」人民公社成立了，我就變得更年輕了。我寫道：「蕎麥花開一片白，捷報喜訊傳過來。//千家萬戶辦公社，共產主義鮮花開。」大躍進種看到人民的衝天幹勁，我寫道：「早晨揀糞到南坡，成群婦女唱山歌，//山歌唱到太陽落，唱的棉花垛成垛。」我編寫快板、寫詩不僅寫這些大事，還寫村裏的具體事。掃盲、衛生、教育懶婆我都寫。如 1958 年豐收在望，上級黨委號召搞好增產保收，村裏有幾家人不注意增產保收，豬、雞鴨不圈，禍害莊稼，社員給他們提意見不聽，我給他們編了一首快板：「養豬不圈隨編走，貪圖肥膘多掛油；唯有房前和房後，雞鴨不管任自流；只顧個人有利益，集體利益一旁丟……」這個快板唱出去，在群眾中造成輿論，那幾家把雞、豬都圈起來了。如今，我能夠爲黨做一點工作，而且光榮地參加了中国共產黨，這完全是黨培養的結果。我曾寫詩說：「我是田間向日葵，主席親手來栽培，//根深葉茂長年綠，開花結果放光輝。」這次參加大會，聽了黨中央的祝詞、各位首長的報告和各地同志的發言，使我收到深刻的教育和啓發。眼見得我們的文藝，在毛主席文藝思想的指引下，真是「東風吹來處處暖，勝利鮮花開滿園」。〔註57〕

正如前文中所說，批判的矛頭只能指向過去。

> 國民黨呵反動派，/串同地主來倒算，/要錢要糧要人命，/老鄉知道躲的遠。/跑到山中野地裏，葡萄垵當地暖炕眼，/睡不穩來四處看，/一夜醒來救十遍。（王登：《過去苦情別忘記》）
> 〔註58〕

作者回憶國民黨時期的黑暗統治，對過去作出批判。詩中描述的寫實性，達到令人吃驚的程度。由這首作品可看出，批判現實主義割裂了與現實的關

〔註57〕霍滿生：《我用詩歌打擊敵人，鼓舞人民——在中國作家協會第三次擴大理事會上的發言》，《詩刊》1960 年 8 月號。

〔註58〕轉引徐遲：《暖泉民歌大夥評》，《詩刊》1958 年 9 月號。

係，僅僅著眼於過去。反之，在共產黨治下，現實每時每刻都籠罩在未來的燦爛光輝之下。

> 一年四季風景好，／人造雨落在花梢，／花梢頭上存水珠，／果子堆得山樣高。

「只念了五年小學，正在水文站工作的青年農民」〔註 59〕創作的這首詩歌並沒有直接提及共產黨、人民公社，只是抒發了現實的激動心情。但是他歌頌的現實，只是主流意識形態導演下的現實。

第二節　勞動與自我膨脹

毛澤東路線指導下的工農兵勞動具有獨特的性質，這也決定了大躍進民歌與勞動的關係。新民歌描寫的就是工農兵勞動，它的主題是執行毛澤東路線。路線、勞動和新民歌不是相對獨立的領域，它們之間的關係，不是勞動衍生了民歌和路線，而是路線決定勞動和民歌，並且最終產生了理念決定生產勞動的主觀傾向。舉例來說，反映現實的認識，不是腳踏實地地規劃未來，而是在根據設想中的未來調整組織現實，這已經成為了一般化現象，勞動和新民歌已經脫離了現實。問題是這一切主觀膨脹都是源於工農兵的自豪感。換句話說，工農兵對生產勞動的自負，導致他們在處理現實課題時不能保持冷靜客觀的態度，而這種堅信共產主義能夠提前實現的盲目熱情，又轉化為生產過程中的誇張，路線和現實全都脫離了現實，「我就是龍王」、「我就是玉皇」成為工農兵普遍的心理狀態。如果誇張上昇到了神化傳說的境界，新民歌就會走上一條不歸路，它對現實的反映，更準確地說，它所作的「黨政報告」就不只是誇張，而是明目張膽的造假了。虛妄的自豪感之所以會最終演變為無視現實的誇張，正是源於這一時期新民歌創作過程中對黨的意圖的迎合。

一、工農兵的自豪感：自信與路線的結合

新民歌的這種傾向，是從見風使舵歪曲現實認識開始的。它最重要的一項依據，就是認為在大躍進時期的中國，共產主義已經開始萌芽的觀點。在 20 世紀 50 年代末的中國，不，在工農兵一手搭建的現實中，已經出現了共產

〔註 59〕徐遲：《暖泉民歌大夥評》，《詩刊》1958 年 9 月號。

主義萌芽。這不過是一句願望，爲的是刺激中國人民對於二戰後世界秩序的自尊心，更準確地說，爲的是培養工農兵的自豪感。因爲這種自豪感是在經濟、政治領域推行政治路線的前提。如果無法在唯物層面確保前提條件，那就必須利用「共產主義萌芽已經出現」的公開宣言，至少在意識形態上堅守陣地。

眾所周知，毛澤東制訂的大躍進計劃，違背了唯物主義客觀規律。但是這個謊言並不是沒有起到任何作用。它至少在經濟、政治領域發揮了作用，提高了毛澤東對社會關係的影響力水平。當時的氛圍是「共產主義，已經不僅是我們的願望、理想，而且是現實生活中的客觀存在。」「大躍進中很多優秀的民歌民謠是共產主義文學的萌芽，這又是什麼意思呢？這就是說：在這些民歌民謠中比較充分地表現了共產主義的精神面貌。共產主義已是我國人民所追求的理想，而且正用自己的雙手所締造的生活眞實。」〔註60〕恩格斯在《社會主義從空想到科學的發展》中指出「人既已終於成了自身社會生存的主人，因而也就成爲自然界的主人，成爲自己本身的主人——自由的人」〔註61〕，爲上面這段話提供了依據。這種氛圍確實爲工農兵的狂熱加了溫，但是對於恩格斯所說的「成爲自己本身的主人」和「自由的人」這一概念並沒有形成統一的理論，也是這一時期值得關注的問題。也正是得以俯視這個時期的方向的關鍵。也就是說，大躍進時期的毛澤東思想只是滿足了工農兵的狂熱，根本無意去利用共產主義的基本理論分析已經到來的共產主義。在這樣的意義下，1958年中國的社會氛圍，已經達到了米格爾·福柯所描述的瘋癲狀態。「它統治著世上一切輕鬆愉快乃至輕浮的事情。這是瘋癲、愚蠢使人變得『好動而歡樂』，正如它曾使『保護神、美神、酒神、森林之神和文雅的花園護神』去尋歡作樂一樣。它的一切都顯露在外表，毫無高深莫測之處。」〔註62〕

就算必要性將可能性排除也行的這種情況，儘管是由於毛澤東思想上政治上的權威促成，不過正是因爲這種思維的空缺才出現了已經形成共產主義萌芽的國家把英國作爲競爭對象的戲劇性的情況。與其說是立足於現實認識

〔註60〕馬鐵丁：《用共產主義思想教育讀者》，《詩刊》1958年10月號。
〔註61〕轉引馬鐵丁：《用共產主義思想教育讀者》，《詩刊》1958年10月號。
〔註62〕米格爾·福柯著，劉北成，楊遠嬰譯：《瘋癲與文明》，北京：生活·讀書·新知　三聯書店，2007年4月版，第21頁。

的前瞻，還不如說在沸騰忘我的氣氛裏注入的這種目標，在江蘇賈注煤礦工人孫友田的新民歌之中是以這種形式被表現的。

> 磨好鑽頭，擦亮機器，／趕英國，我們礦廠跑在頭裏，／等著聽吧，我親愛的祖國，／等著聽煤礦工人勝利的消息！（江蘇賈注煤礦工人·孫友田：《礦山跨上千里馬》）〔註63〕

雷霆的評論比孫友田的詩更上一層樓，他抑制不住激動的心情，讚美「這是千千萬萬礦工的決心和意志。多麼雄壯的礦工隊伍，他們會屬行自己的誓言，給祖國人民增產更多的煤——黑色的金子。這些詩也寫了紡織工人在當前劃時代，創歷史的一個個高潮裏所貢獻的力量。」〔註64〕

值得關注的是，在這一過程中，中國人固有的四平八穩的性格變得急躁起來。換句話說，大躍進並不是周密策劃下的謹慎實踐。大躍進就是要是儘快地趕英超美，因此石油工人也不得不快馬加鞭。

> 全國，十五年，／四川，五年：／川中，三年：／鑽機吵吵鬧鬧：／「提前，還可以提前！

安旗評論說：「從鑽機的轟鳴中也聽出了『提前，還可以提前』的呼聲，這就把鑽探工人趕英國的急切心情表現得更為生動和耐人尋味，並且具有鑽工勞動生活的特點。」〔註65〕那麼他們的這種所謂的急躁病，病根又在哪裏呢？

張光年認為，大躍進時期工人「天不怕，地不怕，／工人階級敢說話，／一字出口重千斤，／一句出口變天下。」的態度是源於黨的指導。「黨所領導下的工人群眾也要大聲說話，來「變天下」，來改變文藝的天下，改變文藝的面貌。工人階級從來是敢想、敢說、敢幹，在文藝上，也要敢寫、敢畫、敢演、敢唱。」〔註66〕洪子誠引用的《加熱爐之歌》表現了勞動的忘我境界：「多少支革命戰歌啊，／在加熱爐中彙集；／多少篇鬥爭史詩啊，／在加熱爐裏銘記。／看革命的熱處理工人，／是怎樣從熱處理上奪取勝利。」，他指出：「依此類推，每個不同的工種，都可以從自己的職業特點上找到它對現行

〔註63〕《工人詩歌一百首》，《詩刊》1958年4月號，第16頁。
〔註64〕上海中國藥物公司工人·雷霆：《祝賀鋼鐵與詩歌的熔煉者——讀《詩刊》的《工人詩歌一百首》，1958年5月26日《文藝報》1958年第10期。
〔註65〕安旗：《油海詩話》，1958年10月26日《文藝報》1958年第20期。
〔註66〕張光年：《和首都工人業餘作家們談天》，1958年9月26日《文藝報》1958年第18期。

政治觀念（階級鬥爭、世界革命……）的比附」〔註67〕，肯定了黨對這種氛圍的指導。黨和工農兵心連心，但同時又是上下級關係。我們來看下面這首作品。

　　　一手托起文化山，／一腳跨過技術關。／一片丹心向著黨，／
　　一窮二白連根鏟。

　　聞山評價這首詩「不僅是形象地表現了中國工人階級在社會主義建設道路上完成兩大艱巨任務（掌握文化和科學技術）的磅礴氣勢，像巨人奮步前進，猛不可擋；更使人感奮的，是詩中所表達的對黨——世界以及斬釘截鐵地要改變一窮二白落後面目的雄心壯志。」〔註68〕

　　如果工農兵對黨有了這種雄心壯志，自豪感就會油然而生。以勞動為紐帶的對黨的忠誠，以及由此產生的自豪感，也向詩人提出了新的要求。例如，路工就明確指出：「歌手們在談自己創作經驗時，肯定要成為一個勞動者的歌手，必須忘我勞動，成為建設社會主義社會的自覺的戰士。大家認為：「歌唱本從勞動起，勞動越好歌越多。」〔註69〕詩人要「成為一個勞動者的歌手」，並且應該體驗忘我的勞動。他要求詩人是勞動者，從根本上來說，這意味著對黨的忠誠和自豪感優先於詩歌本身。「歌唱本從勞動起，勞動越好歌越多」也表達了同樣的含義。

　　黨和自我以勞動為媒介的一元性雙邊關係，催生出「我手寫我心」的傾向。與黨的關係改變了工農兵的命運，獲得新生之後，工農兵的創作本身，就是書寫毛澤東路線，就是時代和歷史的明證。「粗大的肩膀是馬達，／靈活的手指是車刀，／祖國從四面八方送來原料，／保證一百輛汽車——一個通宵！（長春第一汽車廠底盤工人・房德文）《我們汽車工人的聲音》」〔註70〕雷霆引用它來說明工人詩歌作者們用「我寫我」的方法來描述自己的生活經歷。「一百輛汽車，一個通宵。這是多麼豪邁的勞動啊！肩膀是馬達，手指是車刀，工人階級掌握了生產資料，任何願望都能變為現實的。」〔註71〕先不

〔註67〕洪子誠、劉登翰：《中國當代新詩史》第219～220頁。
〔註68〕聞山：《科學技術革命的進軍號》，1960年6月26日《文藝報》1960年第12期。
〔註69〕路工：《勞動越好歌越多——民間歌手談創作經驗》，1958年8月26日《文藝報》1958年第16期。
〔註70〕《工人詩歌一百首》，《詩刊》1958年4月號，第26頁。
〔註71〕上海中國藥物公司工人・雷霆：《祝賀鋼鐵與詩歌的熔煉者——讀《詩刊》的《工人詩歌一百首》，1958年5月26日《文藝報》1958年第10期。

管這些層出不窮的工農兵作品能不能被稱為詩歌，但它們無一例外地通過描述一線工作的細節表現「忘我勞動」及「我寫我」的自豪感。《電焊工》高唱「攀登鐵塔上，／焊把握手心，／腳下踏著雲，／頭上頂星星。／開動電焊機，／鐵塔節節升，／遠看一朵花，／近看電焊工。（吉林）」〔註72〕也是帶著自豪感，記錄一線勞動的細節。

但是隨著這種經驗的積累，自豪感不再來自於他們和黨的關係，他們為自己的勞動成果感到驕傲，並且忍不住開始炫耀。如果認識受到環境的制約，無法超越細節，那麼勞動過程中生成的願望和自豪感就會聯合起來，取理想而代之。因此勞動的目的、過程、態度之類的生動感或使命感就是它的極限，根本不可能更進一步，導出什麼認識、批判、定向等整體性問題。於是，詩歌也就被禁錮在了具體的勞動中。

> 劈開懸崖鑿開川，／東西山上架飛泉，／流水嘩嘩空中走，／
> 好似仙女彈絲絃。（湖北安陸：《架飛泉》）〔註73〕

> 層層梯田高接天，／後生耕田走天邊，／姑娘鏟土隨雲走，／
> 大爺採藥高山巔，／大媽提茶又送水，／如今山裏沒冬天。（江西·
> 蔡景福：《如今山裏沒冬天》）〔註74〕

> 打鐵，打鐵，／一天到晚打不歇，／早晨打出萬縷紅霞，／晚
> 上打出一輪明月。（江蘇：《打鐵》）〔註75〕

新民歌與抽象一線具體勞動的普遍原理，即，與涵蓋了現實矛盾、價值取向及解決方案等層面的法制化之間割斷了聯繫。它介入生產勞動之後，禁錮在勞動中的種種主觀情緒迅速佔領了它的全部陣地。而自豪感能夠戰勝抒情主體的問題意識，取得絕對優勢，其原因就在於毛澤東路線要求的，是在全盤考慮經濟基礎與上層建築的前提下得出的認識與方案。這並不是說勞動部副存在，也不是說自豪感產生了什麼問題。舉例來說，當時的工人們忘卻了競爭關係，用積極的態度完成勞動目標。「工人是好漢，／力量大如天。／推著太陽跑，／蹬的地球轉。／我們創造了新日曆，／一天等於二十年。（濟南機車修理廠·郭樹榮：《工人是好漢》）」〔註76〕工人堅信自己「創造了新日

〔註72〕《紅旗歌謠》第 322 頁。
〔註73〕《紅旗歌謠》第 188 頁。
〔註74〕《新民歌三百首》第 158 頁。
〔註75〕《紅旗歌謠》第 292 頁。
〔註76〕《新民歌三百首》第 284 頁。

曆」，實現了勞動的目標。

這種認識本身被埋沒於生產過程中，實踐的具體形態也仍舊帶著認識的抽象性前進。

> 掄起我手中的鐵錘，／能把泰山打碎！／燒起我爐中的烈火，／能和太陽比威！／／一個個鍛件誕生，／一顆顆汗珠下墜；／歡樂和幸福，／緊緊把鐵錘追隨！（四川劉濱：《鍛工的鐵錘》）〔註77〕

於是，生產過程中的競爭，關鍵不在於方式方法，而是向著既定目標全力疾走的熱情。

> 趕吧！趕吧！快馬加鞭！／讓我們的輪胎趕上英國的「鄧祿普」，／需要多少時間？／／廠長：「決不會超出四年！」／工程師：「不，只需要三年半！」／工人：「我們堅決保證三年！」（上海正泰橡膠廠工人·沈國梁：《在躍進的日子裏》）〔註78〕

安旗舉「比時效，抓時效，／二班追過一班了，／後浪湧，前浪跑，／一浪更比一浪高。」這首詩為例，指出：「『後浪湧，前浪跑，一浪更比一浪高』來表現工人們在競賽中你追我趕的情景，不但形象生動，而且顯示了社會主義競賽所起的推動大家不斷前進的偉大作用。各個班，各個井隊，各個探區，正是在這種『後浪湧，前浪跑』的勞動競賽中，一個比一個創造出更高的新紀錄。」〔註87〕然而所有這些競爭不再是對勞動方法的探索，他們使用同樣的手段競爭，換句話說，不過是處於同一路線水平上的忠誠度競爭。

因此，在路線許可的範圍內，能稱為佳作的新民歌，竟然大部分都是源於運動中出現的偶然的感動。雖然現實的形成沒有任何誇張，但這些詩歌符合大躍進的要求，成為兩結合的典範，其中，題材本身就具備了一切條件。作品中隨處可見「無為而又無所不為」的簡單樸素，雖然是用毫無誇張的樸素口語寫成，但卻準確地概括了當時的現實情況。

> 做了一輩子工，／想都沒敢想，／收了個徒弟是廠長。（青島四方機廠車：《收徒弟》）〔註80〕

> 十五月亮圓又圓，／很想約妹玩一玩，／走到妹家窗前看，／

〔註77〕《新民歌三百首》第294頁。
〔註78〕《工人詩歌一百首》，《詩刊》1958年4月號，第39頁。
〔註87〕安旗：《油海詩話》，《文藝報》1958年第20期。
〔註80〕《民歌選一百首》，《詩刊》1958年8月號，第20頁。

妹在學習不敢喊。(四川安縣：《妹在學習不敢喊》)〔註81〕

這是一首沒有雕琢、沒有粉飾、用樸素的口頭語，以第一人稱的直敘方法，寫出來的一首動人的抒情詩。作者馮昌淳樸、直爽，真是心如明月一樣清白，將自己的思想感情毫不隱諱的告訴了我們，使我們感到十分親切。最後一句的「不敢喊」，也像上面一首「想都沒敢想」一樣，抓住了生活、思想中矛盾的焦點。〔註82〕當群眾用直白的語言描述生活中動靜結合的場面，讀者就能看到工農兵生活實質的，積極的一面。

用一塊鋼，／不用一度電，／大腦是馬力，／雙手是鏇盤！
//誰說「巧媳婦／做不出沒米的飯？」／我要在破擦布裏／煉出金鋼鑽。(長春第一汽車製造廠底盤工人・房德文：《寫在高潮中》)
〔註83〕

一部板車十二個人，／推起車子像騰雲，／那管腳下山道道兒險，／那管流下熱汗濕衣襟。(四川黔江板車工人・郭兆毓：《送糧》)
〔註84〕

尤其是在形式中表現勞動和詩歌的節奏感，可以稱作是新民歌最優秀的成果之一。

一根扁擔軟溜溜，／挑起筐子顫悠悠，／我給高山大搬家，／吱吱拉拉前走。//……挑的那太陽西山落，／挑的那月亮露了頭，／挑的那大壩往上長，／挑的那高山低了頭。(中國人民解放軍北京部隊歌劇團實習演員・德崇：《一根扁擔軟溜溜》)〔註85〕

詩歌的節奏感是現場勞動的反映。架起扁擔，挑起筐子，勞動者的肢體動作與詩歌的節奏構造一致。前聯表現勞動的節奏感，後聯描寫與勞動相呼應的哼唱，大躍進勞動與新民歌在藝術上取得了絕妙的一致。值得關注的是，卞之琳雖然對格律情有獨鍾，但是他創作的新民歌卻不具備這種節奏感。因為跳出勞動現場之外進行的問答，不可能與勞動一線實現內在共鳴。

「你這是幹的什麼，／一鏟又是一鏟？」／「二十五萬畝水澆

〔註81〕《紅旗歌謠》第244頁。
〔註82〕路工：《誇張與平易──讀「紅旗歌謠」筆記》，《詩刊》1959年10月號。
〔註83〕《工人詩歌一百首》，《詩刊》1958年4月號，第26頁。
〔註84〕《工人詩歌一百首》，《詩刊》1958年4月號，第49頁。
〔註85〕德崇：《十三陵水庫工地歌謠──挑土歌》，《詩刊》1958年3月號。

地／要在我拿心裏湧現！」〔註86〕

話雖如此，但這一時期的新民歌不是都帶有強烈的節奏感。雖然卞之琳遭遇的困惑並不具有普遍性。但是因為形式本身受到當地民歌的約束，所以在反映現場的節奏和感情時遇到了相當大的困難。必須用固定的形式來描寫勞動現場，這就導致了內容和形式間的不平衡。一般情況下，就會用內容本身的誇張來彌補形式上的缺陷。舉例來說，《一丘田割兩丘禾》一詩中用浪漫主義筆法勾勒生產性的幾何級數式增長，擺脫了七言古體的前近代氣氛。

> 一丘田割兩丘禾，／高級社裏好處多。／荒山變成金銀丘，／豬牛滿圈鴨滿河。／／作田想起共產黨，／田也肥來水也香。／人勤還增三分力，／禾好還增三分光。／／前年賣糧用籮挑，／去年賣糧用船搖，／今年要用汽車運，／明年火車裝不了！（江西：《一丘田割兩丘禾》）〔註87〕

形式是千年前的形式，為了克服形式上的缺陷，首先在內容上要描繪當前的情景，而更重要的是得用誇張來調味。詩中誇張地列舉一連串的勞動成果，演出一派喜慶場面，但是無論是從詩歌的角度來看，還是從現實的角度來看，都顯得非常虛假和幼稚。

軍營裏也充斥著誇張的新民歌。據遼寧軍區政治部主任秦振所述，「遼寧軍區所屬部隊的文藝創作高潮，是伴隨著今年6月底掃除文盲的運動而來的，截至9月上旬為止，共創作了詩歌10萬多篇。」〔註88〕6月到9月間歷時3個月的掃盲運動，創作出來的新民歌數量驚人。但是軍營內部對政治更加敏感，描寫現實就會觸犯安全條例，因此部隊與工農不同，創作新民歌時，他們需要的是不涉及細節，只渲染氣氛的革命浪漫主義。比如，《好人緣》一詩中這樣描述解放軍的戰鬥訓練生活：

> 高射炮兵人緣好，／起床百靈來吹哨，／跑步大海喊口令，／操練烈風把扇搖。／／高射炮兵人緣好，／傍晚夕陽把炕燒，／青蛙枕邊道晚安，／星月陪伴頭上笑。（永樂：《好人緣》）〔註89〕

理想的人際關係，認真刻苦的訓練，與大自然的交流融合，人民解放軍

〔註86〕卞之琳：《十三陵水庫工地雜詩——動土問答》，《詩刊》1958年3月號。
〔註87〕《紅旗歌謠》第78頁。
〔註88〕遼寧軍區政治部主任・秦振：《談當前的部隊詩歌創作活動》，《處女地》1958年10月號。
〔註89〕《戰士詩歌一百首》，《詩刊》1958年7月號，第4頁。

的訓練過程完美無缺。雖然易莎稱讚「《好人緣》就是很突出的一首。全詩一共只有八句，它的作者用了最洗練的筆法，表現出他們觀苦但是又充滿了樂觀主義精神的戰鬥訓練生活。」〔註90〕但是從戰士的立場來說，透露一些無須保密的軍隊生活細節，對外營造理想和諧的軍營氣氛，無疑是非常令人為難的，部隊的新民歌往往是張開了嘴卻不知道該講什麼。以《媽媽來信》為例，顧慮到軍農關係，最終只是用麥粒的大小象徵性地感歎了一下母子間的親情。

> 五月麥浪閃金光，　/媽媽寄來信一件。　/拆開口兒看一看，　/幾顆麥粒掉桌面。//哎呀呀，這麼大！　/哎呀呀，眞好看！　/揀起麥粒放手心，　/放在手上噯心間。（上等兵·崔澤：《媽媽來信》）〔註91〕

部隊新民歌因軍隊的特殊性質受到限制，而戰士們卻利用誇張的手法突破了限制，他們描寫的軍隊生活，與民間的勞動生產並無二致。戰士值勤要帶著武器，要遵守軍事條令，但在海防戰士的新民歌中，卻把這些丟到了一旁，向著主觀情緒的飛躍和誇張「大躍進」。

> 大海旁，高山上，　/都有神兵在守望，　/都有一雙千里眼，　/看著天空王海洋。//神兵啊，眞威武，　/站在山頭賽金剛，　/冬天不怕霜和雪，　/夏天不怕熱太陽。//天那邊，嗡嗡響，　/神兵一眼就盯上，　/情況通知各陣地，　/神鷹上天彈出膛。（萬正：《哨兵》）〔註92〕

二、反常的熱情和過度勞動

既眞實地反映戰鬥生活細節，又不違反保安條例的部隊新民歌，其誇張的根據又是什麼呢？熱情與自豪感源於和黨的關係，由此生成的使命感與自信心又導致了過度勞動。對生產勞動的熱情，是堅信「趕英鬥爭」能夠勝利的直接原因。下面這首民歌描寫了趕英鬥爭中所表現出來的蓬勃朝氣，以及高昂的革命幹勁。

> 年輕的車工一作完六零年的工件，　/新的保證如雷聲震人心弦，　/他說：「六零年要把第三個五年計劃完成！」　/昨天還不大

〔註90〕易莎：《評介戰士詩歌一百首》，《詩刊》1958 年 8 月號。
〔註91〕《戰士詩歌一百首》，《詩刊》1958 年 7 月號，第 28 頁。
〔註92〕《戰士詩歌一百首》，《詩刊》1958 年 7 月號，第 10〜11 頁。

稱意的清掃工，／今天提出一人代替三個人的工作，／他說：「不這樣，十五年怎能趕上英國？」／昨天有人還不遵守勞動紀律，／今天，下班後卻在擦機器。／啊！到處都是戰鬥，／滿天飛舞著驚人的事迹。（長春第一汽車熱電站工人·李清聯：《我們沸騰的工廠》）〔註93〕

根據計劃完成階段性指標，要看時間，而追求階段性成果，就要看速度，也就是說，要看勞動生產積極性。期待技術革新和技術革命等於是望梅止渴，提高速度只能靠「工人階級熾烈的熱情」。他們追求高速度的獻身精神和滿腔熱情，令人覺得無知而又可悲。聞山引用了一首工人創作的民歌－「千萬臺機器飛轉，／車間裏歌聲震天，／工效提高再提高，／工人還說『太慢』！／／為什麼不嫌『緊張』？／為什麼這樣大膽？／王師傅貼著我耳朵大聲喊：／『高速度，工人喜歡！』」並感歎道：「高速度前進的車間，在工人眼中，一片歡騰。這首詩使你恍如置身在英雄中間，感染了他們緊張熱烈的情緒，聽到機器鳴唱，聽到那充滿豪情的語聲，也看見了說話人的動作身形。這是在火熱的生產戰場中產生的藝術。」〔註94〕這種熱情所帶來的結果，完全與黨的意圖一致。眾生俯首帖耳，造物主怎能不頷首微笑。

一片青來一片荒，／黃是麥子青是秧，／是誰繡出畫世界，／勞動人民手一雙。（安徽·夏雲揚：《是誰繡出畫世界》）〔註95〕

一變荒山為綠林，／二變四旁樹成蔭，／三變坡地梯田化，／四變水庫聚寶益，／……九變社員生活好，／十變幸福新農村。（周口店區房山人民公社：《荒山十大變》）〔註96〕

前天夕陽下，／河水在西窪；／今晨旭日紅，／梁水到村東；／中午日正南，／梁水圍村轉。（河北滄縣：《梁水圍村轉》）〔註97〕

這首民歌真實地刻畫了群眾集體改造大自然的氣勢、信心、力量，有效地顯示了社會主義集體勞動的威力和效果。思蒙認為，新民歌的這種特質才是「大躍進時代的舒暢、愉快的機制」〔註98〕。

〔註93〕《工人詩歌一百首》，《詩刊》1958年4月號，第21頁。
〔註94〕聞山：《科學技術革命的進軍號》，1960年6月26日《文藝報》1960年第12期。
〔註95〕《新民歌三百首》第149頁。
〔註96〕《北京新民歌選》第103頁。
〔註97〕《民歌選六十首》，《詩刊》1958年5月號，第14頁。
〔註98〕思蒙：《詩歌──時代的號角》，《詩刊》1958年4月號。

大躍進生產刻不容緩，分秒必爭，這必須要依靠工農兵的獻身精神。除此之外，勞動強度不斷增加還有精神層面的因素。但是，當時所以會形成這種氣氛，主要還是因為著眼於未來的意識形態。哪怕要以犧牲現在為代價，也必須要實現未來的理想。現階段的勞動也應該考慮到未來，這樣的意見誰都不會反對。然而，現階段的勞動應該為了未來犧牲，這明顯是另外一個命題。不過大部分工農兵並不願意深究這兩個命題的差異。未來支配現實的狀況引來了無數的問題，工農兵卻都視而不見。他們認為，勞動是為了未來，同時也屬於未來，犧牲是不可避免的，是理所當然的。如果有人提出異議，就會遭到道德品質方面的批判。例如：

> 「前人開道後人行，前人栽樹後人蔭，決心栽下千年樹，留下幸福給後人」

安旗「今天農民的辛苦勞動已不僅是為了今年、明年，而是為了千年萬年」〔註99〕的評價不無道理。但是，鼓吹「為了千年萬年」受苦受累，則是在用理想掩飾集體主義的陰霾。例如，馬鐵丁指出「從私欲中擺脫出來，為集體、為社會、為子孫千秋萬代的幸福而勞動、而鬥爭，是很多民歌民謠中另一個主題思想。」〔註100〕這樣一來，逃避勞動或者動別的心思，勢必會被當作私欲支配下的不道德行為。熱情一邊炮製思維和情緒的集體主義，一邊催生出這樣的作品：

> 人心齊，／泰山移。／一根竹竿容易彎，／十根紗線難拉斷。／一人心裏沒有計，／三人肚裏唱本戲。／一家蓋不起龍王廟，／萬人造得起洛陽橋。／人多主意好，／柴多火焰高。／一人一條心，／窮斷骨頭筋。（浙江：《人心齊，泰山移》）〔註101〕

> 男女老少齊出征，／青年勁頭賽趙雲，／壯年力氣賽武松，／少年兒童像羅成，／老年幹活似黃忠，／幹部計策勝孔明，／婦女賽過穆桂英，／社員個個勝古人。（河南滎陽：《贊群英》）〔註102〕

這一時期的意識形態將無條件的獻身視為理所當然，源於工農兵階級改造世界的自豪感。他們欣喜地自封為時代的主人兼創造者。

〔註99〕安旗：《略談新民歌思想藝術上的主要特點》，《詩刊》1958年8月號。
〔註100〕馬鐵丁：《用共產主義思想教育讀者》，《詩刊》1958年10月號。
〔註101〕《紅旗歌謠》第70頁。
〔註102〕《紅旗歌謠》第91頁。

天高高不過雙肩，╱地大大不過心田，╱工人階級要創造，╱還嫌地小天不寬！（重慶鋼鐵公司：《工人階級要創造》）〔註103〕

通過勞動進行創造的過程被比喻成戰場，在當時的時代氛圍下，它的外延，不是人類歷史，而在於與黨的關係，尤其是對黨的歌頌。

一台臺機床隆隆響，╱一個個好像上戰場，╱一雙雙手兒忙又忙，╱一籮籮產品閃金光，╱一滴滴汗珠往下淌，╱一張張臉兒放紅光，╱一面面紅旗掛滿牆，╱一道道紅線奔天堂，╱一顆顆心兒把歌唱，╱一聲聲歌頌共產黨。（北京：《一雙雙手兒忙又忙》）〔註104〕

還有一些作品，把人的創造力與調度時空，拔山填海的前近代式力量作比較，向著改造世界的最終目標前進。

工人力大無邊，╱雙手托住青天，╱調度日月星辰，╱叱吒風雲雷電。╱╱工人力大無邊，╱雙手改造自然，╱可以填平東海，╱可以拔起泰山。╱╱工人力大無邊，╱經過千錘百練，╱我們智勇雙全，╱要把世界改變。（石景山鋼鐵公司職工業餘學校教務主任・劉寄梅：《工人力大無邊》）〔註105〕

張光年評價這首詩「把工人階級旋轉乾坤的意志表現出來了，念起來很舒服，聽起來很痛快」〔註106〕。既然要創造世界，那麼在大躍進期間就必須把積極勞動勇於獻身的道德義務，作為一種支配性觀念強制普及。勞動者接受了創造未來，改造世界的意識形態之後，理念和情緒就會被這種意識形態所改變。舉例來說，《地球不轉我們轉》一詩中，把地球的公轉、自轉和工作勞動的連續性作對比，表現了工人的力量和意志。生產勞動已經超越了自然，超越了科學，把工作中的苦和累也稱作「似蜜甜」，體現了勞動者對大躍進的深厚感情。

地球萬年轉，╱一刻不停閒，╱我們和他比，╱看誰轉的歡。╱╱我們轉的歡，╱萬臺機器一齊轉，╱各廠產品推成山，╱我們心裏似蜜甜。╱╱各廠兄弟加油幹，╱我們保證不停電，╱要問我們何

〔註103〕《民歌選一百首》，《詩刊》1958年8月號，第19頁。
〔註104〕《紅旗歌謠》第271頁。
〔註105〕《北京新民歌選》第45頁。
〔註106〕張光年：《和首都工人業餘作家們談天》，1958年9月26日《文藝報》1958年第18期。

時停，╱地球不轉我們轉。（石景山發電廠運行車間配電班長‧郝來
寶：《地球不轉我們轉》）〔註107〕

對於這首工人創作的，表現工人激情和熱情的詩歌，劉國鈞給予了高度
評價。「我讀了很受教育。同時也想到，我們工廠的勞動和鬥爭生活，充滿著
詩意，熱愛勞動、熱愛工廠的作者是能夠從中發現豐富多采的詩歌題材的。」
〔註108〕當時，工農兵堅信沒有克服不了的困難，對以後大躍進的失敗完全沒
有任何心理準備。使命感和自信心前所未有地高漲，支配著社會氣氛，也成
爲大躍進時期新民歌的主流內容傾向。新民歌有力地表現了創造未來改造世
界的雄心壯志、雷厲風行的作風和敢於鬥爭、敢於勝利、藐視一切困難的英
雄氣概。改造世界的使命感建立於徹底的反帝、反修思想上。新民歌中貫徹
著這樣一種信念，那就是改造世界、維護和平是唯一的出路。我們來看一下
工人小劉的作品《車床車床快快轉》：

　　東風陣陣在心，╱世界人民團結緊，╱帝國主義命不長，╱一
股力量灌全身。╱╱車床車床快快轉，╱轉得英國落後邊，╱轉得世
界永和平，╱轉得美帝早完蛋。（華北無線電器材廠機械車間維修
工‧小劉）〔註109〕

這種充滿了自信的新民歌，會爲人民群眾注入力量和信心，以克服惡劣
的自然條件，凋敝的社會經濟，同時也是改造世界，壯大自身力量的途徑。
工人詩人范以本認爲，曉凡的作品《談心》就同時顯示了改造世界和改造自
身的強烈願望：「好車刀，╱從不後退，╱永遠進攻。╱我心愛的車刀呵，╱
你知道嗎：╱在這風雷滾滾的時代，╱咱們在改造世界，╱也在改造自己。
╱從哪兒入手呢？──車好這一批又一批螺絲釘！」他說道，這「充分表現
了工人階級在戰略上藐視困難，在戰術上重視困難的精神。改造世界『從哪
兒入手呢？──車好這一批又一批螺絲釘！』把革命的雄心壯志落實到具體
的工作上，涵意很深。」〔註110〕昨天已經取得的，今天正在取得的，以及明
天即將取得的成果，都被強烈的自信心無限放大。

〔註107〕《北京新民歌選》第47頁。
〔註108〕劉國鈞：《身在車間　心懷世界》，1965年1月26日《文藝報》1965年第2
　　　　　期。
〔註109〕《北京新民歌選》第64～65頁。
〔註110〕范以本：《工人評論工人詩──抒發工人階級的壯志豪情》，1965年1月26
　　　　　日《文藝報》1965年第2期。

　　　　每個人的心上像有股電流流過，／空氣中也飽和著戰鬥的歡
暢。／昨天，一天完成兩天的生產任務，／今天，一天干完十天的
活；／明天，車間增產十五輛汽車的計劃，／今天，變成了最大的
保守；／昨天，認爲潛力已挖盡的萬能機床，／今天，效率又提高
了十二倍半；／昨天，認爲浪費現象絕迹的工部，／今天，又檢查
出浪費五萬多元。（長春第一汽車廠熱電站工人・李清聯：《我們沸
騰的工廠》）〔註111〕

　　這首新民歌之所以誇大現實，是因爲「誇張」是表現自信的最好方法。
新民歌的內容就是表現使命感和自信心，而誇張將它的這一功用推向了極
致，可以說是最佳的表現方法。黃聲孝的《我是一個裝卸工》就是這一時期
作品的典型，理想和誇張，將內容和形式緊密結合起來。

　　　　我是一個裝卸工，／威震長江萬里遠。／左手搬來上海市，／
右手送走重慶城。／／我是一個裝卸工，／勞動熱情衝破天。／太陽
裝了千千萬，／月亮卸了萬萬千。／／我是一個裝卸工，／生產戰鬥
在江中。／鋼材下艙一聲吼，／嚇倒龍王在水晶宮。／／我是一個裝
卸工，／爲趕英國打衝鋒。／舉起泰山還嫌小，／手抱地球如燈籠。
〔註112〕

　　黃聲孝自己也說，這首詩的創作過程，就是對裝卸工的理想和勞動過程
本身的誇張。「當我想到，國內外的物資天天在裝卸工人手中經過，同時華東
和西南在華中的左右，我爲什麼不用最大的氣魄來把裝卸工人想像成一個控
制長江的巨人呢？因此，我就把裝卸上海的貨誇張爲『左手搬來上海市』，把
裝卸重大的貨誇張爲『右手送走重慶城』。白天幹爲『太陽裝了千千萬』，晚
上幹爲『月亮卸了萬萬千』，材料下艙的聲音就想像到『龍王嚇倒在水晶宮』。」
〔註113〕

　　在這種氣氛下，一線勞動體驗勢必要成爲新民歌創作的絕對條件。體驗
中積累了迫切想要實現的理想，而理想的價值取向又必定會選擇誇張的手
段。兩者的絕妙「結合」，只有在生產勞動一線才能實現共享。因此，只有間
接勞動體驗的知識分子創作，無論是表現理想時的眞實性，還是描繪生產勞

〔註111〕《工人詩歌一百首》，《詩刊》1958 年 4 月號，第 21 頁。

〔註112〕《工人詩歌一百首》，《詩刊》1958 年 4 月號，第 21 頁。

〔註113〕宜昌工人作家・黃聲孝：《站在共產主義高峰上看問題》，1959 年 1 月 26 日
　　　　《文藝報》1959 年第 2 期。

動的寫實性，都遠遠落後於工農兵創作。在生與死的夾縫中追求人生的現實
變革，自由與平等的平衡，以及一切更高層次的主題，都不再是探討的內容。
世界被縮小爲生產勞動現場，而新民歌的任務，就是用誇張的手法來表現現
階段的理想。對於新民歌而言，知識分子的歷史經驗，不管是在文學上還是
在勞動中都沒有什麼作用。更重要的是，知識分子身處勞動現場之外提倡主
流意識形態，在創作新民歌時必然會走上概念化的歧路，陷入進退兩難的困
境。例如，公劉在《給一位老電焊工》中這樣寫道：

　　　　電焊工，船塢裏的花匠！　/你的幽藍的花朵永不凋零！……

〔註114〕

　　公劉的詩一度很受讀者歡迎，但是到了大躍進時期歌頌工人的偉大，就
顯得虛情假意酸秀才味兒十足，跟豪放的工人完全不搭調。把它與工人李福
所寫的《夜間鐵塔上的電焊工》比較一下：

　　　　星星眨眼，月兒天邊掛，　/電焊工登上了高高的鐵塔，　/白雲
　　飄遊在身邊，夜風吹著他，　/伸手像要把星星摘下。//吃吃響聲驅
　　走了寧靜，　/渾身熱汗能把冰雪熔化，　/鐵塔上一簇簇藍色的火焰，
　　　/是他向祖國夜空撒的禮花。（長春送電工程局工人·李福：《夜間
　　鐵塔上的電焊工》）〔註115〕

　　雷霆說：「同樣是抒寫電焊工的形象，一個是蒼白無力，給人軟綿綿的
感覺；一個是感情渾厚，有豪邁的氣概。『渾身熱汗能把冰雪熔化』，這是多
麼緊張的勞動啊！那藍色的火焰，是向祖國夜空撒的禮花，這個聯想多麼美
妙，這是眞正勞動者的感情。因此前一個形象是虛僞的，後一個是眞實的。」
〔註116〕事實上，工人詩人們相信自己才是直接改造世界的主人公，筆桿子
也應該抓在自己的手裏。

　　　　詩人呵！如果你坐在我們中間，　/把這些平常的談話記下來，
　　　/用不著再加工提煉，　/都是樸實的詩篇！（四川樂山磷肥廠工人·
　　饒克語：《夜話》）〔註117〕

〔註114〕這是他在1956年到上海船廠逛了一趟的時寫的作品。參見雷霆：《祝賀鋼鐵
　　　　與詩歌的熔煉者——讀《詩刊》的《工人詩歌一百首》》，1958年5月26日
　　　　《文藝報》1958年第10期。
〔註115〕《工人詩歌一百首》，《詩刊》1958年4月號，第47頁。
〔註116〕上海中國藥物公司工人·雷霆：《祝賀鋼鐵與詩歌的熔煉者——讀《詩刊》的
　　　　《工人詩歌一百首》》，1958年5月26日《文藝報》1958年第10期。
〔註117〕《工人詩歌一百首》，《詩刊》1958年4月號，第48頁。

> 工人詩，工人畫，/工人詩畫意義大。/衝天幹勁就是詩，
> /快馬加鞭就是畫。//人帶詩畫來遊園，/遊園詩畫永留下，/詩
> 畫來自車間裏，/工人就是詩畫家。（北京：《工人就是詩畫家》）
> 〔註118〕

不過，當生產勞動中的理想與誇張相結合時，如果要冷靜客觀地分析新民歌中反映的現實，那得出的結論不外乎是「過勞」二字。因為大躍進民歌的目的就是促成這一條件的實現。舉例來說，《月兒彎彎星未落》一詩中，現實就正在被勞動所改造。

> 月兒彎彎星未落，/又打銅鑼又吹角。/夢裏怕是起了火，/
> 卻是社員早上坡。//張果老岩陡坡坡，/要叫荒岩變糧窩。/麻繩
> 繫在腰杆上，/口含種子手挖窩。//金子山，高又高，/金子山上
> 白雲飄，/懸岩陡坎變梯田，/社員勁頭比山高。（湖北利川：《月
> 兒彎彎星未落》）〔註119〕

勞動不是有償的市場行為。在人民公社的公有制關係中，依靠的是自覺的黨性。為了使得實際生產勞動能夠最大限度地符合新民歌中的誇張，必須由集體出面進行道德評判，讚美勞動。

> 三更時分，大地寂靜，/是誰扭開車間裏的電燈？……//車頭
> 在飛快地旋轉，/轉落了鐵果一串串……。//車刀吐出一絲絲青煙，
> /他的臉上滾下粒粒汗點。/誰知落下了多少汗點？……/只見身
> 邊推起產品一件件……。//雞鳴了，他悄悄離開車間，/幸福注滿
> 一個工人的心田。（安徽屯溪汽車保養場車床工人・向群：《有一個
> 工人》）〔註120〕

> 昨日我走你社過，/家家門上掛了鎖。/留下黃狗在守屋，/
> 公雞喔喔在唱歌。/大門貼著一張紙，/紙上寫的字不多：「我社要
> 稿千斤社，/沒有閒人家裏坐。/若有親朋友來相會，/請你等到
> 晌午過。」（湖南衡陽：《家家門上掛了鎖》）〔註121〕

夜深人靜仍自覺加班的工人被樹為英雄模範，全家老少齊上陣投身集體勞動，這些感人的事例足以證明人民群眾的勞動熱情。但是，從另一個角度

〔註118〕《北京新民歌選》第291頁。
〔註119〕《紅旗歌謠》第102頁。
〔註120〕《工人詩歌一百首》，《詩刊》1958年4月號，第25頁。
〔註121〕《紅旗歌謠》第114頁。

來看，夜裏睡覺的人，白天呆在家裏的人，則會因為「過著和現實改造沒關係的生活」，難逃罵名。

　　鄒平創作的《月亮累的睡了覺》一詩中，生產勞動比日月星辰的運行還要恒久：「太陽溜下西山頂，／星星困的眨眼睛，／月亮累的睡了覺，／水車依舊伴歌聲。」〔註122〕《露營夜話》描繪了在山中安營紮寨的社員們入睡前的風景。「山上石頭硬梆梆，／睡上賽過象牙床；／仰著臉兒數星星，／對著月亮笑吳剛。／／灼熱岩石轉清涼，／晚風送來野花香，／田蛙低唱催眠曲，／聽著聽著入夢鄉。（軍隊）」〔註123〕晝夜不分的大躍進生產勞動真可謂是龍行大海，鷹擊長空。

　　　　五個小組五條龍，／翻江攪海顯神通。／和時間賽跑腳踏風
　　火輪，／讓太陽追得跌跌衝衝。／我們頭一昂，／機器歡舞，／尾
　　一搖，／輪船開動。／萬里長江試航去，／白浪滾滾驚龍宮。／若
　　問來了何方英雄？／中華廠出了五條蛟龍！（上海：《五龍攪海》）
　　〔註124〕

　　以龍來象徵「與時間賽跑」「翻江倒海」的工人形象，雖然誇耀了超越時空界限的力量，同時也清楚地暴露了過度勞動的普遍化。直入雲霄的遠大理想要求不懈的，不知疲倦的勞動。

三、從自我膨脹到虛假

　　米格爾・福柯說：「一般情況而言，瘋癲不是與現實世界及其各種隱秘形式相聯繫，而是與人、與人的弱點、夢幻和錯覺相聯繫。」〔註125〕新民歌也是如此。新民歌的誇張紮根於集體，是因為通過個人的認識和實踐，不可能從根本上克服自我誇張所導致的理想與現實之間的鴻溝。如果將自己的現實認識和實踐活動都託付給集體，那麼個人不但能夠從這些問題中解放出來，而且認識的客觀性也會逐漸淡化，無條件地信任集體的力量。因此，「歌頌集體力量，是大躍進歌謠的主要內容之一，也是群眾創作的特點之一。勞動的成果大，勞動情緒就無比的愉快。」〔註126〕

〔註122〕《新山歌（二十七首）》，《人民文學》，1958 年 6 月號，第 70 頁。
〔註123〕《紅旗歌謠》第 354 頁。
〔註124〕《紅旗歌謠》第 298 頁。
〔註125〕米格爾・福柯著：《瘋癲與文明》第 22 頁。
〔註126〕遠千里：《文學新紀元的開始》，《詩刊》1960 年 1 月號。

　　　一人唱歌歌聲小，／一人車水水不多，／千萬水車轆轆轉，／
車來長江與黃河，／滿山秧苗笑呵呵。（四川邛崍：《滿山秧苗笑呵
呵》）〔註127〕

　　問題不在於個人埋沒於集體之中，而在於個人只有存在於集體之中，主
體的力量才能獲得質的提升。這並不意味著通過個人勞動的社會分工優化生
產樣式，從而使得個人能夠超常發揮能量。而是意味著只有集體中的個人，
並且必須是俯首帖耳的順民，才能成為生產勞動中的超人。大躍進的這種氛
圍，是一種不科學的「集體的浪漫」。

　　　半天空中修條堰，／社員勝似活神仙。／水從天上飛下來，／
好似白霧繞山巔。／集體力量比天大，／強過始皇趕山鞭。（湖北：
《水從天上飛下來》）〔註128〕

　　　人人決心比愚公，／愚公沒有我們能；／愚公移開山一座，／
我們劈開萬座峰。／／個個幹勁比武松，／咱比武松還英雄，／武頌
打住一隻虎，／咱們擒住萬條龍。（遼寧綏中·關福搜集：《打虎擒
龍》）〔註129〕

　　主體與對象以勞動為媒介，藐視勞動對象及勞動任務，正是因為個人乃
是存在於集體之中的。謝冕認為：「詩歌的抒情主人公由真實的人向著『巨人』
——即半人半神的『超人』的過渡；詩歌的環境由現實的世界向著天上的世
界即天堂、樂園的過渡。」〔註130〕「巨人」也好，「超人」也好，只要抒情主
體把集體的幻象誤認作自身的力量，那麼他對現實的觀感必然迴異於個人。
膨脹的自我將社會勞動創造的客觀現實，作為自己有意識，有目的的創造及
調整的對象，也是由於這個原因。如：

　　　身披下關風，／腳踏蒼山雪，／山頂開溝去，／晚蓋洱海月。
（雲南大理：《開溝》）〔註131〕

　　沙鷗說「這首詩是革命的現實主義和革命的浪漫主義的完美的結合。而
手法卻是直敘。」「從描寫現實生活來說，披風、踏雪、開溝等等，都是生活
的真實情景。可是，你仔細一讀，便會感到人的身影是那麼高大，蒼山反而

〔註127〕《紅旗歌謠》第190頁。
〔註128〕《紅旗歌謠》第171頁。
〔註129〕《新民歌三百首》第63頁。
〔註130〕謝冕：《浪漫星雲》第203頁。
〔註131〕《新民歌三百首》第102頁。

顯得微小不足道。」〔註132〕這種個體與集體、主體與個體間的關係被歸納為樣式與誇張的關係。如果新民歌的調式是集體，那樣式中的誇張就是個體。誇張才是決定「要如何寫」新民歌的關鍵，是集體唯一許可的個性，反映短暫人生的有限組成部分。

　　　躍進社員氣勢雄，／千軍萬馬打衝鋒，／河水見了回頭跑，／
　　高山見了忙鞠躬。（四川·劉奇：《高山見了忙鞠躬》）〔註133〕

　　這首詩中的誇張，將集體勞動的力量過分地單純化，存在模糊勞動過程的缺陷。改造現實的過程被大大縮減，只單純強調群眾的力量。勞動場面的細節描寫，放大了工農兵的優勢，知識分子作家的自卑。然而隨著這種具體性被誇張所淹沒，工農兵的氣概變得絕對而抽象。用機器勞動代替生產勞動逐漸成為主流，勞動的地位急劇下降，抒情主體開始把自己當作創造者來刻畫。下面這首還算寫實的作品，在情節發展到龍王給「我們」作揖時，「我們」已經將龍王才在腳下了。

　　　鐵钁頭，／二斤半，／一下挖到水晶殿。／龍王見了就打顫，
　　／就作揖，就許願；／「繳水，繳水，我照辦。」（陝西·陳歷搜集：
　　《挖井》）〔註134〕

　　安旗說：「既然農民自己能創造奇蹟，那麼神仙呀，玉皇呀、龍王呀這些東西在農民的腦子中就再不是人類命運的主宰者了，農民就把它們拋在一邊，敢於藐視他們了。他們唱道：『社裏不靠天吃飯，龍王廟裏無人轉；』他們唱道：『氣死天，嚇死神，豐收全靠勞動人。』」〔註135〕這種人定勝天的革命思想在下面這首詩中也清楚地體現出來。「天不怕，地不怕，／碰上猛虎打三架，／硬要畝產一千五，／不許土地來還價。（安徽·岳崇高）《碰上猛虎打三架》」〔註136〕詩中塑造的敢於和天神對抗的巨人形象，來自於理想世界，而不是現實之中。

　　　天上沒有玉皇／地上沒有龍王／我就是玉皇／我就是龍王／
　　喝令三山五嶺開道——我來了！（陝西安康：《我來了》）〔註137〕

〔註132〕沙鷗：《關於革命現實主義和革命浪漫主義——「學習新民歌」的第四章》，《詩刊》1958年12月號。
〔註133〕《民歌選一百首》，《詩刊》1958年8月號，第28頁。
〔註134〕《民歌選六十首》，《詩刊》1958年5月號，第16頁。
〔註135〕安旗：《略談新民歌思想藝術上的主要特點》，《詩刊》1958年8月號。
〔註136〕《新山歌（五十首）》，《人民文學》，1958年8月號，第54頁。
〔註137〕《紅旗歌謠》第152頁。

　　理想和現實的鴻溝沒有克服的可能，新民歌的政治指向和誇張導致的自我膨脹，漸漸脫離現實，變成一個謊言。謝冕曾說：「說沒有鬼神，這是科學的，又說我就是龍王和玉皇（即鬼神）而不說我是人，事實上又反過去承認鬼神比人更有力量。」誇張建立在謊言的基礎之上，意味著抒情主體想要擺脫現實。於是，「眞實的人在『向地球開戰』、『與天公比高』的現實鬥爭中逐漸地讓位於那些虛幻的巨人」〔註138〕從這種意義上來說，塡補理想與現實的距離的誇張，是在頑固不化地掩飾大躍進的失敗，隱瞞現實。

　　蔡其矯曾在《自由詩向何處去？》（1979 年 5 月）一文中作了如下的描述：（50 年代）「後來民歌被大力鼓吹、誰都無法抗拒，豪言壯語開始盛行，稍爲涉及生活中的矛盾和困難都站不住。晴朗的天，也不是沒有烏雲了。這還不是豐盛的年頭，生活中還缺乏許多東西。是要花費相當的代價以後，才能逐漸明白這個眞實。」〔註139〕這句話明確揭示了集體意識和現實認識間的鴻溝。

　　一個重要的事實是，社會性的自我膨脹逐漸發展成爲對個人情感的壓抑與歪曲。因爲集體高於個人，集體使命感高於個人幸福，新民歌在描寫愛情時，前提條件不是男歡女愛，而是新民歌的意識形態，即與毛澤東路線的一致。大躍進時期，勞動與否和勞動的好壞，已經成爲新的道德標準或者成爲審美的標準了。

　　　　頭髮梳得光，／臉上搽得香，／只因不生產，／人人說她髒。
　　（湖北：《人人說她髒》）〔註140〕
　勞動人民的愛情，以勞動作爲評價愛情的標準。

　　　　辮兒跳動臉緋紅，／百斤擔子快如風。／我願變隻多情鳥，／
　　隨風飛到妹家中。（江西：《我願變隻多情鳥》）〔註141〕
　只有符合勞動的標準，愛情才能「飛翔」，才能「歡快」。換句話說，只有這樣，勞動和愛情才能達到和諧一致。

　　　　新娘子剛進莊，／小夥子都擁上，／這個伸手要煙，／那個伸
　　手要糖。／／新娘笑容滿面，／她不慌也不忙，／從懷裏掏出張躍進
　　計劃，／向大夥說端詳。／／咱有煙，咱有糖，／就是現在吃不上，

〔註138〕謝冕：《浪漫星雲》第 204 頁。
〔註139〕轉引謝冕：《浪漫星雲》第 207 頁。
〔註140〕《紅旗歌謠》第 148 頁。
〔註141〕《紅旗歌謠》第 134 頁。

／誰能在大生產中超過咱，／哈，煙盡吃來糖盡嘗。／／小夥子一聽
吐舌頭，／喲，這個新娘真不孬！／好吧，你既敢把擂臺擺，／咱
們就敢把擂臺上。（江蘇吳集鄉：《新娘子剛進莊》）〔註142〕

春耕播種比蜂忙，／哪有閒空把鎮上，／哥成模範要入黨，／
妹把紅旗當嫁妝。（上海北郊：《妹把紅旗當嫁妝》）〔註143〕

「不僅把愛情和勞動聯繫起來，而且和共產主義聯繫起來，『青山綠水』
當花橋，妹把紅旗嫁妝。」〔註144〕所以在生產大躍進中取得第一名是獲得異
性青睞的關鍵。例如「儘管你把口弦吹得再響，／姑娘的心呵，一點不變樣；
／生產大躍進中你得了第一，／我的荷包自然能送上。（拉祜族）《口弦吹得
再響也無用》」〔註145〕婚後的情況也是一樣：

桃花開，／一片霞，／新娶的媳婦走娘家。／穿啥哩？／月白
褲子花夾襖。／戴啥哩？／鬢角插朵白梨花。／誰送她？／歌送她。
／誰見啦？／我見啦。／我還聽見體己話，／哥問她：／「走娘家
啥時才回家？」／新媳婦，／頭低下，／臉蛋紅的像桃花：／「你
呀你，別牽掛，／今去明就回來啦！／一不耽誤社裏活，／二不誤
俺學文化。」（河南登封：《新媳婦走娘家》）〔註146〕

鄒荻帆說：「在新詩中，我們還缺乏這樣的勞動化，勞動的詩化，還未能
真正反映勞動人們的思想感情，這是主要之點。」〔註147〕而把集體勞動看得
比結婚大事更重要，說明這種情況達到了極致。

大樹底下問姑娘，／爲啥還不配情郎？／姑娘臉上紅霞染，
／笑語過後把話講：／「封不好山不出嫁，／治不服水不出莊！／
青山綠水當花轎，／滿山花果當嫁妝。」（河北・孟明：《問姑娘》）
〔註148〕

對這種歪曲夫妻親情的文化現象的批判，可以借用謝冕對《新媳婦上陣》

〔註142〕《新山歌（五十首）》，《人民文學》，1958 年 8 月號，第 58 頁。
〔註143〕《紅旗歌謠》第 140 頁。
〔註144〕力揚：《社會主義新時代的新國風──讀《紅旗歌謠》三百首》，1960 年 2 月
　　　　 25 日《文學評論》1960 年第 1 期。
〔註145〕《紅旗歌謠》第 136 頁。
〔註146〕《紅旗歌謠》第 141 頁。
〔註147〕鄒荻帆：《大躍進的號角，新詩歌的紅旗──讀《紅旗歌謠》》，1959 年 10 月
　　　　 26 日《文藝報》1959 年第 19～20 期。
〔註148〕《人民公社處處春》，《詩刊》1959 年 2 月號，第 35 頁。

〔註149〕這首詩的評論來概括。1958 年 10 月 12 日，《遼寧日報》刊出劉文玉的詩作《新媳婦上陣》，這首詩以新媳婦不進洞房而遠走百里參加勞動這一真實故事為原型，「在那個時代，新媳婦不進洞房而遠走百里參加勞動是真實的故事，但是這事件本身卻是生活的被扭曲。人們的正常生活秩序被打亂了，這裡所抒發的豪情的背後是失去正常生活的悲哀，而並不是歡樂。這位失去了新婚歡樂的新媳婦，只能對著空曠的藍天抒發她的『親情』，通過『想念』來體會新婚生活的樂趣。」〔註150〕這真是性愛附屬於政治的典型模式，現實生活中的政治一元化模式以文學為工具宣傳並鼓吹這一模式。〔註151〕

革命浪漫主義一直在重複脫離現實的老路，是因為誇張成為擺脫封閉現實的唯一出路，只有利用它才能掩蓋與現實之間不可逆轉的距離。

> 一鏈能鏈千層嶺，／一擔能挑兩座山，／一炮能翻萬丈崖，／
> 一鑽能通九道灣。／兩隻巨手提江河，／霎時掛在高山尖。（甘肅：
> 《兩隻巨手提江河》）〔註152〕

馬鐵丁說「既不是遊山玩水的旁觀者，更不是高山大水的奴隸，而是山河為我所用的主人翁氣概！」〔註153〕但是一夜之間河水改道、旱地變稻田不是單憑氣概就能實現的。集體生產勞動並不像詩中描述的那樣不費吹灰之力。我們來看下面這首作品：

> 幹勁足，意志堅，／雙腳踩塌地，／兩手搬到山，／一夜河
> 水改了道，／萬畝旱地變稻田，／不是神，不是仙，／我們是社
> 員！（延慶縣延慶人民公社小河屯生產隊社員・賀德起：《旱地變
> 稻田》）〔註154〕

工程不是只靠意志或是一句「要變化」的命令就能完成。為了解決新民

〔註149〕這首詩收載於詩刊編輯部編的《1958 年詩選》，作家出版社，1959 年 8 月版。劉文玉在詩的開頭這樣寫：「這是新民縣一個真實的故事，如果有人不相信，請水庫作證吧！」

〔註150〕謝冕：《浪漫星雲》第 210 頁。

〔註151〕秦暉和蘇文說過：「如今我們不僅看到那一場曾經弘揚過『貧農性自由』的革命在勝利之後卻創造了一種談『愛』色變、嫉『美』如仇的新禮教，看到了這種新禮教不許多『組織上』包辦婚姻、政治權力干涉愛情造成的悲劇。」秦暉、蘇文：《田園詩與狂想曲：關中模式與前近代社會的再認識》，北京：中央編譯出版社，1996 年版，第 274 頁。

〔註152〕《民歌選六十首》，《詩刊》1958 年 5 月號，第 10 頁。

〔註153〕馬鐵丁：《用共產主義思想教育讀者》，《詩刊》1958 年 10 月號。

〔註154〕《北京新民歌選》第 74 頁。

歌從誇張向虛假發展的問題，儘管必須恢復現實批判並把浪漫主義轉換成對批判對象，即現實的展望，不過理論仍舊不斷湧現出脫離現實的主張。

> 只要我們的思想能從各種各樣的外國文學歷史的束縛中解放出來，注視著我們面前的生動的新現實，並且立腳在這個基礎上來看文學問題——看社會主義文學的發展方向，看共產主義文學的萌芽，就會更深地體會到提倡革命的現實主義和革命的浪漫主義相結合的正確性和重要性。事實上，在工農群眾的某些創作中，已經相當明顯地表現著這樣的傾向。〔註155〕

「理想」和「浪漫」的幌子，完全掩蓋了現實。生活中的負面問題已經開始暴露出來，現實主義雖有反思現在，規劃未來的機能，卻早已經被打入了冷宮。人們仍舊在歌頌生活，歌頌幸福未來。於是，新民歌的誇張作為個性表現的唯一途徑，逐漸向著幻想轉變，預備著與即將到來的絕望現實作戰。

> 天高我們要攀，╱地厚我們要鑽，英雄面前無敵手，╱我們膽量敢包天！儘管是一百二十次失敗，╱儘管有一百二十個難關，誓取斷崖上的絕寶，╱把紅旗插到最頂端！（人民印刷廠膠印車間垛紙工‧高長福：《天高我們要攀》）〔註156〕

> 我們一跺腳，╱大地震動；╱我們吹口氣，╱滾滾河水讓路；╱我們一舉手，╱巍峨大山膽寒；╱我們一邁腿，╱誰也不能阻攔。╱我們是勞動人民，╱我們的力量無敵。（上鋼一廠：《我們的力量無敵》）〔註157〕

當現實不像詩歌中描繪的那樣美好，當「共產主義萌芽已經出現」這類的堅定信念使得問題進一步惡化時，誇張拿不出任何解決問題的辦法，最終選擇了脫離路線和自我，昧著良心說謊造假，頑固不化。「過於窘迫的不正常的集體生活，加上超常的勞動強度，人們為一種不知道結果的「理想」而苦幹著，他們也只能在這些「理想」中得到精神上的滿足，但在那些起勁地空談「共產主義」的日子裏，人們的精神並不滿足。」〔註158〕誇張與謊言，再也掩蓋不住生活的悲慘。那麼大躍進的真相又是什麼樣的呢？通過丁力在《十

〔註155〕以群：《論革命現實主義和革命浪漫主義相結合》，《文學評論》1958年第4期。
〔註156〕《北京新民歌選》第51頁。
〔註157〕上海人民出版社編：《上海民歌選》，上海：上海人民出版社，1960年版，第32頁。
〔註158〕謝晃：《浪漫星雲》第210頁。

三陵水庫開工了》一詩中的細節描寫，我們可以瞭解到水庫工程的真實狀況。

> 刮運機，輾壓機，互比威力。 ∕哪怕天寒地凍， ∕克服困難，
> 人人快如飛： ∕不分白天黑夜，鼓起幹勁，個個猛如虎。 ∕決心書，
> 挑戰書， ∕好像雪片飛往指揮所 ∕民工隊從四面八方趕來了！ ∕人
> 民解放軍威武地趕來了！ ∕鐵路工人扛著鐵錘趕來了！ ∕義務勞動
> 隊從機關學校趕來了⋯⋯〔註159〕

　　詩中最重要的訊號，是施工現場只有刮運機、輾壓機，嚴冬中晝夜趕工主要依靠人力。這項工程具有自發參與的性質，民工隊、部隊、鐵路、機關學校義務勞動隊等紛紛發來「決心書」、「挑戰書」為工程提供勞動力。劉靜曾說過：「探訪河北嵖岈山衛星公社跟當年的韓樓村婦女隊長孟秀芝問「我看到你們的民歌裏唱「不敲鐘，不用喊，地裏幹活不偷懶」，老百姓幹活都很積極啊。當時是不是這樣？」孟秀芝回答說「是這樣。那會不積極嗎？也不用動員，跑得還快哩，那時候幹活實行工分制，按分兒分糧，抓分多，多分糧食，口糧換回去還有分兒的就分錢。有的小孩多，家裏勞力少就不中，幹的分兒換不回口糧，吃不飽。那時候管得也嚴。遲到了就挨罵、扣飯，再幹中午也別想吃飯了。那時候累啊，早晨天不亮就開始幹，晚上很晚才回，剛開始都是通宵幹。人困得睜不開眼，有的幹著就睡著地裏了。幹完活走時都得查人，怕落到地裏。唉，那時候受的罪都不能睜眼（即不堪回首）。」〔註160〕毛澤東路線和大躍進民歌的誇張，兩者之間的鴻溝，也被這種勞動實踐所填補。

第三節　失去現實基礎的浪漫主義

　　與黨的關係生成工農兵的自豪感，並在實踐的過程中逐漸累積為強烈的自信心，這是誇張必須得到肯定的一點。但是當這種自豪感迴避實踐帶來的錯誤結果，強行灌輸不切實際的路線理想時，所謂浪漫就成了幻想。誇張不再是渲染浪漫，而是包裝謊言的手段。新民歌不可能描寫悲慘的現實，權力與新民歌利用革命浪漫主義對現實持續的歪曲，來維持它們之間的關係。無休止的主體自我否定和歪曲過程中，由於無法表達內心近似瘋狂的絕望，所

〔註159〕丁力：《十三陵水庫開工了》，《詩刊》1958 年 2 月號，第 viii 頁。
〔註160〕劉靜：《文化研究視野下的新民歌──《紅旗歌謠》為例》，中山大學中文系碩士論文，2006 年 6 月，第 34 頁。

以只能含著眼淚裝作微笑。對現實和未來的樂觀信念，在無邊的絕望中繼續唱頌歌，新民歌和現實背道而馳，各行其是。儘管如此，新民歌創作還在繼續，之所以只能用笑容掩蓋憤怒和悲苦，還有一個重要的原因，那就是這齣大戲必須繼續往下演。

一、誇張的體系

　　新民歌的誇張並不在預先的計劃體系之內。社會生活中多種多樣的生產勞動被人和社會機製作品化，新民歌也隨之具備了同質性。連接作者、現實及作品的誇張體系體現出一元整體性，另一個原因就是作品在革命浪漫主義這一普遍基礎上反映革命現實主義，即反映不同的勞動現場。因此，按照普遍傾向，對反映大躍進時期現實的革命浪漫主義系統加以梳理後，得出的結論如下：

　　首先，這一時期的新民歌建立在自我壓倒客觀現實的基礎之上。這種「路線」壓倒一切的氛圍，試圖通過自我水平來體現黨性水平，因此，雖然對形象化對象都已經作了誇張，但是對象與自我實踐的關係，必須遵循自我永遠壓倒對象的原則。

　　　　舉起兩隻手，／高山也發抖，／只要勁頭大，／石頭也聽話！
　　（佚名：《舉起兩隻手》）〔註161〕

　　　　伸手握北斗，／插進銀河口，／要把天上水，／舀來灌田頭。
　　／／滿天白雲朵，／搬來蓋山坡。／農民舉起手，／能將天戳破！（工人‧樂山：《農民舉起手》）〔註162〕

　　從整體上來看，這首詩象徵著征服自然的農民力量。自然作為被征服地對象被無限縮小，反之，人類則被誇張為壓倒宇宙，統治宇宙的存在。

　　自我的優勢地位，不是通過力量的靜態對比來實現的，而是因為勞動使得自然條件朝著指定的方向變化。勞動作為變化的直接原因，無論如何都應該誇張。例如《大山被搬走》：

　　　　山歌一聲吼，／萬人齊動手，／兩鏟幾鋤頭，／大山被搬走。
　　（四川：《大山被搬走》）〔註163〕

〔註161〕《新山歌（二十七首）》，《人民文學》，1958年6月號，第70頁。
〔註162〕《新民歌三百首》第59頁。
〔註163〕《民歌選一百首》，《詩刊》1958年8月號，第28頁。

這首民歌，與其說是歌唱具體的勞動，不如說是在歌唱勞動的最終效果。《一頭挑著一座山》也同樣是利用誇大勞動，捨象艱苦的過程。到頭來，他們所追求的眞摯熱情，反而令人覺得輕浮可笑。

　　　　筐頭裝得滿滿，／扁擔壓得彎彎，／孩子的媽呀你快來看：／

　　我一頭挑著一座山。（河北麻城：《一頭挑著一座山》）〔註164〕

　　對勞動的誇張最終放逐了勞動本身。在《我們說了算》，《憑咱這雙手》等作品中，改造自然不是通過勞動，而是通過語言來完成的。

　　　　河水急，江水慢，／還得我們說了算，／叫水走，水就走，／

　　叫水站，水就站，／叫它高來不敢低，／叫它發電就發電。（遼寧朝

　　陽・宋瑞麟搜集：《我們說了算》）〔註165〕

　　　　憑咱這雙手，／高山忙叩首；／憑咱這雙手，／畝產千萬斗。

　　／憑咱這雙手，／海河隨咱走；／憑咱這雙手，／詩畫處處有。（蔣

　　秀松：《憑咱這雙手》）〔註166〕

　　是否能夠改變世界，取決於工農兵是否存在。存在感本身就是超強的自信感。懷著這種自信感贏得的勞動成果，應該具有主宰自然的至高無上的地位。

　　　　一座糧山高萬丈，／白雲纏在山腰上；／太陽累得汗長淌，／

　　半天爬不上山崗。（四川遂寧：《一座糧山高萬丈》）〔註167〕

　　　　抓水如抓銀，／抓糞如抓金，／抓住日和月，／生產大躍進。

　　（陝西高陵：《抓住日和月》）〔註168〕

　　　　社員跟太陽比賽跑，／累得太陽把替工找，／月亮露面心理

　　跳，／「啊！我替不了，我替不了！」（山西黎城・於文相：《找替

　　工》）〔註169〕

　　「抓住日和月」揭示了大躍進的目標，宣佈目標達成，勞動成果在與日月的競爭中取得了勝利。其中的關鍵是，工農兵所說的自然，並不是指地球上的自然。沙鷗以民歌《修渠》爲例：「摘來日月渠中懸，／條條大渠通上天，

〔註164〕《民歌選六十首》，《詩刊》1958年5月號，第16頁。

〔註165〕《民歌選六十首》，《詩刊》1958年5月號，第12頁。

〔註166〕《天津海河工地民歌選》，《詩刊》1958年12月號，第5頁。

〔註167〕《新民歌五十首》，《詩刊》1958年10月號，第12頁。

〔註168〕《民歌選一百首》，《詩刊》1958年8月號，第24頁。

〔註169〕《新民歌三百首》第166頁。

／不怕天干不下雨，／銀河不幹渠不幹。(湖北·曹來遠)」﹝註170﹞指出「巨大的想像，以這雄偉的有氣魄的想像來描寫了人們的意志與豪情，對未來的理想與願望」﹝註171﹞，但是勞動主體誤以為日月也是可以改造的對象，將現實宇宙化，自我已經膨脹至與宇宙對等的地位，人類不斷以宇宙征服者的姿態出現在新民歌中。

當自我膨脹至宇宙時，生產勞動不但要結出累累碩果，而且果實之巨，也得是前所未見。

　　玉米棒子像高塔，／細娃爭著往上爬，／一層一層登上天，／星星摘在手中耍。(四川·唐治學：《星星摘在手中耍》)﹝註172﹞

　　公社黃瓜長得好，／它和小玲一般高，／小玲抱起大黃瓜，／走一走來搖一搖。(門頭溝區門頭溝人民公社大峪生產大隊：《大黃瓜》)﹝註173﹞

另一方面，在大躍進的誇張機制中，體現出對美國的仇恨以及對蘇聯的雙重感情，這一點也相當值得關注。將美帝和蘇修一股腦劃入「西風」的範疇之後，以大躍進的勝利來印證「東風」的勝利這一意圖，在新民歌中毫不掩飾地體現出來。

　　挺起胸膛揮起手，／天地日月跟我走，／美帝膽敢再玩火，／當心我們鐵拳頭！(南京農場·曾泉星：《當心我們鐵拳頭》)﹝註174﹞

　　美國衛星上了天，／麻雀烏鴉緊追趕，／烏鴉要搶回窩裏孵小鳥，／麻雀說是它的蛋。(江蘇·劉興才：《美國衛星象雀蛋》)﹝註175﹞

農民詩人劉章也在《挖到五角樓》中把美國總統尼克松貶低為跳梁小丑，眞實地反映了工農兵內部對中美力量對比的認識。

　　打井要取水，／哪怕穿地球！／嚇走尼克松，／挖到五角樓。﹝註176﹞

﹝註170﹞《民歌選六十首》，《詩刊》1958 年 5 月號，第 15 頁。

﹝註171﹞沙鷗：《關於革命現實主義和革命浪漫主義——「學習新民歌」的第四章》，《詩刊》1958 年 12 月號。

﹝註172﹞《新民歌五十首》，《詩刊》1958 年 10 月號，第 11 頁。

﹝註173﹞《北京新民歌選》第 115 頁。

﹝註174﹞《新民歌三百首》第 310 頁。

﹝註175﹞《新民歌三百首》第 316 頁。

﹝註176﹞河北省興隆縣中田鄉社員·劉章：《挖到五角樓》，《詩刊》1958 年 10 月號，

丁力評價說：「前兩句表現打井取水的決心，因爲要打井取水抗旱，所以要挖得深，所以才有『嚇走尼克松，挖到五角樓』的奇想。作者在這裡，是通過平凡的勞動場面來表現對敵人的諷刺的，二者有機地連在一起，非常自然。實際上，中國人民大躍進的幹勁，正是美帝國主義所害怕的。由於有些作基礎，便感到這首詩自然而又絕妙無比。」〔註177〕所謂美國對中國大躍進的恐懼暫且不提，單從「通過平凡的勞動場面來表現對敵人的諷刺的」這一句就可以看出，對於外部的人來說，滿腔熱情投身大躍進不過是在上演一幕滑稽戲。

蘇聯的「斯普特尼克」人造衛星出現在新民歌中，也是非常值得關注的現象。把大躍進的生產勞動與發射衛星聯繫在一起，體現了中蘇關係的雙重性：即使蘇修已經被劃到西風的範疇，蘇聯發射的衛星還是被拿來爲公社命名，爲農民們誇張大躍進提供素材。

> 玉米稻子密又濃，／遮天蓋地不透風，／就是衛星掉下來，／也要彈回半空中。（四川仁壽・何志良：《遮天蓋地不透風》）〔註178〕

> 爬上高山看衛星，／星光閃閃照山林。／它在天上開新路，／它在人間保和平。／感謝蘇聯老大哥，／創造一顆幸福星。（湖北浠水・魏子良：《天上出了幸福星》）〔註179〕

> 紅色衛星翁嗡嗡，／飛到西來飛到東，／月裏嫦娥看見了，／想回中國當女工。（四川北碚：《紅色衛星翁嗡嗡》）〔註180〕

問題的關鍵在於對大躍進的過度自信。戰無不勝的自信心，才是誇張的根據，也一手造成了自我相對於現實的優勢地位。

> 天干我們有汗，／山高我們有腿，／水遠我們有肩，／老天，看你怎麼辦？（四川鹽亭・廖倫書：《老天，看你怎麼辦？》）〔註181〕

誇張最終變成了超越時空的幻想。

第4頁。

〔註177〕 丁力：《富有共產主義風格的詩篇——評介農民詩人劉章》，《文藝報》1958年第24期，第25頁。

〔註178〕 《新民歌五十首》，《詩刊》1958年10月號，第13頁。

〔註179〕 《新民歌三百首》第48頁。

〔註180〕 《民歌選一百首》，《詩刊》1958年8月號，第32頁。

〔註181〕 《民歌選一百首》，《詩刊》1958年8月號，第31頁。

　　　　社幹駕雲攢太陽，／社員騰空摘星星：／社幹下海抓龍王，／社員鬧翻水晶宮。／社幹社員一股勁，／爛石頭也要變金銀。（山西・李濟勝：《社干與社員》）〔註182〕

　　　　英雄志氣衝破天，／命令生產坐火箭；／可笑時間來得晚，／我已跨過六二年。（《我已跨過六二年》）〔註183〕

　　除了主人公自身，這些民歌中再也找不到一丁點真實的部分，它們成了支配時間和空間的另外一種權力。這些誇張悖離了大躍進的真正意圖，逐漸發展成為近乎暴力的瘋狂，並且這瘋狂中還透著虛假。「神經不夠堅強。明顯的瘋癲狂亂有時似乎使躁狂症者力量倍增。但是，在這種狂亂之下，總是存在著一種隱秘的虛弱，即缺乏抵禦能力。瘋人的躁狂實際上只是一種消極的暴力行為。」〔註184〕

二、虛幻與諷刺之間

　　在新民歌自詡表現革命浪漫主義的樣式，並利用上述手段欲大展宏圖時，卻陷入了不可收拾的困境。新民歌的革命浪漫主義與現實之間的隔閡，只能用造假來克服。因為各級黨組織無視現實，唯領袖馬首是瞻，強迫人民群眾把對未來的信念當作生活的坐標。

　　人民公社被樹為馬克思主義的完美模式，並於1958年中期開始實行。同年秋，因出現糧食短缺，農民意志消沉等問題，陷於組織上的混亂。由於黨中央下了死命令，要求農業生產取得飛躍發展，地方農村幹部被迫誇大謊報糧食產量，而中央又根據虛假的生產報告制定財政政策，這就形成了一個惡性循環。為了追求不現實的糧食產量，勞動量大大增加，農民們不得不忍受肉體上的極度疲勞。急於引入共產主義方式，無視「提高生產力」這一歷史上必經的社會發展階段，夢想一步登天，建立烏托邦，這種行為招致了黨內官僚集團的批判。1959年上半年，人民公社的行政弊端及危害已經不斷顯露，國民經濟持續惡化，毛澤東主義者與黨內官僚集團之間的政治鬥爭愈演愈烈。

　　彭德懷處於鬥爭的中心。他指出，大躍進運動破壞了中蘇同盟，阻礙了中國的工業發展和技術發展，並最終導致了國民經濟的崩潰。但是，1959年

〔註182〕《新民歌三百首》第218頁。
〔註183〕《民歌選一百首》，《詩刊》1958年8月號，第19頁。
〔註184〕米格爾・福柯：《瘋癲與文明》第148頁。

8月2日，中国共產黨在廬山召開8屆8中全會，會上通過了《關於彭德懷同志爲首的反黨集團的錯誤的決議》，彭德懷被免去國防部長職務。會議還總結道，人民公社之所以會遇到困難，都是因爲「右傾機會主義者」肆意貶低人民公社的成果，誇大人民公社的失敗。廬山會議後，中央開展大規模的「反右傾」鬥爭，堅決肅清大躍進及人民公社化運動的反對派。

在這種狀況下，新民歌創作絕對不能停下腳步。在劉靜的調查記錄中顯示，到了斷糧斷炊之後，批鬥和新民歌創作才算告一段落。

> 問：新民歌中有很多歌唱畝產幾千斤的，你們這兒有沒有？後來出現饑荒了，這樣的民歌還唱不唱？
>
> 孟：有，咋沒有啊。那時候都放衛星啊，編快板、順口溜也編這。最後出現饑荒也唱，不唱不中，餓也唱畝產幾千斤，餓著肚子說瞎話。那時候培養的有人，培養你給你多大面子啊，都唱，昧著良心也唱。也沒辦法，形勢逼著哩，領導叫你唱你敢不唱啊。不唱你就是右派，就是反革命。那時候鬥人厲害，幹活不積極了，說啥不中聽的話了都挨鬥，那時候不是「鮮花毒草」「紅旗、白旗」嘛，運動多，一個接一個，鬥人厲害。再到後來，公社食堂沒吃的了，晚上就和點稀飯，可以照見人臉。韓樓村銀桂榮就編一些反面的順口溜：「黑了的湯照月亮，小孩喝了尿床上」，小孩子都當兒歌唱，但是已沒有人再鬥，「隊長也沒法鬥了，沒糧食了，他自己的小孩也吃不飽」。再後來，食堂斷炊，老百姓也餓得東倒西歪，也沒法再唱，轟轟烈烈的唱民歌高潮在嶓峴山人民公社壽終正寢。[註185]

哪怕到了斷糧斷炊的地步，也要鼓吹現世就是天堂。饑荒肆虐，屍橫遍野，慘不忍睹，卻還要高唱新民歌，讚美幸福生活，這當然是悲劇，卻也可以說是一幕喜劇。革命浪漫主義的誇張手法爲現實悲劇的極致演繹推波助瀾，《文藝報》1959 年第 2 期刊載農民詩人王英的作品《要有「望遠鏡」和「分金爐」》，作者在文中談到了自己的創作經歷。

《鐵牛奔馳滿田莊》：

> 說天堂，道天堂，/千隻喜鵲叫的忙，/千年夢想成現實，/
> 鐵牛奔馳滿田莊，/丘丘稻田萬斤糧，/家家都出萬能將，/路上

〔註185〕劉靜：《文化研究視野下的新民歌——《紅旗歌謠》爲例》，中山大學中文系碩士論文，2006 年 6 月，第 35 頁。

汽車穿梭忙，／電燈下面讀文章，／千條好處說不盡，／人民公社
勝天堂。

　　後來發現這首詩又落後了，我們縣規劃每個大隊要買一乘拖拉
機，縣農具廠把汽車頭改裝拖拉機，十月公社已經實現，有兩乘拖
拉機開始生產了。全縣萬能組、多面手很多，能種田，能煉鐵，能
寫文章，能做木匠等，這是幸福生活的開始。後來我們聽說蘇聯人
造衛星上了天，不久就能到月宮裏去，見景生情又寫了幾句。

　　鐵牛奔馳何足算，／將來月宮建農莊，／天地更修交通道，／
上上下下是平常。〔註186〕

　　他自己評價說：「雖然只四句話，比起前詩氣魄大，理想更高，鼓舞人們
去奮鬥。事實上這一定能實現的。」〔註187〕

　　把想像與誇張粉飾得足以亂真，人為的造假在悲慘現實的映襯下顯得更
加悽愴。而問題的關鍵就在於，這一時期的意識形態批判並沒有建立在事實
的基礎上。人們之所以堅定地認為「事實上這一定能實現的」，是因為除了信
念，他們已經一無所有。在當時的機制下，要想批判現實，全新的思維方式
固然必要，但權力才是真正不可或缺的。

　　到了1959年下半年，人民公社的弊端已是昭然若揭，因連年歉收，糧食
短缺現象在全國範圍內擴散，國民經濟滑落到了谷底，但是新民歌仍在為人
民公社唱頌歌，慶豐年。

　　金盞花，銀盞花，／人民公社是幸福花，／毛主席澆上銀河水，
／紅花開遍千萬家。（上海・佚名：《人民公社是幸福花》）〔註188〕

　　秋夜燈火遍地明，／百里以內向鐮聲，／夜割稻穀千萬頃，／
公社威力神仙驚。（河北・孟廣臣：《秋夜》）〔註189〕

　　現實與理想的距離是如此的遙不可及，民歌所歌頌的對象只能更讓人覺
得荒誕無稽。與之前的民歌相比，歌功頌德的性質通過誇張的手法暴露得更
加明顯，內容也變得越來越抽象化。對於人民公社出現的各種問題，當時的
社會輿論並不是從人民公社本身去找原因，反而認為這是由社會主義與資本

〔註186〕浠水民農作家・王英：《要有「望遠鏡」和「分金爐」》，1959年1月26日《文
　　　　藝報》1959年第2期。
〔註187〕同上。
〔註188〕《新民歌十五首》，《詩刊》1959年國慶十週年專號。
〔註189〕《新民歌選（十四首）》，《詩刊》1959年10月號。

主義階級鬥爭而導致的結果。有鑒於此，不得不對這些民歌的真實性抱懷疑態度。

從這種意義上來說，茅盾站出來批判將革命浪漫主義與浮誇劃等號的傾向，可以說是表現出了驚人的勇氣。茅盾認為，浮誇會嚴重損害革命浪漫主義的質量，「浮誇、空想」是對革命浪漫主義的誤解。1959 年 3 月 11 日，《文藝報》1959 年第 5 期刊出茅盾的《創作問題漫談——在中國作家協會創作工作座談會上的發言》，文中說道：「去年下半年以來，出現了一些把革命浪漫主義誤解為浮誇、空想的作品；小說方面比較少，戲曲方面就比較多些，民歌方面就更多了。」然後他舉兩首安徽民歌為例：

（一）稻堆腳兒擺的圓，／社員堆稻上了天；／撕片白雲揩揩汗／湊著太陽吸袋煙。

（二）誰說凡人難上天，／咱們力量大無邊；／如今天地都歸社，／管天管地管神仙。

茅盾說：「這兩首比較起來，第一首想像新鮮活潑，氣魄豪邁，可以說是有點革命浪漫主義精神的；第二首卻不是那麼一回事，它沒有新鮮想像，而『管天管地管神仙』也近於浮誇。」此外，他另舉他《解放軍文藝》上看到的：「同志們，你來看：／我們力量大如天，／腳下地球當球玩，／大洋海水也能喝乾。」他說：「『管天管地管神仙』，『腳下地球當球玩，大洋海水也能喝乾』等句雖似豪邁，但實在表現了想像力的貧乏，而思想性也不見得高。這和革命浪漫主義沒有共同之處。」〔註190〕

苗延秀在總結 1958 年文學成果時說道：「我們翻開去年的許多作品。特別是詩歌創作，有不少是把革命浪漫主義誤解為空想浮誇的東西。詩歌稿件中，我們經常碰到脫離現實生活的描寫，如仙女下凡參加公社，嫦娥嫁到人間，孫悟空參加煉鋼……等，千篇一律，不能給讀者任何精神振奮。」〔註191〕他的觀點，也與茅盾不謀而合。

1959 年至 1960 年兩年間，中華人民共和國度過了歷史上最艱難的時期。颱風在中國南部及遼寧地區引發了史無前例的洪災，而黃河中下游地區旱情極為嚴重，農村地區大範圍地爆發蟲害，耕地面積的 60%以上遭受洪災或旱

〔註190〕茅盾：《創作問題漫談——在中國作家協會創作工作座談會上的發言》，1959 年 3 月 11 日《文藝報》1959 年第 5 期。

〔註191〕苗延秀：《為創作更多更優秀的作品而努力——在區文聯及作協廣西分會成立大會上的工作報告》，1959 年 6 月 1 日《紅水河》1959 年第 6 期。

災，農業生產受到了致命打擊。天災橫行，連年歉收，隨著糧食短缺現象的擴散，為實現共產主義而奮鬥變成了為生存而奮鬥，人民群眾對烏托邦的熱情也逐漸冷卻下來。運動的目的不在於社會革命，而在於挽救經濟。再加上當時中蘇關係急劇惡化，蘇聯中斷了技術援助，中國國民經濟遭到了致命的打擊。糧食短缺，又導致營養失調，疾病叢生，人民食不果腹，野有餓殍。

　　大範圍的饑荒，宣告大躍進運動以失敗而告終。而饑荒之所以會發生，根本原因在於當時的政治背景，即貫穿大躍進始終的「浮誇風」。在相當長一段時期內，地方干部欺上瞞下，大放衛星誇大糧食產量，政府根據錯誤的統計數值制定糧食調配政策，所有這一切，使得農村地區陷入了絕境。在徹底剿殺「右傾機會主義者」，寧可錯殺一千，決不放過一個的政治氛圍中，地方官員擔心因經濟失敗而承擔政治後果，因此不惜一切代價，炮製假報告，假文件，左支右絀，掩蓋困境，最終導致了更大的悲劇。

　　這就是當年的真實情況，強制人民群眾憧憬美好未來，忘卻和美化現實中的苦痛，已經無法阻止新民歌向著現實批判的方向前進。《文藝報》1959 年第 2 期刊載黃聲孝的文章《站在共產主義高峰上看問題》，由文中可知，具現實批判性的民歌作品已經開始出現。下面這首民歌，是一個工人在三伏天的碼頭上寫成的：

　　　　太陽出來熱似火，／曬得工人無處躲；／扛起包來爬上坡，／
累得工人沒奈何。

　　但是，大躍進甚至連這種純寫實也不能容忍。黃聲孝對這首民歌進行嚴厲的口誅筆伐：「沒有共產主義世界觀的人，就寫不出革命的現實主義和革命的浪漫主義相結合得作品來。思想反動的人或者是嚴重的資產階級思想的人，他們寫的東西是消極的，有害的。」「這首詩看來，這個人的共產主義思想和工人階級的氣魄是成問題的，他不是採取積極的行動去克服困難，而是以一種消極的態度向困難低頭，向人們訴苦。從表面上看，太陽確實大，勞動也很累，這都是事實，但工人們為了建設社會主義，為了將來的幸福生活就不怕苦，不怕累，也就不會有什麼『沒奈何』的心情。」〔註192〕

　　以新民歌為載體描寫真實的勞動生活，卻受到嚴厲的批判，這首作品並不是個例。毫無誇張，毫不虛偽地感受現實，認識現實，描述現實，本身就

〔註192〕宜昌工人作家・黃聲孝：《站在共產主義高峰上看問題》，1959 年 1 月 26 日
　　　　《文藝報》1959 年第 2 期。

是一種罪過。對於楊仲安在合作社觸景生情創作的民歌作品，王英批判道：「正二三月，勞動定額，／四五六月，累得吐血，／七八九月，總結優越，／十多臘月，一點事冒得。」「這幾句詩，也是他的浪漫主義，『正二三月，勞動定額』，『七八九月，總結優越』說對了，這是我們農業社兩個時間工作過程。可是『四五六月，累得吐血』，『十多臘月，一點事冒得』（甚麼也沒有），這就惡毒地污蔑了我們的農業合作社。」〔註193〕

人們已經開始意識到，所謂共產主義世界觀就是「用對未來的堅定信念忘卻和美化現實的苦痛」。雖然這些作品遭到了嚴厲的批判，諷刺的力度卻在不斷加強。信念原來不過是幻想，共產主義的萌芽階段原來遍地是饑荒，面對眼前的現實，除了諷刺，實在沒有其他的良方。

《河北師院學報》1983年第4期刊出安棟梁的文章《一九五八年民歌的辨正》。他在這一文中，認為1958年後期出版和流通的民歌是用行政命令催生的僞作，眞正的民歌在當時被視爲毒草，難以傳播。他指出，眞正的民歌永遠是天籟，而非爲浮誇風、共產風吶喊助威的工具。如果當時的領導都能時刻傾聽人民的心聲，據以制定和修正路線、方針政策，便不會犯下歷史性的錯誤。因此，作者認爲1958年的民歌應剔除在行政命令下催生的僞作。他在爲1958年新民歌正名時，提供了一些他收集的民歌，爲我們分析新民歌神話的消解提供了一些樣例。

電喇叭，電喇叭，你成天瞎哇哇。雞被抓，豬被殺，倉裏沒有米，鐵鍋也被砸，半碗稀粥照影影兒，你還哇哇個啥？

這首民歌是反對當時瞎指揮、共產風的。電喇叭喻指當時的領導。爲了割資本主義尾巴，建公共食堂，把雞、豬等家禽家畜全都抓去「共產」，且不允許私人餵養。瞞產，浮誇使得農民沒糧吃，與人民生活密切相關的物質得不到保障。從「雞被抓」到「半碗稀粥」五個短語，形式上排比，意義上遞進。最後一句用反問句式，突出對瞎指揮的不滿與控訴。〔註194〕

此外，也有民歌反對全民煉鋼：

說煉鋼，就煉鋼，無論工農兵學商；遍地築起烽火臺，人喊馬叫砍樹忙，商店關門改了行，農民背礦不收糧，學生運礦用衣兜，

〔註193〕浠水民農作家・王英：《要有「望遠鏡」和「分金爐」》，1959年1月26日《文藝報》1959年第2期。

〔註194〕劉靜：《文化研究視野下的新民歌──《紅旗歌謠》爲例》，中山大學中文系碩士論文，2006年6月，第31頁。

　　　　幹部怠慢扯縣長：礦石燒紅就是鋼，煉出民眾「好思想」

　　開頭用「說……就……」的句式，突出煉鋼立即上馬和不切實際。工農兵學商全民煉鋼，農民荒了土地，商業也是不被提倡的，學生也加入勞動，過度重視工業，忽視農業和商業的發展。「烽火」指古時邊防報警點的煙火，也比喻戰火或戰爭。這裡用烽火臺突出煉鋼像打仗一樣，全民皆兵；另一方面，也寫出了煉鋼的非正式，像臨時點煙火。「幹部怠慢扯縣長」也寫出了幹部們在工作中互相扯皮，相互推拖。全詩最後，諷刺了這種方法煉出的所謂鋼鐵只不過是燒紅的礦石，是不具有任何實用價值的廢鐵，真正煉出的卻是廣大人民群眾對政策的不滿。〔註195〕

　　雙重的生活，正是雙重的新民歌傾向得以共存的原因。全國範圍內普遍出現的大饑荒自然而然地會在民歌中有所反映，而中央卻對此一無所知，或者說是視而不見，這些作品由於不符合毛澤東路線，也無法得到公開發表。

三、從描寫風景到頌歌

　　　　四野歡笑震山河，／社員抗旱唱凱歌，／這個肩挑兩口井，／那個身背一條河，／旱象嚇得無蹤影，／銀河一看地上落。（河南・范乃金：《凱歌》）〔註196〕

　　　　蟋蟀唱，蟈蟈叫，／田裏有說有笑。／／梯田上社員舞鐮刀，／平地裏拖拉機收稻。／／不管是張王李趙，／同走公社幸福道。／／處處為豐收忙，／人人唱豐收調……（劉章：《豐收調》）〔註197〕

　　　　秋風一吹萬里香，／豐收讚歌響四方，／連枷翻飛珍珠滾，／公社修倉把糧裝。（四川雲液：《秋風一吹萬里香》）〔註198〕

　　1959 年秋，人民群眾為了生存而掙扎，而這些寫手們仍然在高歌公社的幸福生活。由於經濟的惡化，大躍進的失敗命運已經不可逆轉。在這生死存亡的關頭，農民詩人劉章卻還在粉飾「處處為豐收忙，／人人唱豐收調」的人間天堂。民歌彷彿是在用反話，表達水深火熱中的群眾那強烈的生存願望。人們本以為共產主義萌芽已經抽枝散葉，結果卻沒等到開花結果就悄無聲息地退場，本以為美好未來一定會實現，結果卻迎來了人民共和國歷史上最殘

〔註195〕同上。
〔註196〕《新民歌選（十四首）》，《詩刊》1959 年 10 月號。
〔註197〕劉章：《豐收調》，《詩刊》1959 年 11 月號。
〔註198〕《人民公社放光輝》（新民歌選二十首），《詩刊》1959 年 12 月號，第 21 頁。

酷，最難熬的一個階段。

連續兩年的自然災害與糧食歉收，組織上的全盤混亂，再加上蘇聯技術援助的中斷，中國經濟遭到了沉重的打擊。20 世紀 80 年代初期中國政府公開的統計數據顯示，1959 年～1961 年死亡率大幅增加。人口學家據此推斷，當時中國至少有 1500 萬人死於饑荒。還有學者認爲，綜合考慮其他各種因素，死亡人數應該在 3000 萬人左右。〔註 199〕

> 南山嶺上南山坡，／南山坡上唱山歌；／唱得紅花朵朵開，／唱得果樹長滿坡。／／東坡唱起農業社，／西坡唱起銀水河；／河水深深流不斷，／東坡西坡長稻禾。／／高坡青松葉不落，／低坡花紅果樹多；／前坡蜜桃後坡梨，／千重萬疊金銀坡。／／金坡銀坡八寶坡，／羊群滾滾似銀河；／牧童站在銀河岸，／手揚鞭梢口唱歌。／／田坡林坡花果坡，／綠草青青牛滿坡。／南山坡上放聲唱，／唱得幸福落滿坡。（陝西商縣：《唱得幸福落滿坡》）〔註 200〕

簡而言之，就是將公社描繪成了一幅優美的風景畫卷。陳育德擔心自然美不像政治那樣尖銳鮮明地表現對立，因此期待著能夠進一步加強政治性。「在這首詩裏，祖國的山川變得更美了。但詩中告訴我們不只這一點，更重要的是通過景物的描寫，歌頌了黨的綠化政策的勝利，歌頌了勞動人民的富有詩意的幸福美滿的勞動生活。……不同階級的人對待自然美的感受雖有區別，但不像對待社會政治問題那樣表現得那麼鮮明、尖銳。」〔註 201〕但是，這首作品其實已經純然是政治的反映。雖然沒有粉飾或歪曲現實，但是脫離現實，委身於大自然的庇護所，這種行爲本身已經具有強烈的政治色彩。這意味著知識分子文學的主流，選擇逃避現實之後，又在尋求新的安身之地，換句話說，這正是在爲下一步歌頌毛澤東鋪路搭橋。「而在那裡，人間的主人看不見了，現實的艱難困苦和污穢的沉澱也看不見了，有的只是對於神聖的長久的期待和最初的膜拜。」〔註 202〕

謝冕解釋道，新民歌的夢幻曲與現實的嚴重偏離導致了諸多矛盾的出現，到了這個時候，人們才從「浪漫」回歸「現實」。「那種沉涵於不著邊際

〔註 199〕Judith Bannister：《China's Changing Population》（Stanford：Stanford University Press，1987）。

〔註 200〕《紅旗歌謠》第 256～257 頁。

〔註 201〕陳育德：《關於風景詩、山水花鳥的階級性問題》，《文藝報》，1960 年第 10 期。

〔註 202〕謝冕：《浪漫星雲》第 218 頁。

的夢幻曲，人們已不再唱它；那種膚淺的『巨大』的『浪漫主義』形象，人們也失去了興趣。詩歌的形象已經從遙遠的天邊回到了人間。另一方面，正是由於嚴重的失誤（從政治上到藝術上的）而產生了不敢再輕舉妄動的心理狀態，使詩歌藝術獲得了一個喘息的時機。」〔註203〕

　　正是在這種形勢下，魏巍編的《晉察冀詩抄》於1959年3月由中國青年出版社出版。鄒荻帆講：「詩篇，它依然是那樣強烈地震撼著我們的心靈。這些詩，這些戰鬥的心聲，記錄了太陽不落的太行山中『自由之神在縱情歌唱』，記錄了戰鬥者的思想、感情和行動；記錄了戰鬥著的詩人們在烽火中的呼吸，甚至他們之中的若干人，生命被敵人撕碎，而血肉化作芬芳的花朵開在路旁。」〔註204〕晉察冀在這一時刻出人意料地粉墨登場，正是因為詩歌與現實掛鉤，反而不如謳歌絕望的過去，更能表現出蓬勃的生命力。直到天災人禍頻仍的60年代初期，新民歌對人民公社和黨的讚美聲依然不絕於耳，但這一切卻讓人感覺到不過是蒼白無力的謊言。

　　為求得真實，詩歌反而不得不走回頭路。在這種情況下，因政治義務以及低工農兵一等的自卑感而矛盾彷徨的知識分子，通過寄情於山水，找到了另一塊棲身之地。其中，賀敬之的《桂林山水歌》將大躍進時期的社會現實拋之腦後，把假想中的祖國風景描繪得如詩如畫。

　　　　桂林山水入襟，／此景此情戰士的心──／江山多嬌人多情，／使我白髮永不生！／對此江山人自豪，／使我青春永不老！／七星岩去赴神仙會，／招呼劉三姐呵打從天上回……／人間天上大路開，／要唱新歌隨我來！／三姐的山歌十萬八千籮，／戰士呵，指點江山唱祖國……／紅旗萬梭織錦繡，／海北天南一望收！／塞外的風沙呵黃河的浪，／春光萬里到故鄉。／紅旗下：少年英雄遍地生──／望不盡：千姿萬態「獨秀峰」！／──意滿懷呵，情滿胸，／恰似灘江春水濃！／呵！汗雨揮灑彩筆畫：／桂林山水──滿天下！……〔註205〕

《桂林山水歌》據知是作者「1959年7月的舊稿」，並於「1961年8月

〔註203〕謝冕：《浪漫星雲》第234～235頁。

〔註204〕鄒荻帆：《〈晉察冀詩抄〉讀後》，1959年7月11日《文藝報》1959年第13期。

〔註205〕賀敬之：《桂林山水歌》，1961年10月12日《人民文學》1961年10月號。

整理」〔註206〕完成。其素材的選擇和之前的作品迥然相異,即使考慮到作者個人的政治素質相當過硬,也不得不將之解釋爲捕捉知識分子文學全新對象的結果。詩中所描繪的情景,不同於工農兵大躍進民歌或者知識分子新民歌中誇張的現實,同時也不可能成爲現實。

臧克家曾說過:「《桂林山水歌》當然不是純粹客觀山水的描繪,在描繪的彩筆上就帶著喜悅的感情。但從它的藝術完整性上看,這篇山水歌不及《三門峽歌》中的《梳粧檯》。我們覺得詩人有意要加強抒情成分,免得使它成爲較爲單純的風景詩。可是,這意圖沒有完成得很好。『呵!桂林的山來灕江的水,祖國的笑容這樣美!』詩意到這兒似乎已經差不多可以截然而止了,好似爲了抒情又在後邊續上了十三小節、二十六個詩句。這些詩句讀過之後,感覺不像枝上生葉那麼自然、饒有意趣」〔註207〕。臧克家批判《桂林山水歌》完全無視政治立場,不過是個人範疇的單純的風景詩。但是,這種風景詩之所以出現,其根源在於何處?在明明顆粒無收還要歡慶豐年時,它的出現,是對浮誇造假的逃避,是對眞實的渴求,是從寄情山水中求得的一絲安慰,也可以解釋爲從「浪漫主義」向「現實主義」的回歸。顯而易見,詩中所描寫的並不是眞正的山水。但是描寫假想中的現實,反而引發了具體的想像力。這種想像力的效果,比新民歌的狂熱更爲安靜,卻也更爲強烈。

對於大躍進政策失敗給農民帶來的痛苦,以及僵化的政治思想對人民群眾的壓制,社會輿論雖然開始小心翼翼的進行批判〔註208〕,但是謊言依然在繼續。新民歌的狂熱已經冷卻,但是60年代的中國國情,迫切需要一個新的方案,幫助跌入谷底的人民群眾重新崛起。山水風景不過是權宜之計,雖然

〔註206〕賀敬之:《桂林山水歌》,《放歌集》,人民文學出版社,1961年12月版,第25頁。

〔註207〕臧克家:《學詩斷想·談賀敬之同志的幾首詩》,1962年1月10日《詩刊》1962年第1期。

〔註208〕1961年8月～1962年12月,時任中共北京市委宣傳部長的鄧拓,以馬南邨爲筆名,在《北京晚報》開設《燕山夜話》專欄,共發表雜文150多篇。用伊索寓言式的筆法,諷刺大躍進政策失敗給農民帶來的痛苦,以及僵化的政治思想對人民群眾的壓制。1961年9月,北京市副市長吳晗,北京市委宣傳部長鄧拓(筆名馬南邨),北京市委統戰部部長廖沫沙(筆名繁星)三人,從三人的姓名或筆名中各取一個字,以吳南星爲筆名,在北京市委黨委機關刊物《前線》上開闢《三家村札記》專欄,輪流發表文章,縱論當時的政治,文化,科學,教育等社會諸多方面的問題,而且強度逐漸由諷刺向著批判發展。

能讓人暫時忘記現實，但卻無法與階級鬥爭時代保持步調一致。要想緩解對新民歌的審美疲勞，再次振奮集體力量，就必須尋找全新的歌頌對象。長期一貫忠於革命任務，具有面向未來的時代精神，在普羅大眾中尋找，樹立這樣的典型，就能為充滿挫折感的國民注入一針強心劑，恢復他們的自信心，喚起他們創造新時代的雄心壯志。1963 年 4 月 11 日《中國青年報》刊出賀敬之的長詩《雷鋒之歌》。閻綱講：「《雷鋒之歌》讀來所以這樣動人，也由於詩人對雷鋒精神的歌頌，對人民之情的抒發，不但強烈，而且貼切。詩人面對整個世界縱橫馳騁，但卻一步也不願離開具體形象的生動抒寫。作者找到了一個適於表現雷鋒精神、又適於抒發自己感情的詩的結構：從整個世界——時代精神——雷鋒——我——我們這一些必然的聯繫中，十分自然地突出了雷鋒的精神特點和思想影響。」〔註 209〕謝冕講：「1963 年，對於當代發生的重大事件總是十分敏感的賀敬之以雷鋒為題寫出了長篇抒情詩。在這裡，雷鋒作為一位具體的普通戰士的形象依然存在，但是詩人專注的卻是雷鋒作為精神力量的存在。他不再關注於雷鋒這個普通農家孩子的短暫一生，而只是充分重視由雷鋒所能引發而來的『雷鋒精神』。作為一種主題，如同舊日歌唱劉胡蘭式人物的寫實一類，人物贊的方式已經消失，而借具體人物以歌頌一個革命觀念的興趣正變得濃厚起來。詩人們習慣於在這些觀念上傾注他的激情。《雷鋒之歌》，或是更多的關於雷鋒的歌，已不再是英雄史詩的敘事主題，而是抒情主題，寄託著革命激情的抒情詩的主題。《雷鋒之歌》儘管可能比一般的敘事詩還要長，但終究只是一首抒情詩。這是當代詩歌的一個特異現象」〔註 210〕

　　由模範人物高歌時代精神這一創作方向，原來不過是對權力的頌揚。在經歷了大躍進的掃蕩之後，貼近普通人平凡真實生活的英雄形象，逐漸取代了主宰宇宙萬物的自我膨脹，為 60 年代初期的中國詩壇帶來了一股新的氣象。程光煒曾經總結道，新民歌的「這種反常想像，直到 1961 年以後才開始扭轉，其標誌是：一是，新民歌作品在刊物上驟然減少，專業詩人創作的作品明顯增多，有一種後來居上的勢頭；二是，詩歌表現的領域逐步呈現出多樣化的迹象，而且愈益貼近普通人平凡、真實的生活，表現出由英雄化趨向平民化的某種態勢；三是，雖然讚美英雄、老模和強調時代精神的長篇政治

〔註 209〕閻綱：《雷鋒——唱不盡的歌》，《詩刊》1963 年 8 月號。
〔註 210〕謝冕：《浪漫星雲》第 241 頁。

抒情詩出現勃興的局面，但表現對象（英雄人物）開始由虛構狀態轉換為日常生活的狀態，給人以平凡、可親的印象。這些都為 60 年代政治抒情詩和其他更接近於平常生活的詩歌的繁榮，準備了必要的條件。」〔註211〕

第四節　表現方法

　　新民歌詩歌樣式中的一種。因此，它也具備將詩歌的一般性技巧與其本身帶有的社會政治傾向相結合的表現手法。新民歌作為一種文學樣式，在 1958 年到 60 年代初，也具有其歷史變化過程。正因為如此，表現手法本身也能體現出它在過渡期的變化。

　　詩的敘述方式分為兩種：直接表現對象和自我之間感應結果的直敘，以及為了追求意義表達的獨特曲折，通過和其它事物的關係再次構建意義網絡的比喻。一般來說，要表現社會歷史性自豪感時，要採用直敘的手法。因為要表現這種自豪感，還原真實是最好的方法。

　　在新民歌創作中，最簡單的創作手法也許就是還原真實的「直敘」。天鷹說道：「直敘手法在新民歌中被較廣泛地運用，是因為它適宜於表現英雄的氣概，豪氣萬丈的英雄語言，是要用直言快語來表達的，所以直敘手法在一九五七年冬天的水利化和農業大躍進中用得最多。」〔註212〕1957 年冬開始試行農業集體化，那是一個夢想著農業生產能夠大放衛星的時代。直敘僅僅是用平凡的筆觸白描現階段的狀態，也能起到一定的歌頌效果。但是，直敘的關鍵問題是，只有選擇適當的題材才能發揮效果。所以，「按照生活的本來面目，樸素地描寫，不是容易的事情。」〔註213〕因此直敘的意義，漸漸脫離了對現實的簡單描寫，而在於是否能夠有效地傳達主題思想：「每一個作者都有他挑選的自由。但是，還有一個共同的準則；那就是挑選是為了更充分地顯示主題思想。如果離開了這一點，所謂挑選，也就沒有多少意義。」〔註214〕

　　　青青水，藍藍天，／社裏田土緊相連，／雙季稻兒黃金金，／

　　　紅薯藤兒綠豔豔，／看一眼，走半天，／再走還是社裏田。（江西・

〔註211〕程光煒：《中國當代詩歌史》第 129 頁。

〔註212〕天鷹：《一九五八年中國民歌運動》，上海：文藝出版社，1959 年版，第 195 頁。

〔註213〕沙鷗：《談新民歌的表現手法——「學習新民歌」的第二章》，《詩刊》1958 年 9 月號。

〔註214〕同上。

伍孟萍：《再走還是社裏田》）〔註215〕

　　全鄉機器響，／到處讀書聲，／腳踏林蔭道，／家住四無村。

（湖北荊洲：《家住四無村》）〔註216〕

直敘也通過強調側面揭露現實。

　　地裏人一片，／路上人成群，／街上不見人，／村村鎖住門。

（河南：《春忙》）〔註217〕

　　眾所周知，新民歌不具備在相對獨立於現實的條件下形成的美學機制。也就是說，新民歌依附於現實中的黨派性，具有自己的明確主題。新民歌的主題以毛澤東路線為根據，為了將政治社會訊號傳達給工農兵，需要以事實在不同時間段的展開作為詩歌的內容。也就是說，當使用「時序」這一表現手法時，工農兵能夠輕易地把握新民歌中隱含的主題。按照順序排羅列過去，現在，以及未來的變化過程，能夠提高生產勞動意志。不過新民歌的時序是一道恒久不變的公式：過去充滿苦難，現在體味幸福，未來則會更加美好。

　　昨天山邊光溜溜，／今天栽起杏桃榴。／再過幾個春和秋，／幹高枝綠果成球。／那時來玩的小朋友，／當心果子碰著頭。（安徽：《當心果子碰著頭》）〔註218〕

　　往日我在門前站，／青峰大山在眼前：／今日我在門前站，／只見麥垛不見山。／／麥場擴大五六倍，／麥垛遮去半邊天。／走近垛前朝上看，／呀！帽子溜掉掛在肩。（湖北棗陽・王艾明：《麥垛遮去半邊天》）〔註219〕

　　另一方面，新民歌的社會政治性內容，在其展開的全過程中不斷重複，是為了配合工農兵的意識水平。「反覆」這一手法是集體勞動的產物，同時也是把新民歌的政治寓意有效地刻印在工農兵腦海中的方法。目的地的主題的漸次加強（crescendo）作用。

　　一塘月光一塘銀，／一塘歌聲一塘人：／一塘鑊頭叮噹響，／一塘黑泥變黃金。（陝西漢中・趙伯祿：《金銀塘》）〔註220〕

〔註215〕《民歌選六十首》，《詩刊》1958年5月號，第10頁。
〔註216〕《民歌選一百首》，《詩刊》1958年8月號，第25頁。
〔註217〕《民歌選六十首》，《詩刊》1958年5月號，第17頁。
〔註218〕《紅旗歌謠》第231頁。
〔註219〕《民歌選一百首》，《詩刊》1958年8月號，第23頁。
〔註220〕《民歌選一百首》，《詩刊》1958年8月號，第25頁。

什麼藤結什麼瓜，／什麼樹開什麼花，／什麼時代唱什麼歌，／什麼階級説什麼話。（上海：《什麼藤結什麼瓜》）〔註221〕

不管是自由還是虛無，在表現生死之間的實存或其間的妙悟時，由於表現的具體對象被捨象，所以不可避免地要通過「比喻」來描述內心世界。在放大「我」與對象間的關係上，比喻是最有效的手法。特別是帶有頌歌性質的民歌中，比喻堆砌華麗的辭藻，使得牽強附會的感覺不再那麼強烈，自我與對象的關係，也就像土地和樹木、樹木和樹根一樣簡單化，形式化。

月亮跟著地球走，／地球跟著太陽走；／山河跟著我們走，／我們永遠跟黨走。（廣東：《我們永遠跟黨走》）〔註222〕

莊稼要靠土來長，／魚兒要有水來養，／人民要走幸福路，／永遠跟著共產黨。（張彥青：《永遠跟著共產黨》）〔註223〕

「誇張」是新民歌中最常見的表現手法。運用這一手法是爲了給工農兵注入自豪感。「直敘」和「時序」雖然對貫徹現實認識有效果，但卻不利於長時間記憶和自我消化。因爲通過和生活的樣式相同的文學表現方法，無法期待超越生活的衝擊和記憶。在這一點上，「誇張」是一種能夠主動地刻畫表現對象的表現手法。

梯田一直升上山，／高山插在彩雲間，／等到麥子轉了黃，／駕著金雲上青天。（門頭溝區門頭溝人民公社大峪生產大隊：《上青天》）〔註224〕

但是新民歌卻通過誇張這種特性，製造出戲劇性的詩歌氛圍，同時利用盲目的信念，粉飾現實，美化未來。

俺社玉米田，／玉米鑽上天，／飛機不按航線行，／碰斷俺社玉米稈。（江蘇：《玉米鑽上天》）〔註225〕

儘管沙鷗評價這首詩爲「應該說，這是通過誇張來表現今年糧食大豐收的新民歌的珍品之一」〔註226〕，但是，新民歌的誇張本質卻在阻礙人們正視

〔註221〕《紅旗歌謠》第288頁。
〔註222〕《新民歌三百首》第20頁。
〔註223〕《北京新民歌選》第6頁。
〔註224〕《北京新民歌選》第114頁。
〔註225〕《新民歌五十首》，《詩刊》1958年10月號，第13頁。
〔註226〕沙鷗：《談新民歌的表現手法——「學習新民歌」的第二章》，《詩刊》1958年9月號，第68頁。

現實，它模糊了現實與幻想的界線，營造出只能歌頌現實的氛圍。

> 銅水紅似火，　/能把太陽鎖，　/霞光衝上天，　/頂住日不落。
>
> （湖北大冶銅廠：《頂住日不落》）〔註227〕

而且，這種誇張極力神化表現對象和自我，鼓吹個人力量。

> 世人都說神仙好，　/神仙能耐誰見了？　/水輪機器裝的好，　/
> 龍王鼻子氣歪了！//世人都說神仙好，　/仙宮仙府有百寶；　/我們
> 高舉大紅旗，　/轉眼造成萬千寶。（石景山發電廠運行車間配電工
> 人・馬占俊：《神仙比不了》）〔註228〕

大部分的誇張應該是有據可依的。因為，對於要描寫誇張本身的工農兵來說，新的誇張手法，既無可能，也很陌生。誇張是一種表現手法，尤其重要的是，它也能為工農兵所用，工農兵一直浸淫於民間文學樣式中，耳濡目染，對誇張技法的運用駕輕就熟。

從工農兵的立場上來看，他們所創作的新民歌得以傳播的文化基礎是人盡皆知的「神話傳說」。那麼，「新民歌為什麼會產生這麼多帶有濃厚的神話色彩的歌呢？」天鷹給出了這樣的答案：「勞動人民站在自覺的基礎上，破除了靠神吃飯的迷信，建立了人定勝天的革命思想，於是出於對自己力量覺醒的自豪和信心，敢於對神挑戰和嘲笑，敢於和神較量，而在較量中，人總是勝利者，神總是處在敗北的地位，只好放下了權威的架子，對人投降勝輸。」〔註229〕

> 社裏高粱長得大，　/長到天宮織女家，　/織女探頭窗外望，　/
> 撞了一頭高粱花。（河北邯鄲：《社裏高粱長得大》）〔註230〕

> 萬條蛟龍接上天，　/牛郎織女笑開顏。　/如今車乾天河水，　/
> 不等七七就團圓。（安徽：《萬條蛟龍接上天》）〔註231〕

> 龍王爺走了，　/水也有了！　/土地爺沒了，　/地也肥了！　/竈
> 王爺滾蛋了，　/人也吃飽飯了。（海淀區永豐屯人民公社新社員・郭
> 澎：《龍王爺走了》）〔註232〕

〔註227〕《民歌選一百首》，《詩刊》1958年8月號，第21頁。
〔註228〕《北京新民歌選》第50頁。
〔註229〕天鷹：《一九五八年中國民歌運動》第183～184頁。
〔註230〕《新民歌五十首》，《詩刊》1958年10月號，第13頁。
〔註231〕《新民歌三百首》第111頁。
〔註232〕《北京新民歌選》第71頁。

　　上文中我們分析了直敘、時序、比喻、誇張等新民歌的主要表現技法，此外還有排比、反比、對比、對襯、反襯、對偶等多種多樣的修辭手法。動用所有這些修辭手段，最終的目標只有一個，那就是肯定當前現實，歌頌預想中的未來。新民歌是工農兵熟悉的方式，因此多元創作主體的大量創作才成為可能，但另一方面正是因為這樣卻相反地極其單調，千篇一律。但也正因為如此，反而導致了內容的單調和千篇一律。即使引入再多的修辭手法，也無力表現群眾的個性。如何誇大，誇大到何種程度之間才能見到個性。

結語：新民歌的過去、現在及未來

一

　　至此，筆者分析了 1958 年大躍進民歌的興起與發展過程，工農兵創作主體的出現與知識分子文學，「兩結合」創作方法的理論特徵與實踐，新民歌與新詩的關係等問題，並以典型作品為例，揭示了新民歌的主要特徵。本書旨在立足於 1958 年前後的主要刊物展開論題，客觀再現大躍進新民歌的文化、政治背景，探討它的歷史意義。本書的主要內容可以簡單扼要地整理如下。

　　首先，20 世紀 50 年代後期出臺的雙百方針、反右鬥爭，以及三面紅旗政策，是為了克服新中國建立後所面臨的政治經濟危機，而新民歌運動是政策作用於文化領域的結果。相較於種種客觀條件，毛澤東信賴的是人民群眾，尤其是工農兵自覺自願的革命意志，並試圖以此為基礎建設有中國特色的社會主義。至關重要的一點是，社會主義建設總路線包涵著政治路線的一元化意識形態機制，而大躍進運動正是能夠貫徹這一路線的具體實踐方式，人民公社則是路線得以實踐的基礎。新民歌運動依託「人民公社」這一集體創作空間，為總路線和大躍進搖鼓助威。「創作主體的轉換」，不但是新民歌運動，而且也是中國當代文學史中最值得關注的部分。中國文壇的主導權由知識分子移交給人民群眾這一重大事件，使得工農兵成為一切社會革命的主體，並產生出強烈的自豪感。而知識分子，不僅背上了「為工農兵服務」的重擔，更為了詩歌的本質問題而苦惱不堪，陷入自我批判的泥潭。

　　全國各地爭相湧現出數不勝數的民歌作品，這與大躍進目標設定過高不

無關聯。大躍進是順應時代潮流，而新民歌同樣是時代所要求的最理想的文學形式。將民歌視爲「中國新詩的出路」，不是著眼於民歌具有的民族意義，而是因爲它是當時人民群眾能夠熟練掌握並實現共享的唯一樣式。新民歌運動在理念上強化了這一事實：未來社會主義文化的主流，不應以官僚，而應以從事體力勞動的人民群眾爲主體。隨著民歌急劇上昇爲新的民族形式，知識分子主導下取得的「五四」以來中國新詩的成果勢必要遭到否定。對於詩歌根本方向的轉變，知識分子苦惱不已，並由此引發出關於民歌形式及新詩發展問題的討論，而結果只不過是證明了在依靠人民群眾革命熱情的中國式群眾路線中，新民歌具有純正的革命血統及不可動搖的優勢地位。

「革命現實主義與革命浪漫主義兩結合」的創作方法，是衡量同時代文學創作水平最優先、最正確的標準。筆者認爲，「兩結合」針對的是蘇聯的社會主義現實主義。中國此前一直是照搬蘇聯的社會主義建設模式，在文學領域同樣也推崇蘇聯的社會主義現實主義文學理論。但是照搬蘇聯模式導致中央集權的官僚主義傾向，這就與以群眾爲基礎完成中國社會革命的毛澤東思想產生了矛盾，有必要開發一種不同於蘇聯的、中國特有的、新的文藝理論。賦予社會主義現實主義和「兩結合」新的意義，是在文藝理論方面向社會主義老大哥蘇聯擲出的獨立宣言。毛澤東提出的「兩結合」創作方法中著重強調革命浪漫主義，也是爲了順應當時的社會要求。在「一窮二白」的環境下大力開展大躍進共產風，直視現實並非良策，引導人民群眾將注意力集中於充滿希望的未來才是當務之急。新民歌最能反映革命浪漫主義的要求，被稱爲「兩結合」創作方法的典範。新民歌的這種浪漫性格越是符合大躍進運動的現實要求，就越是接近誇張和幻想。

眾所周知，新民歌的主要內容是歌頌「三面紅旗」。歌頌黨的領導，歌頌黨的路線，如實反映了新民歌運動的意識形態依據、性格及本質。這種近似於宗教狂熱的無條件的支持與熱情，在集體創作的激烈競爭中進一步深化。但是，新民歌之所以成爲新民歌，其特徵不僅在於意識形態性質，還在於它使得工農兵主體的自豪感逐漸轉化爲自我膨脹。工農兵已經被設定爲大躍進運動，進而實現共產主義未來的社會變革的主體。以這種自信心爲基礎執行路線的過程中，工農兵在政治、經濟、文學等一切領域都佔據優勢地位，他們在創作時將自己拔高爲一統天下的「龍王」、「玉皇」。即使到了 20 世紀 50 年代末 60 年代初，自然災害和饑荒席卷全國，工農兵仍然沒有停止唱讚歌。

現實越悲慘，新民歌就越誇張，最終完全掩蓋現實。新民歌的戲劇性就在於這種嚴肅的浪漫。中國人民陷入「詩的海洋」中，帶著狂熱的左傾思想招致的傷痛，向著「歌功頌德」的時代航行。

二

建國以後的思想統治及對知識分子的控制，形成了極左的氛圍，到五六十年代初期國民經濟也面臨崩潰。新民歌運動，正是為了克服這些難題，在浪漫幻想中與大躍進進行的意識形態政策的產物，確實可以說是「開拓了一代新詩風」。雖然所謂的「群眾自發性」催生出無數的新民歌和工農兵作家，但是它反而成了壓制群眾的工具。不但完全摒棄了「五四」以來現代詩的傳統，而且大踏步倒退至與封建文化心理相結合的固定劃一的政治內容。並以「革命浪漫主義」的名義，抹殺詩歌刻畫真實生活的義務。這也要歸罪於當時將相對的「新」視為絕對的時代氛圍。既不存在比較的對象，也斷絕了比較的途徑，而現實又是如此令人絕望，因此不得不懷著對美好未來的信念，更加狂熱地走向謊言與誇張。

縱觀新民歌運動的整體性格，其中既找不到文化藝術的價值，也找不到民間文學的本體性。那麼，席卷全中國的大躍進，以及全民寫詩全民唱頌歌的新民歌運動，其意義到底在於何處？研究充斥著誇張與謊言並已成為過去的新民歌，其終極目的又是什麼？即使考慮到當時形勢下，與政治路線的結合及強制動員不可避免，也不能單純地將之貶低為依附於政治的落後於時代的大眾運動，誰也無法否認這一運動在中國當代文學史上的潛在意義。之所以要關注新民歌運動，最重要的原因就在於，建國後直至「文化大革命」這段時間內，中國一直在貫徹執行毛澤東的人民主義路線，而以文學的名義將其與大眾相結合的第一次嘗試，就是新民歌運動。以工農兵的直接創作取代知識分子文學，確實為新詩開拓了一片全新的領域，但是作品數量的泛濫及千篇一律的內容，反而導致中國文壇創作傾向的一元化。大躍進時期文學，逐漸生成一股無視現實，遵循政治意圖誇張與幻想的風氣。同時也如實反映出權力抹煞文學真實價值的中國當代詩歌的命運。新民歌為數年之後的「文革」悲劇及中國文壇的一元化埋下了伏筆，也預言了紅衛兵對個人近似於宗

教狂熱的崇拜，以及革命文藝中的「小靳莊」集體創作。〔註1〕

三

20 世紀的中國，從「五四」運動、抗戰時期直至中華人民共和國建立，為了鞏固社會主義作出了多種嘗試，並且通過改革開放，逐步成長為 21 世紀世界經濟、軍事大國。如今的中國，形勢一片大好。眾多經濟指標，世界各國的新聞頭條，都被中國所佔據。當前中國在全球化中的意義與地位，與 20 世紀不可同日而語。但是，社會主義制度和資本主義經濟體制的共存，嚴重的貧富差距，三農問題，過快的成長速度，導致了經濟泡沫的出現，再加上不容忽視的少數民族問題等等，這些都是中國在向著 21 世紀強國發展的過程中所面臨的難題。

文藝界的情況也大致相同。詩歌的國度——中國如果沒有經歷過大躍進民歌的狂熱以及文化大革命帶來的傷痛，我們現在讀到的詩歌作品，又會是怎樣的面貌呢？雖然誰也無法預測歷史的軌跡，但是在現階段，中國必須負起責任來，將文化藝術導向世界普遍價值。

如今，中國小說在全世界範圍內引起極大的反響。這是由於外國讀者對中國經濟的飛速發展、社會繁榮以及普通中國人都產生了極大的好奇心。在韓國，大小書店「中國風」勁吹，讀者們歎服於中國小說的宏大規模及故事情節。最知名的余華、蘇童、莫言等作家，都是勝在以坦率而又感人的筆觸，刻畫中國人民飽經苦痛的內心世界。海外讀者通過這些故事，認識中國的歷史與現在，瞭解中國人的文化心理，預測中國走向世界化的潛在可能。

詩歌的情況又是怎樣呢？詩歌與小說不同，它最能表現永恆時間空間中短暫的人生本質。而中國詩歌的魅力就在於將漢字的想像力與內心深層的旋律糅合在了一起。現在在中國也有不少人以詩人自居，自命詩歌國度的子孫。新詩集層出不窮，博客上網民創作的詩歌更是難以計數，這種現象令筆者震驚不已，因為在韓國人看來，詩歌只是一部分人的專利。

大躍進與新民歌的時代已經過去了。但是半個世紀之後，對共產主義烏

〔註1〕1974 年小靳莊社員的集體創作，被譽為像 1958 年新民歌運動一樣「開了一代新詩風」，而文革中相當一部份「紅衛兵詩歌」也是照搬了新民歌的題材和形式。《這叫什麼？工人的脾氣》、《天塌我們頂》、《爸爸！您回去吧》等新民歌作品，到了紅衛兵詩歌中，搖身一變爲《這叫什麼？造反派的脾氣》、《天塌下來，我們頂》、《放開我，媽媽！》等等。

托邦的熱情被追求全球化的熱情所取代，而工農兵萬眾一心共譜的新民歌，也被注入了和諧與和平的新旋律。如果這就是大躍進民歌的現實意義，那麼中國詩歌走向世界也指日可待。

　　大躍進時期文學，絕不是什麼應運而生的新創作方法催生出新樣式、新主體，而是通過培養新的創作主體，確立樣式的權威地位，從而產生新的創作方法。但是拋開新民歌的政治意圖和強制性不提，筆者在研究新民歌的過程中，對中國當代詩歌有了更具體的理解。更何況在韓國國內，新民歌研究還是一項空白。相較於其他領域，韓國的中國新詩研究不但研究人員數量極少，而且過分集中於解放前的現代詩歌，即使是當代詩歌研究，也都以改革開放之後的朦朧詩為主。針對中國新詩研究的這種不均衡現狀，韓國東亞大學「中國現當代詩歌資料中心」為了更好地從根本上理解中國當代詩歌，於2003年開展「文化大革命時期詩歌研究」，首次在韓國介紹「文革」時期詩歌。大躍進新民歌是「文革」時期文學的象徵符號，相信筆者所致力的新民歌研究也會填補韓國中國新詩研究的一項重要空白。

參考文獻

（一）主要刊物

1. 《詩刊》1957 年～1964 年。
2. 《星星》1957 年～1960 年。
3. 《紅旗》1958 年～1964 年。
4. 《文藝報》1949 年～1964 年。
5. 《文匯報》1957 年～1966 年。
6. 《處女地》1957 年～1958 年。
7. 《人民日報》1956 年～1964 年。
8. 《人民文學》1949 年～1966 年。
9. 《長江文藝》1958 年～1959 年。
10. 《作家通訊》1958 年～1959 年。
11. 《文藝月報》1957 年～1958 年。
12. 《文學評論》1959 年～1966 年。
13. 《邊疆文藝》1958 年～1962 年。
14. 《星火》1958 年～1961 年。
15. 《文藝報業務通報》1958 年。
16. 《蜜蜂》1958 年～1961 年。
17. 《青海湖》1957 年～1959 年。
18. 《長春》1959 年。
19. 《紅水河》1959 年。
20. 《解放軍報》1958 年。

21. 岩佐昌章主編：《詩刊（1957～1964）總目錄・著譯者名索引》，日本—福岡：九州大學言語文化部，1997 年 12 月版。

（二）文集與詩集

1. 《建國以來毛澤東文稿》（第 1～13 冊），北京：中央文獻出版社，1999 年版。

2. 《毛澤東文集》（第 1～8 卷），北京：人民出版社，1999 年版。

3. 《毛澤東選集》（第 1～5 卷），北京：人民出版社，1991 年版。

4. 郭沫若、周揚編：《紅旗歌謠》，北京：紅旗雜誌社，1959 年版。

5. 北京出版社編：《大躍進之歌》，北京：北京出版社，1958 年版。

6. 北京出版社編：《北京工人詩百首》，北京：北京出版社，1959 年版。

7. 北京出版社編：《北京新民歌選》，北京：北京出版社，1960 年版。

8. 北京出版社編：《光輝頌──北京工人詩歌選集》，北京：北京出版社，1960 年版。

9. 河北人民出版社編：《工農兵詩選》，石家莊：河北人民出版社，1958 年版。

10. 賀敬之：《放歌集》，北京：人民文學出版社，1961 年版。

11. 賀敬之：《雷鋒之歌》，北京：中國青年出版社，1963 年版。

12. 黃聲孝：《黃聲孝詩選》（新國風第一集），湖北：宜昌市人民出版社，1958 年版。

13. 解放軍文藝叢書編輯部編：《英雄頌》，北京：作家出版社，1959 年版。

14. 劉章：《燕山歌》，天津：百花文藝出版社，1959 年版。

15. 上海工人文化宮編：《英雄時代英雄歌》，上海：上海文藝出版社，1960 年版。

16. 詩刊社編：《工人詩歌一百首》，北京：中國青年出版社，1958 年版。

17. 詩刊社編：《戰士詩歌一百首》，北京：中國青年出版社，1958 年版。

18. 詩刊社編：《新民歌一百首（第二集）》，北京：中國青年出版社，1958 年版。

19. 詩刊社編：《新民歌三百首》，北京：中國青年出版社，1959 年版。

20. 詩刊編輯部編選：《詩選》（1958），北京：作家出版社，1959 年版。

21. 王老九：《東方飛起一巨龍》，西安：東風文藝出版社，1958 年版。

22. 王老九：《王老九詩選》，北京：通俗讀物出版社，1954 年版。

23. 魏巍編：《晉察冀詩抄》，北京：中國青年出版社，1959 年版。

24. 新文藝出版社編：《大躍進詩選》，上海：新文藝出版社，1958 年版。

25. 中共上海市委宣傳部編：《上海民歌選》，上海：上海文藝出版社，1958 年版。

26. 中國民間文藝研究會編：《農村大躍進歌謠選》，北京：作家出版社，1958 年版。

27. 中國作家協會上海分會編：《賽詩會詩選》，上海：上海文藝出版社，1960 年版。

（三）詩論集

1. 安旗：《論詩與民歌》，北京：作家出版社，1959 年版。

2. 百花文藝出版社編：《談詩的創作》，天津：百花文藝出版社，1959 年版。

3. 河北人民出版社編：《開一代詩風——論詩歌創作的新路》，保定：河北人民出版社，1958 年版。

4. 河南人民出版社編：《新民歌雜談》，鄭州：河南人民出版社，1959 年版。

5. 何其芳：《詩歌欣賞》，北京：作家出版社，1962 年版。

6. 胡奇光等著：《新民歌的語言藝術》，上海：上海教育出版社，1961 年版。

7. 李岳南：《與初學者談民歌和詩》，上海：上海文藝出版社，1960 年版。

8. 劉家鳴編：《談談新民歌》，北京：高等教育出版社，1959 年版。

9. 沙鷗：《談詩第二集》，北京：中國青年出版社，1957 年版。

10. 沙鷗：《談詩第三集》，上海：新文藝出版社，1958 年版。

11. 沙鷗：《學習新民歌》，北京：北京出版社，1959 年版。

12. 四川人民出版社編：《詩的時代，詩的人民》，成都：四川人民出版社，1958 年版。

13. 詩刊編輯部編：《新詩歌的發展問題》（第一集），北京：作家出版社，1959 年 1 月版。

14. 詩刊編輯部編：《新詩歌的發展問題》（第二集），北京：作家出版社，1959 年 9 月版。

15. 詩刊編輯部編：《新詩歌的發展問題》（第三集），北京：作家出版社，1959 年 12 月版。

16. 詩刊編輯部編：《新詩歌的發展問題》（第四集），北京：作家出版社，1961 年 12 月版。

17. 天鷹：《一九五八年中國民歌運動》，上海：上海文藝出版社，1978 年版。

18. 天鷹：《揚風集》，上海：上海文藝出版社，1959 年版。

19. 徐遲：《詩與生活》，北京：北京出版社，1959 年版。

20. 袁水拍：《詩論集》，北京：作家出版社，1958 年版。

21. 中國民間文藝研究會研究部編：《民歌作者談民歌創作》，北京：作家出版

社，1960 年版。

（四）文學史、詩歌史及其他專著

1. 北京師範大學中文系文藝理論教研室編：《文學理論學習參考資料》（上・下卷），瀋陽：春風文藝出版社，1982 年版。

2. 薄一波：《若干重大決策與事件的回顧》（上、下卷），北京：中共中央黨校出版社，1993 年版。

3. 陳國恩：《浪漫主義與 20 世紀中國文學》，合肥：安徽教育出版社，2000 年版。

4. 陳建華：《20 世紀中俄文學關係》，上海：學林出版社，1998 年版。

5. 陳思和：《中國當代文學史教程》，上海：復旦大學出版社，1999 年版。

6. 陳順馨：《社會主義現實主義理論在中國的接受與轉化》，合肥：安徽教育出版社，2000 年版。

7. 程光煒：《中國當代詩歌史》，北京：中國人民大學出版社，2003 年版。

8. 崔志遠：《現實主義的當代中國命運》，北京：人民文學出版社，2005 年版。

9. 丁帆、王世誠：《十七年文學：『人』與『自我』的失落》，開封：河南大學出版社，1999 年版。

10. 方兢：《中國當代文學理論潮流三十年（1949～1978）》，北京：中國文聯出版社，2004 年版。

11. 方維保：《當代文學思潮史論》，武漢：長江文藝出版社，2004 年版。

12. 洪子誠：《1956：百花時代》，濟南：山東教育出版社，1998 年版。

13. 洪子誠：《中國當代文學史》，北京：北京大學出版社，1999 年版。

14. 洪子誠、劉登翰：《中國當代新詩史》，北京：人民文學出版社，1993 年版。

15. 洪子誠、劉登翰：《中國當代新詩史》（修訂版），北京：北京大學出版社，2005 年版。

16. 洪子誠主編：《中國當代文學史・史料選》（1945～1999）上・下卷，武漢：長江文藝出版社，2002 年版。

17. 胡喬木：《胡喬木回憶毛澤東》，北京：人民出版社，1994 年版。

18. 江錫銓：《中國現實主義新詩藝術散論》，北京：北京大學出版社，2005 年版。

19. 金鳥主編：《沉重的反思——震動歷史的大批判》，延吉：延邊大學出版社，1999 年版。

20. 藍愛國：《解構十七年》，上海：華東師範大學出版社，2003 年版。

21. 藍棣之：《現代詩歌理論：淵源與走勢》，北京：清華大學出版社，2002年版。

22. 李廣茂：《意識形態視域中的現代話語轉型與文學觀念嬗變》，北京：北京大學出版社，2005年版。

23. 李捷：《毛澤東與新中國的內政外交》，北京：中國青年出版社，2003年版。

24. 李楊：《50～70年代中國文學經典再解讀》，濟南：山東教育出版社，2003年版。

25. 李揚：《中國當代文學思潮史》，上海：上海社會科學院出版社，2005年版。

26. 李怡：《現代性：批判的批判——中國現代文學研究的核心問題》，北京：人民文學出版社，2006年版。

27. 李澤厚：《李澤厚十年集第一卷》，安徽：安徽文藝出版社，1994年版。

28. 李澤厚：《中國現代思想史論》，天津：天津社會科學院出版社，2003年版。

29. 李澤厚、劉再復：《告別革命——二十世紀中國對談錄》，臺北：麥田出版股份有限公司，1999年版

30. 林偉民：《中國左翼文學思潮》，上海：華東師範大學出版社，2005年版。

31. 劉福春：《新詩紀事》，北京：學苑出版社，2004年版。

32. 劉靜：《文化研究視野下的新民歌——以《紅旗歌謠》為例》，廣州：中山大學碩士學位論文，2006年6月。

33. 劉志榮：《潛在寫作：1949～1976》，上海：復旦大學出版社，2007年版。

34. 駱寒超：《20世紀新詩綜論》，上海：學林出版社，2001年版。

35. 羅平漢：《農村人民公社史》，福州：福建人民出版社，2006年版。

36. 羅平漢：《1958～1962年的中國知識界》，北京：中共中央黨校出版社，2008年版。

37. 牛運清主編：《中國當代文學精神》，濟南：山東教育出版社，2003年版。

38. 彭放：《浪漫的思潮——20年文學觀念之嬗變》，哈爾濱：黑龍江人民出版社，2006年版。

39. 秦暉、蘇文：《田園詩與狂想曲：關中模式與前近代社會的再認識》，北京：中央編譯出版社，1996年版。

40. 沈志華、李丹慧：《戰後中蘇關係若干問題研究——來自中俄雙方的檔案文獻》，北京：人民出版社，2006年版。

41. 宋連生：《總路線　大躍進　人民公社化運動始末》，昆明：雲南人民出版社，2002年版。

42. 陶東風：《社會理論視野中的文學與文化》，廣州：暨南大學出版社，2002年版。

43. 王光明：《現代漢詩的百年演變》，石家莊：河北人民出版社，2003年版。

44. 王曉明：《二十世紀中國文學史論》，上海：東方出版中心，2003年版。

45. 溫儒敏、趙祖謨主編：《中國現當代文學研究》，北京：北京大學出版社，2001年版。

46. 吳尚華：《中國當代詩歌藝術轉型論》，合肥：安徽教育出版社，2004年版。

47. 吳思敬：《詩歌基本原理》，北京：工人出版社，1987年版。

48. 吳思敬：《心裏詩學》，北京：首都師範大學出版社，1996年版。

49. 吳秀明：《當代中國文學五十年》，杭州：浙江文藝出版社，2004年版。

50. 吳秀明主編：《「十七年」文學歷史評價與人文闡釋》，杭州：浙江大學出版社，2007年版。

51. 蕭心力主編：《毛澤東與共和國重大歷史事件》，北京：人民出版社，2001年版。

52. 謝冕：《浪漫星雲——中國當代詩歌札記》，廣州：廣東人民出版社，1999年版。

53. 謝冕：《謝冕詩歌論》，南昌：江西高校出版社，2002年版。

54. 許道明：《中國現代文學批評史新編》，上海：復旦大學出版社，2002年版。

55. 尹康莊：《20世紀中國文學主流話語研究》，北京：中國社會科學出版社，2006年版。

56. 張德祥：《現實主義當代流變史》，北京：社會科學文獻出版社，2002年版。

57. 張桃洲：《現代漢語的詩性空間——新詩話語研究》，北京：北京大學出版社，2005年版。

58. 張學正：《現實主義文學在當代中國》，天津：南開大學出版社，2004年版。

59. 張學正等主編：《文學爭鳴檔案——中國當代文學作品爭鳴實錄》，天津：南開大學出版社，2002年版。

60. 中共中央文獻研究室編：《毛澤東文藝論集》，北京：中央文獻出版社，2002年版。

61. 中國延安魯藝校友會主編：《中國革命文藝的搖籃》，1998年版。

62. 周偉主編：《標語口號——時代吶喊最強音》，北京：光明日報出版社，2003年版。

63. 朱正：《1957 年的夏季——從百家爭鳴到兩家爭鳴》，開封：河南人民出版社，1998 年版。

64. 〔英〕羅德里克‧麥克法誇爾著，魏海生、艾平等譯：《文化大革命的起源》（第一、二集），北京：求實出版社，1990 年版。

65. 〔美〕莫里斯‧梅斯納（Meisner, Maurice）著，張瑛等譯：《毛澤東的中國及其發展：中華人民共和國史》，北京：社會科學文獻出版社，1992 年版。

66. 〔美〕莫里斯‧邁斯納著，張寧、陳銘康等譯：《馬克思主義、毛澤東主義與烏托邦主義》，北京：中國人民大學出版社，2005 年版。

67. 〔法〕米格爾‧福柯著，劉北成、楊遠嬰譯：《瘋癲與文明》，北京：生活‧讀書‧新知三聯書店，2007 年版。

68. 〔法〕米格爾‧福柯著，劉北成、楊遠嬰譯：《規則與懲罰》，北京：生活‧讀書‧新知三聯書店，2007 年版。

69. 〔美〕Judith Bannister：*China's Changing Population*, Stanford：Stanford University Press, 1987.

70. 〔韓〕金時俊：《中國當代文學思潮史研究 1949～1993》，首爾：首爾大學校出版部，2001 年。

71. 〔韓〕成謹濟：《1950 年代毛澤東革命浪漫主義文藝論的形成及變異過程研究》，延世大學中文系博士學位論文，2002 年。

72. 〔韓〕金素賢：《1950 年代中國政治與詩歌》，中國語文研究會《中國語文論叢》第 30 輯，2006 年。